また明日

群　ようこ

幻冬舎文庫

また明日

目次

挿画　丹下京子

ヤヨイ

ヤヨイは昭和三十年、三月三日に生まれた。なので父がつけた名前がヤヨイであった。彼女はタカハシサブロウとタエコのはじめての子供で、結婚三年後に生まれた。姑《しゅうとめ》の鷲鼻《わしばな》のタカからは、

「子供はまだか」

とせっつかれていたので、これでしばらくは文句をいわれないと、タエコはほっとしていた。タカはサブロウの結婚相手として、目をつけていた女性がいたのだが、それを無視して息子がタエコを連れてきたので、もともとタエコを気に入っていなかった。そして子供が生まれた後は、

「早生まれなんて、かわいそうに」

といいはじめた。学校に上がったときに、四月生まれの子と丸一年違うと体の大きさにも差があり、何かと損をするというのであった。自分たちの家に来ては、あまりにねちねちと

文句ばかりいうので、温厚なサブロウも、

「せっかく子供ができて喜んでいるのに、水を差すようなことをいうな。タエコだって辛い思いをして子供を産んだのに、そんなことをいわれて、どんな気持ちになると思っているのか」

と怒った。タカは息子がタエコの肩を持ったのが気に入らず、ふんっと顎《あご》を上げて、同居しているサブロウの長兄イチロウの家に帰っていった。

しかし母のタエコとしては、子供を授かる時期はどうにもならないとわかっていながら、早生まれのヤヨイが、小学生になったときに不利益を被るのではないかと、心配になっていた。早生まれの小学校高学年の子供がいる近所の奥さんに聞いてみると、

「最初は体が小さかったからね。運動会を見に行くと、同級生なのにまるでお兄さん、お姉さんと一緒にいるみたいだったの。徒競走もビリだったし。でもそれは低学年のときだけで、四年生以降はあまり関係なくなったわ。うちの子も今はクラスで真ん中よりちょっと大きいくらいになったから」

と慰めてくれた。やっぱり差が出るのだなと思いながらも、タエコはほっとした。

「だいたい子供の生まれ月に文句をいうなんて、おふくろが変なんだよ。ああいう性格の人だから、何をいわれても気にするな」

夫の言葉をささえにしたタエコに、ヤヨイは大事に育てられた。サブロウも愛娘《まなむすめ》を風呂に入れたりして、両親にかわいがられてヤヨイは育った。

それでも幼稚園に入ったヤヨイは、母が自分のことを、何度も「早生まれだから」というのを聞いていた。「はやうまれ」だからいったい何なのだろうかと、母に聞いても、

「ヤヨイは気にしなくてもいいのよ」

という。そういわれると余計に気になるので、幼稚園で先生に聞くと、早生まれが何であるかを教えてくれた。子供なりに納得したが、どうして母が何度も、それも楽しそうにではなく口に出すのかが気になった。そこで今度は父にたずねると、

「ヤヨイはいっぱい遊んで、いっぱい御飯を食べていればいいんだよ」

と頭を撫《な》でてくれた。それで元気が出て「はやうまれ」は忘れてしまった。

小学校に上がって、背の高さの順番に一列に並ばされると、ヤヨイはいちばん前だった。前にならえのときに、両手を腰に当てなくてはならないのも、最初はクラスの女子のなかで、この格好ができるのは私だけとうれしかったが、自分の前に同級生がいて、その肩に向かって手を伸ばしたいと思うようになった。

朝礼のときも自分の目の前にいるのは先生ばかりで、あくびもできない。またヤヨイと並んで両手を腰に当てている、隣のクラスのいちばん前の男の子が、いつもふざけてばかりで、

じっとしていない。

「こらっ、カツオ！　ちゃんと立っていなさい。後ろのみんなが困るだろう」

と担任の男の先生に叱られていた。他の子はみんな名字で呼ばれるのに、彼だけは先生にも親のように名前で叱られていた。

週に一度の朝礼のときは、先生の視線がカツオに注がれ、その隣にいるヤヨイは、自分が見られているようで、とっても嫌だった。とにかくカツオがおとなしくして、先生に叱られませんようにとそればかりを願っていた。

その日、家に帰るとタカが来ていた。彼女と話をしていた母は、ヤヨイを見てほっとした顔で、

「おかえり。今おやつをあげるからね」

と立ち上がった。ヤヨイは母の背中に向かって、朝礼での話をし、いちばん前は嫌だと訴えると、タカが、

「やっぱりねえ。ヤヨイちゃん、あんたは早生まれなんだから仕方がないんだよ」

と声をかけた。久しぶりに「はやうまれ」を思い出したヤヨイがそっと母の顔を見ると、見たこともない恐ろしい形相で温めた牛乳をカップに注いでいた。

骨組みのように角張った体形の鷲鼻のタカは、何年もの間、一週間に一度、それも突然に

やってきた。そのたびに母は微妙に不機嫌になっていた。おばあちゃんはどうしてうちに来るのかと、ヤヨイが母にたずねると、

「さあねえ、何でかしらね」

とため息をついていた。

母は隣のサエキさんちのおばさんを通じて、よく仕立物を頼まれていた。その家にはヤヨイと同い年のタカユキくんという男の子がいた。小学校に入学してから、ずっと違うクラスだったので、話をしたことはない。母は、

「タカユキくんとおばさんと、一緒にプールに行ったのよ」

と幼い頃の水着のモノクロ写真を見せられたけれど、二、三歳頃の話なので、まったく記憶になかった。

たまたま彼と下校の時間が一緒になると、ヤヨイは用事もないのに校庭を一周して、時間をずらして帰ったりもした。自分の家のように、クラスに一人は必ずいる名字ではなく、「サエキ」さんという名字は、何となくハイカラな高貴な雰囲気が漂っていてうらやましかった。カツオに比べてタカユキという名前も、どこか大人びていて格好よかった。

憧れているのは彼の姓名だけで、本人と親しくしたいわけではない。おばさんとタカユキくんが歩いているときに出くわすとあせった。無視するわけにもいかないから頭を下げて

「こんにちは」と挨拶《あいさつ》をする。するとおばさんはにっこり笑って、

「こんにちは。えらいわね」

といってくれる。そしてちらりと横にいる彼を見ると、黙ったままぺこりと頭を下げたりする。ヤヨイは通り過ぎながら、

(あんたに挨拶したんじゃないからね。おばさんにしたんだから)

と何度も自分にいいきかせていた。

母はヤヨイが小学校の四年生になるまで、いつもカタカタと音をたてて、ミシンを踏んでいた。学校の帰り、家の前まで来てその音が聞こえないと、「お母さんがいない」とあせって玄関に駆け込んだ。母は洋裁の腕がよかったらしく、仕立物はひっきりなしにあって、ミシンの横にはたくさんの布がたたんで積んであった。「触っちゃだめ」と注意されていたので、ヤヨイは手を後ろに組み、目を大きく見開いて、きれいな花柄や温かそうな色の布を見て、どんな服になるのかを想像して楽しんでいた。

母の大事な内職でもあり、趣味でもある洋裁を中断させる、突然のタカの出現はとても迷惑だったが、あるときからぱったりと姿を見せなくなった。話を聞いた父が、

「タエコの仕事の邪魔をするな」

と怒り、タカがへそを曲げたのである。母にとっては平穏な日々が訪れたが、それとほとんど同時に、仕立物の依頼が来なくなった。世の中に既製服があふれはじめ、みなそれらを買い求めるようになったからだった。

ヤヨイも母の手作りの服を着るよりも、近所の洋品店で売られている服を着たいと思うようになった。両親は一緒に服を選んで買ってくれたものの、母はやはり寂しかったらしい。頼みもしないのに、ヤヨイが遊んでいるバービー人形やタミー人形の服を、溜まった端切《はぎ》れでせっせと縫っては、

「こんなのができたよ」

と喜びながらヤヨイに見せてくれた。人形たちもどんどん衣裳《いしょう》持ちになっていった。

人形遊びをする相手は、とてもかわいらしく頭もいいユリコちゃんだった。彼女のお父さんは会社を経営していて、住宅地でひときわ目立つ大きな洒落《しゃれ》た家に住んでいた。芝生が拡《ひろ》がる広い庭には、シェパードとコリーとスピッツが跳びはねていて、中学三年生のお兄さんが世話をしていた。お母さんは星由里子そっくりの美人で、彼女の家に遊びに行くと、別世界にいるようで胸がわくわくした。

ユリコちゃんが一人で使える広い板の間の子供部屋。少女漫画雑誌でしか見たことがない、ひだのたっぷり入ったカーテンや、赤い革張りの、曲がった脚がついたかわいい椅子。グラ

ンドピアノ。ベッドにはフリルがついた花柄のベッドカバーが掛けられていた。一方、両親がいつでも襖《ふすま》を開けてのぞく畳敷きの三畳間に障子窓。クラスのみんなが持っているハーモニカ、母が縫った木綿の座布団や敷布団、掛布団。ヤヨイの周辺にあるものはことごとく違っていた。

「いいなあユリコちゃんは」

「そうかな、私はよくわからないけど……」

彼女は小首を傾《かし》げた。その姿も少女雑誌のモデルの女の子のようで、ヤヨイはますます「素敵」という気持ちがつのった。そんなヤヨイの気持ちを知ってか知らずか、ユリコちゃんは、

「私たち、ザ・ピーナッツみたい」

とにっこり笑ってくれた。

何から何まで自分と正反対なのに、「ザ・ピーナッツみたい」といわれてヤヨイはとてもうれしかった。一緒に声を揃えて、「ふりむかないで」や「恋のバカンス」を歌っていると、お母さんがお盆におやつを載せて持ってきてくれた。

「そんな大人の歌を歌っちゃいけませんよ」

やんわりといいながら、ユリコちゃん専用の白いかわいい丸テーブルの上に、ショートケ

ーキと牛乳が置かれると、ヤヨイはごくりと唾を飲み込んだ。うちではショートケーキが食べられるのは、誕生日とクリスマスくらいなのに、ユリコちゃんの家では、遊びに行くたびに違うケーキが出てきた。煎餅とはずいぶん違うなあと思いながら、本当はすぐにでもかぶりつきたかったのだけど、母にいわれたように、

「いただきます」

ときちんと頭を下げて、フォークを手に取った。ユリコちゃんの家で食べるケーキは、うちで食べるのと格段においしさが違っていた。その理由を両親に聞くと、悲しませるような気がしたので、ヤヨイは黙っていた。自分であれこれと考えて出した結論は、

「ものすごく、いいとこで買っている」

だった。両親が買ってくれる駅前のケーキ店とか、たまーに買ってきてくれる、銀座のお店とは違う、ヤヨイが全然知らない、もっと高いお店で買っているんだろう。その店がわかれば、今度そこで買ってきてとねだることもできるが、どこだかわからないので、ヤヨイは自分の家で食べるのはあきらめ、とびきりおいしいケーキは、ユリコちゃんの家に遊びに行ったときの、楽しみになった。

家に帰ってユリコちゃんの家でしてもらったことを母に話すと、

「いつも申し訳ないわねえ。よくしていただいて」

と恐縮していた。うちとは生活レベルが格段に違うので、同等にお返しできるものはないが、せめてもの御礼といって、母は小さな庭に植えていた花々を切り、小さな花束にしてヤヨイに持たせた。ユリコちゃんからのリクエストで、デパートでは買えない人形の服を縫っていたりもした。ヤヨイにとってはそんなものであっても、ユリコちゃんもお母さんも大喜びしてくれた。

「お母様によろしくいってね」

そういわれると自分の母がとても誇らしくなってきた。

その年の十月十日に東京オリンピックが開催されるので、その前にヤヨイたちは遠足に組み込まれていた国立競技場の見学に行った。学校の運動場とは違って、土の色が明るい茶色だったのに、みんなとても驚いた。同級生の男の子たちは目を輝かせて真新しい大きな競技場を見ていた。

お昼の時間、ユリコちゃんと一緒にお弁当を食べ、ヤヨイは持ってきたマーブルチョコレートをあげた。

「ありがとう。おいしいよね、私も大好き」

ユリコちゃんは手のひらにカラフルな丸いチョコレートを載せて、にっこり笑った。チョコレートの筒の中に入っていたシールは、ウランちゃんだった。

「これ持ってなかったから、机に貼ろう」

ヤヨイが声をあげると、彼女は、

「いいな、机にシールが貼れるんだね。うちは怒られるの」

と悲しそうにつぶやいた。たしかにユリコちゃんの机には、シール一枚、貼られていなかった。ヤヨイはチョコレートの筒の容《い》れ物の蓋《ふた》をはめたりはずしたり、すぽんすぽんと音をたてながら、

「ふーん、そうなの」

というしかなかった。

帰りのバスのなかで、ヤヨイは隣に座っているユリコちゃんに、

「来年も同じクラスになればいいね」

といった。

「うん、そうだね」

「私たち、ザ・ピーナッツだから、これからもずっと一緒だよね」

そのとたん、ユリコちゃんは口を真一文字に結んで黙ってしまった。小学校の道路を隔てた向かいに公立の中学校があり、ほとんどの生徒がそこに進学するのだが、ユリコちゃんは

違ったのだ。ヤヨイがじっと彼女の顔を見ていると、

「私、中学校は私立に行くから、今、家庭教師の先生に勉強を教えてもらっているの」

といった。ユリコちゃんの口から出た受ける予定の中学校は、偏差値が高くて有名な中学校ばかりだった。ヤヨイは自分の気持ちをぐっとこらえて、

「へえ、すごいね」

と笑った。

「でもね、ひとつはお母さんが出た学校だから、必ず入れるんだって」

教えてくれたその学校でさえ、その制服を着て歩いていれば一目置かれる学校だった。

仲のいいユリコちゃんと、同じ中学校に通えないとわかったヤヨイは、気が重くなった。おまけに五年生のクラス替えで、彼女とは別々になってしまった。私立中学校を受験する子は、一クラスに一人か二人で、ヤヨイのようにぼーっとしていても向かいの中学校に通える子たちとは違い、学校が終わっても一生懸命に勉強している。ヤヨイもユリコちゃんの邪魔にならないように、素敵な家に遊びに行くのを我慢した。学校で偶然に顔を合わせると、ちょっと話をする程度で、

「がんばって」

としかいえなかった。それでもユリコちゃんが、

「ありがとう」

といってくれると、これから自分も我慢することにがんばろうと思えるのだった。

なかにはみんなと一緒に、隣の中学校に通いたいのに、親から私立を受験しろといわれ、

「同じ学校に行きたい」

と泣いている子もいた。みんなで、

「試験のときに間違った答えを書けば」

とそそのかしても、その子の親は絶対に私立に行かなくてはだめだといっていて、向かいの中学校は選択肢にないのだった。家では泣けないので、学校で泣いているその子を、ヤヨイたちは教室の隅で慰めることしかできなかった。

その子はいつも、おかっぱ頭のマスコちゃんに背中をさすられながら泣いていた。マスコちゃんは学年でいちばん体が大きく、オリンピックの前までは「横綱」というあだ名だったが、オリンピック以降は砲丸投げと円盤投げで金メダルを取った、タマラ・プレス選手になぞらって、「タマラ」と呼ばれるようになった。体が小さかったヤヨイも、この頃から背が伸び体重も増えてきて、クラスの女子のなかで中程になったが、一年生のときから巨体で、同級生の男子よりも体の大きなマスコちゃんと比べると、大人と子供のようだった。

マスコちゃんは心が広く大きくてどっしりと構えていた。男子から、

「タマラ、尻がでけー」

などとからかわれても、にやっと笑うだけで相手にしなかった。しかし泣いている子や困っている子がいると、すっとそばに寄ってきて、声をかけてくれたり面倒を見てくれる優しさがあった。ヤヨイも他の女子も、マスコちゃんは同級生なのに、自分たちのお母さんのように思えてならなかった。

勉強ができるうえに、家庭教師についていたユリコちゃんは、第一志望の有名私立大学の付属中学に合格し、みんなと同じ学校に行きたいと泣いていた子も、私立中学に合格した。六年生の全六組のうち私立中学に通う子は、一クラスで二、三人だったので、それ以外の子はヤヨイもマスコちゃんも、タカユキくんもカツオも、みんな向かいの中学校に入学した。男子は詰め襟、女子は襟なしのジャケットとジャンパースカートの制服を着ると、見慣れた顔が大人びてみえた。また中学校に入ったとたんに、ものすごく背が伸びる男子も多く、声変わりと共に自分が知っている、きゃんきゃんと騒いでいた男の子ではなくなるのを、ヤヨイは不思議な気分で眺めていた。女子も同じく成長するので、その点では同じなのだけれど、男子から自分たちがそう思われているとは、ヤヨイには自覚がなかった。

入学してしばらくして、一度家に帰り、駅前の文房具店にノートを買いに行ったとき、駅の階段を降りてくる、ユリコちゃんとお母さんに会った。

「あっ、ヤヨイちゃん！」

彼女は転げ落ちそうになりながら、ものすごい勢いで階段を駆け下りてきて、ヤヨイに飛びついてきた。自分のお洒落でも何でもない制服に比べ、ユリコちゃんが着ているのは、ブルーのスカーフが胸元にふわっと結ばれているセーラー服だった。それが彼女にとてもよく似合い、思わず息をのんだ。クリーム色のスーツを着たお母さんも早足で降りてきて、

「ヤヨイちゃん、元気そうでよかったわ。背も少し伸びたみたい。またうちに遊びに来てね。ユリコは学校のお友だちが近所にいなくて寂しがっているから」

といってくれた。

「はい」

そう返事をしたものの、ユリコちゃんはますますかわいらしくなり、お母さんも相変わらずきれいで、彼女が遠くに行ってしまったような気持ちになった。

「お母様にもよろしくいっておいてね。いつもお庭のきれいなお花をくださって。うれしかったわ」

お母さんは優しくそういってくれ、ユリコちゃんは名残惜しそうに、何度も振り返りながら手を振っていた。ヤヨイも立ち止まってずっと手を振りながら、うれしいのと寂しいのが

ごっちゃになっていた。

中学に入学して、隣のサエキくんと同じクラスになった。彼のお母さんとヤヨイの母は、同じクラスになったことを喜んでいたようだけれど、ヤヨイ自身はとても面倒くさかった。帰る方向が同じというだけで、

「あいつらはあやしい。つき合ってる」

とからかわれたりする。ちょっとでも男女が話していると、みんなが大騒ぎするのだ。そんな事態を避けたいヤヨイの気持ちも知らずに、登校前、あわてたふうで彼のお母さんが家にやってきた。タカユキくんが給食のときに机の上に敷く布を忘れたので、渡してやって欲しいと持ってきたのだ。彼はバレーボールの早朝練習があって、早く家を出てしまったという。ヤヨイは絶対に断りたかったが、おばさんは申し訳なさそうに青い布を差し出すし、母は、

「持っていってあげなさい」

と命令口調になるので、嫌だと思っているのを悟られないように、

「はい、わかりました」

と明るく返事をして、その布を受け取った。学校に行くまでの十分足らずの道のりが苦痛

でならなかった。どうしておばさんは渡すのを忘れたんだ。だいたいサエキくんがぼーっとしているからいけないんだ。おまけにどうしてお母さんは、持っていってあげなさいって余計なことをいうんだ。頼まれたとはいえ、それが何であっても、彼に渡しているところを見られたら、

「あの人たち、あやしい」

と噂《うわさ》が立つに決まっている。ああっ、絶対に嫌だと、ヤヨイがあちらこちらに腹を立てているうちに、学校に着いてしまった。

教室に入ると、何人かの同級生がすでにいたが、日直だったり部活の用事があったりして、一人、二人と教室からいなくなった。その隙を狙ってヤヨイは通学鞄《かばん》の中から預かった布を取り出し、いちばん後ろの列のサエキくんの机の上に置いた。そして自分も教室を出て、用事もないのに校内をぶらぶらした後、授業時間ぎりぎりに戻った。

そっと彼の席を振り返ると、布は置かれたままだった。そこへ息をはずませてサエキくんが教室に飛び込んできた。そして机の上の布に目を留め、しばらく不思議そうな顔でじっと見ていたが、それを机の中に入れて、はあっと大きく息を吐いた。いちおうおばさんに頼まれたことはやったと、ヤヨイはほっとして前を向いた。

小学校一年生の朝礼のときに、いつもはしゃいで先生から叱られていたカツオも同じクラスになった。前にならえのときは、ヤヨイと同じく両手を腰に当てるいちばん前だった彼も、中学生になると前から八番目になるまで背が伸びた。しかし性格はまったく変わらず、変声期途中の中途半端なかすれ声で、「きゃははははは」とはしゃぐおしゃべり好きで、先生たちにいつも怒られていた。

おまけに運悪く、二学期はじめのくじ引きの席決めで、ヤヨイの隣がカツオになった。ヤヨイは一気に暗くなり、早く三学期が来ますようにと、九月はじめから、気分は落ち込んでいた。そんな彼女の気持ちを知らないカツオは、

「あのね、おれんちは父ちゃんが大工で、五つ違いの兄ちゃんの名前はシュウイチっていうんだ。ふふふ」

とうれしそうに自分の家について話をしはじめた。突然そういわれてもヤヨイは、

「ふーん」

としか返しようがない。そしてカツオは前の席の子や後ろの席の子に何やら話しかけた後、数学の授業がはじまってしばらくすると、

「ねえ、消しゴム忘れちゃったからさ、貸してくれない？」

とささやいた。面倒なのでヤヨイが黙って消しゴムを彼の机の上に置くと、

「わっ、サンキュー」

と喜んでノートに書いた数式を消してすぐに返してくれた。落ち着いて黒板の式を書き写せばいいのに、おっちょこちょいだから間違えるのだ。ちらりと彼の手元をのぞくと、数式の横に「怪物くん」の絵を描いている。授業は進んでいるのにノートに覆いかぶさるようにして、今度は「フランケン」の絵を描きはじめた。

呆《あき》れたヤヨイが前を向いて先生の話を聞いていると、

「ねえ、消しゴム貸してくれない？」

と再びカツオがささやいた。ヤヨイがにらみつけると彼は顔の前で両手を合わせて、何度も小さく頭を下げた。そして小声で「お願い」と何度も繰り返す。その態度を見て腹が立ってきたヤヨイは、消しゴムを両手で半分に割り、その片方を投げるようにして、カツオの机の上に置いた。

「わあっ、ありがとうございまする」

カツオに礼をいわれ、ヤヨイは大きなため息をつきながら黒板に目を向けた。

中学校に通うようになっても、一緒のクラスになりたいと思っていた人たちのうち、ユリコちゃんからは早々に私立を受けるといわれ、体も心も大きい優しいマスコちゃんは、別のクラスになった。そのかわり同じクラスにはなりたくなかったサエキくんとカツオと一緒になってしまった。どうしてこう私の人生はうまくいかないんだろうと、ヤヨイは嘆いた。

マスコちゃんは小学校一の巨体を誇っていたが、中学校には周辺の他の小学校からも、生徒がやってくる。そのなかでマスコちゃんの隣のクラスに、彼女に引けを取らない巨体の女子がいた。彼女は顔や体形がそっくりなので、小学生のときから、あだ名は「若秩父《わかちちぶ》」だったという。男の子たちは面白がって、

「タマラ・プレスと若秩父はどっちが強いのかなあ。お前ら相撲を取ってみろよ」

とそそのかした。もちろんそんなことをするわけもなく、マスコちゃんは苦笑しながら相手にしなかったのに、「若秩父」は無表情で、はやしたてる男子の肩をつかんでつきとばすという荒技を使い、その結果、何人もの男子が教室の壁に頭をぶつけたり、床に転んで尻を打ったりした。それで「若秩父」はとても怖れられているという話を、ヤヨイは情報通の同級生から聞いた。

そのうち男子は自分たちが痛い思いをするので、「若秩父」には何もいわなくなった。マスコちゃんは巨体だが暴力はふるわないので、男子はいつまでも、「でかい」「太い」と彼女をからかっていた。いつもと同じくマスコちゃんが苦笑していると、そばにいた同級生の女子が助け船を出して、

「マスコちゃんが好きなんじゃないの。そうじゃなければこんなにちょっかいを出すはずがないもの」

と笑ったら、その男子は、

「ばーか、誰が好きになんかなるもんか。こんなデカ女」

と憎まれ口を叩《たた》いて走って逃げていったという。しかしそれ以来、マスコちゃんはからかわれなくなったらしい。同じ巨体ながら、絶対に手を出さず、気持ちの優しいマスコちゃんが、みんなから好かれていたのは間違いなかった。しかし「若秩父」のほうは、しつこくからかわれたという理由はあるものの、無表情でお調子者の男子たちを投げ飛ばすので、近寄らないのがいちばんと、猛獣のような扱いになっていた。

ヤヨイの中学校は、クラス替えは一年から二年になるときの一度だけで、二年から三年はない。二年生になるとき、仲のよかった子たちと一緒になりますようにとヤヨイは必死に願ったが、それは叶《かな》わず、またサエキくんとカツオと一緒のクラスになってしまった。

「結局、三年間かあ」

通学する気分がほとんど失《う》せた。

サエキくんは隣に住んでいるというだけで、特に実害はないのだが、カツオはとにかく誰にでも遠慮をせず、ふざけまくっているので、先生から叱られる回数が多い。他の生徒は関係ないとはいえ、同級生が叱られるのを見るのは、気分のいいものではない。彼が叱られて同級生が嫌な気持ちになっているのに、叱られている本人が、周囲の自分たちよりも胸を痛めていないというのが、大きな問題だった。幸いだったのは、サエキくんともカツオとも、ヤヨイの席が近くならなかったことだけだった。このまま席替えをせずに、一年が終わりますようにとヤヨイは念じていた。

中学二年生になると、今まで勉強についてうるさくいわなかった両親が、高校受験についてきちんと考えておくようにと事あるごとにいうようになった。一年生は入学してすぐだから緊張しているし、三年生は受験がある。だから二年生がいちばん気楽でいいと、お小遣いで好きなグループサウンズのレコードを買っていると、両親はいい顔をしない。自覚して勉強は自分なりにやっているのに、まるでそういう音楽を聴いているから、成績が落ちるというようないい方はやめてもらいたかった。成績が落ちてからいって欲しいのに、両親は先へ先へと心配して口を出してくる。それにとても腹が立った。

両親と顔を合わせれば口喧嘩《くちげんか》になるので、それを避けるためにできるだけ顔を合わせないようにと、三畳の自分の部屋に居るようにした。毎晩、両親と御飯を食べるのも気が重かったが、母に引きずり出されてしぶしぶ一緒に食べた。両親が話しかけても、ヤヨイは「うん」か「ううん」しかいわないので、親子の会話が成り立つわけがない。その態度にまた母が腹を立てるという有様《ありさま》で、ヤヨイの毎日はさんざんだった。

「あんな音楽ばかり聴いて。このままじゃ、どこの学校にも受からないよ」

人形のかわいい洋服を縫ってくれた、優しい母はどこにもいなかった。

本当はユリコちゃんと同じ高校に通いたかったが、両親から、

「ヤヨイがもっともっと勉強しないと、受かるわけがないでしょう」

とつっぱねられた。たしかにそうだった。両親からは、第一志望は公立高校、私立高校を受けたいのなら、一校だけ受験してよろしいと申し渡された。親に受験料や学費を出してもらうので、それには従わなくてはならない。私立高校もできれば制服がかわいいところ、繁華街にあるところをと選び、その学校名を母にいったら、

「制服と場所で選んだわね」

とすぐに見破られた。そこでヤヨイはもうどうでもよくなり、

「それじゃあ、先生との面談のときに決めてよ」

と母に文句をいった。

「自分の将来なんだから、ちゃんと自分で考えて決めなさい。学費は何とかするから」

そういわれると納得するしかなかったが、自分では受験はできれば考えたくない問題だっ

たので、真剣に向き合うのは辛かった。小学生から何もしなくても中学生になれたように、高校生にもなれたらいいのにと思ったが、公立中学に通っている子全員に、この試練は訪れるのだった。

同級生のなかには、弟妹が多かったり、家業を継ぐために、進学しない子も二、三人いた。両親はそういう子たちの話をして、

「同い年なのに社会に出て働くんだよ。ヤヨイもいつまでも甘えていてはだめ」

といった。たしかに彼らは立派だけれど、自分は将来、どうしていいのかまだわからなかった。

二年生の三学期になり、席替えで運悪くまたカツオの隣になってしまった。またまた彼は何も聞かないのに、

「おれは中学を卒業したら、大工の見習いになる。高校は定時制に通うんだ」

とヤヨイにいった。

「ふーん」

それしか返す言葉がない。

「お前は公立高校を受けるのか」

どうしてあんたにお前といわれなくちゃならないのかと腹が立ったが、

「そうだよ」

と答えると、

「大変だよなあ、けけっ」

と笑われた。


ヤヨイと母と先生との面談の際、先生からは内申書と照らし合わせて、この学校群であればまあ合格ラインなのではと提示された。学校群というのは、周辺地域にある公立高校を偏差値でグループ分けし、受験生はどのグループを受けるか申請する。グループの中は二校あるいは三校あり、合格者は各校に事務的に振り分けられるので、どこの高校に入学できるかはわからない。

それなりの授業をしてくれるうえに、学費が安い高校を両親が望むのは当然だったが、ヤヨイにとっては、公立高校の制服はどこも中学校と同じようなデザインで野暮ったかったし、大学に進学するとなったらまた三年後に受験があると思うと、ため息しか出てこなかった。先生が提示したのは、偏差値の高さでグループ分けされたうちの、いちばん低いグループだった。一段階上のグループも可能性がないわけではないが、試験の際には何があるかわからないので、余裕を持ったほうがいいのではないかという。

「それはそうですね」

母は何度もうなずき、

「風邪を引くかもしれないし、安心して受験できるほうがいいわよね」

と隣に座っているヤヨイに声をかけた。ヤヨイはうなずくしかない。

「それでは第一志望はこちらということでよろしいですね」

先生は母とヤヨイの顔を交互に見て、二人がうなずいたのを確認して、手元の黒い表紙のぶ厚いノートに万年筆で何やら書き込んでいた。そして万が一のときのためにと、偏差値はそれほどでもないが、雰囲気のよい私立高校を推薦してくれた。

自分の受験する高校は決まった。あとは合格するだけになってしまった。学校からの帰り道、母が、

「サエキくんは私立だけ、何校か受けるんですって。やりたいことが決まっていて、私立に行ったほうが専門的な勉強ができるからっていってたわ。ヤヨイみたいにまだ何も決めてない子は、公立に入ってそれからのんびり将来を決めたほうがいいわよ。私立に入ってその学校に染まると、大学受験のときにそれが邪魔になるかもしれないから」

といった。ヤヨイは黙って聞いていたが、両親はもっともらしい理由をつけているけれど、結局は学費が安い高校がいちばんいいのだろうとちょっと拗《す》ねていた。

いくら拗ねていても受験は、日、一日と近づいてくる。ヤヨイの母は、

「試験はまだ先と思っていても、あっという間だからね。今から怠けているようじゃだめよ。こつこつやっておかないと」

としつこくいうようになった。

「わかってるよっ」

ヤヨイが怒ってばたんと襖を閉めて自分の部屋に入ると、追いかけるように母は紅茶とシュークリームをお盆の上に載せてやってきて、

「がんばってね。いくら先生に大丈夫っていわれても、何があるかわからないんだから。のんきにグループサウンズのレコードなんか、聴いてちゃだめよ」

と釘を刺してきた。

気晴らしに勉強する前に、ザ・タイガースのレコードを聴こうと思っていたヤヨイは、出鼻をくじかれてしまった。お父さんは中学受験のときに第一志望に絶対に受かるといわれていたのに、当日、お腹が痛くなって集中できずに落ちたとか、近所の高校二年のお姉さんは、受験当日に高熱が出て、試験を受けられなかったとか、そんな話をいつまでもいい続ける。

「もうわかったから、あっちに行って。そこでしゃべっているのが、いちばん勉強の邪魔なんだよ」

ヤヨイがいい放つと、母は黙って襖を閉めて出て行った。鍵のかかる子供部屋を持っている人がうらやましくて仕方がなかった。鍵がかかる広くて素敵な部屋を使い、受験もないユリコちゃんがうらやましくてたまらなかった。彼女には幸せな未来が待っているのだろう。

ヤヨイは大きなため息をついて、明日授業で当てられそうな数学の教科書を開いた。先生からは、私立高校は試験問題に各校の特徴があるけれど、公立高校は教科書をきちんと勉強していれば、解ける問題ばかりだからといわれていた。そうはいわれてもわからないところはわからない。ヤヨイは特に数学が苦手だった。内申書と三教科の試験の合計点で合否が決まるので、できるだけ得意科目の国語と英語で稼いでおかないといけない。とはいっても、まだ一年以上あると、ヤヨイはのんきに考えていた。しかし偏差値の高い高校を受験する子たちは、だんだん口数が少なくなっていった。元気でうるさいのは、まったく悩みのなさそうなカツオだけだった。

三年生になると、みんな受験する学校も絞られてくるので、お互いにどこを受けるのかを話していた。それをカツオは、

「みんな大変だねえ」

とにやにやしながら眺めていた。そして、

「お前、どこ受けるの？　へえ、すごいな。頭いいんじゃん」

と偉そうにいったりもする。先生も宿題や課題をやってこない生徒たちには、とても厳しくなったが、カツオが宿題をしてこなくても何もいわない。彼が勉強をさぼっても、大目に見られているのが、ヤヨイはうらやましかった。

他のクラスの受験情報も入るようになってきたとき、例の情報通が真顔で、休み時間に教室の隅に女子を集めた。みんなが首を傾げていると、彼女は、

「大変なことが起こった」

といった。一同が前のめりになって彼女の顔を見ていると、

「『若秩父』が結婚するらしい」

と小声でいった。

「えっ、『若秩父』が？」

一人の女子が、両手を自分の脇で拡げて、彼女の体形を示した。情報通は小さく何度もうなずいた。

「お母さんが商店街で噂になってるっていってた。『若秩父』のお母さんから直接聞いたおばさんもいて、相手は駅前交番の二十四歳のおまわりさんだって」

「えーっ！」

こっちはどこの高校に入ろうかとか話しているところなのに、つき合っているのならともかく、結婚なんてと女子の驚きは一致していた。たしかにヤヨイも大好きな沢田研二と結婚したいとは思っていた。想像するだけで、自分と彼の周囲にはたくさんのバラの花が咲いているように感じる。しかしそれは現実ではない。それくらいはヤヨイでもわかっているのだが、現実に同い年で結婚をする人がいるとは、それも「若秩父」が、というのが衝撃だった。アポロ11号の月面着陸よりも驚いた。

「若秩父」のお母さんは、娘は商業高校を受験するつもりだったけれど、卒業したら結婚することになったといったらしい。

「じゃあ、本当なのか……な」

ヤヨイたちははしゃぐどころか、狐に抓《つま》まれたみたいにきょとんとして、何も言葉が出なかった。

受験でこんなにあたふたしているのに、結婚なんてまだ先の先の話だった。小学校五年生のときに、女子だけ集められてスライドを見せられたりしたが、その子供ができる可能性がある結婚を、あの「若秩父」がするのである。第二次性徴が表れた自分の体を受け入れることさえ大変なのに、結婚するとはどういうことなのだろうかと、ヤヨイたちは頭の中がぐるぐる回ってきた。

その日、学校から帰って、珍しくヤヨイはその話を母にした。

「えっ、本当だったの。面白おかしく噂しているだけだと思ってた」

母の話によると、「若秩父」と相手のおまわりさんが、一緒に歩いているのを見かけた人が何人もいて、やはり大人の間で噂になっていたようだ。

「ただの友だちだと思っていたのに。へえ、そうなの。結婚、へええ。結婚ねえ」

と繰り返していた。

結婚する「若秩父」に比べて、自分は何て子供なのだろう。この間もおやつにシュークリームが出たとたん、とてもうれしくなってしまったほど幼いのだ。

「いったい、私って何？　子供なの、大人なの？」

様々なことが重なって、自分でもわけがわからなくなってきた。

そんな頭が混乱するなかでも、中学生とはいえ現実はどんどん進んでいく。学校で指定されている模擬試験も受けなくてはならない。事前に志望校を記入すると、結果によって合否が出るシステムになっていた。ヤヨイは二回受けた模擬試験で、公立も私立も合格判定が出た。両親はコンピュータで処理された紙を二人で見ながら、

「よかったわね。少しは安心したでしょう」

という。安心したのはあんたたちじゃないのかといいたかったが、ヤヨイは黙っていた。

「この調子でがんばりなさい」

母の言葉には反応せず、ヤヨイは自分の鍵のかからない畳敷きの部屋に入った。

両校とも合格判定が出て、ほっとしてやる気が失せてきた。学校の先生からも、

「内申書は心配しなくてよい」

といわれていたので、あとは当日、平均六十点以上を取るだけだ。今日くらいはレコードを聴いても叱られないだろうと、ヤヨイはザ・タイガースの「シー・シー・シー」のドーナツ盤に手を伸ばした。

ポータブルプレーヤーを出そうと、押し入れを開けると、そこにプレーヤーはなかった。一瞬、びっくりしたが、母がそこに置いているのを知っているので、レコードを聴けないように持ち去ったのに違いない。ヤヨイは頭に血が上って、襖がはずれそうな勢いで開け、台所にいる母に向かって、

「プレーヤー、返してよ！」

と金切り声で叫んだ。自分でもどうしてこんなに腹が立つのかわからなかったが、気がついたら大声を出していた。

母は顔色ひとつ変えず、

「置いてあったらレコードばかり聴くでしょ。受験が終わるまで預かっておくから」

といいながらジャガイモを洗っている。

「何の権利があって、そんなことするの？　あれは私のプレーヤーだよ。黙って持っていくなんて泥棒だよ」

ヤヨイの怒りは収まらなかった。

「とにかく今は、最優先して自分がやるべきことを考えなさい」

母が妙に冷静なのにも腹が立ったが、これ以上ここで文句をいっても、どうにもならないとわかって、ヤヨイはどすどすとわざと足音をたてて部屋に戻った。机の上のドーナツ盤も、これだけではどうにもならない。

「何でなんだよう」

ヤヨイは机の上にしばらく突っ伏していたが、仕方なく受験参考書を開いた。何度も同じことをしているので、これ以上やることがないような気がしてきた。

「いいなあ『若秩父』は。受験をしなくてもよくなっちゃったもん」

かといって結婚がうらやましいかというと、そうではなかった。

その日の晩御飯の食卓では、ささやかな抵抗として、ヤヨイは両親から話しかけられてもひとことも話さず、食べ終わるとすぐに部屋に入った。母から事情を聞いた父は、

「そんなにうるさくいわなくてもいいんじゃないか。多少の息抜きをしないと、息が詰まる

だろう」

と低い声でいった。しかし母は、

「ひとりっ子だし、甘やかしたらだめなんですよ。あの子は甘やかすとそれにのっちゃう子だから」

といっている。ヤヨイは聞き耳を立てながら、いったい私の何がわかってるんだ。親だからといって私のすべてをわかっているようなことをいうなと、また腹が立ってきた。

それからのヤヨイは、母の言動を一日に何度も思い出しては腹を立てた。最低限の事柄以外、口もきかなくなった。同級生の仲のいい女子に愚痴をいうと、それは漫画本であったり、テレビであったりするのだが、親から制限を受けている子たちが、

「うちもそうだよ」

と口を尖《とが》らせた。どうして親ってそうなのか、鬱陶しいと、同じ立場の子たちと文句をいっていると、そばで聞いていた団地に住んでいる子が、

「それだったらうちにおいでよ。漫画もあるし、ポータブルプレーヤーもあるから」

と誘ってくれた。彼女の両親も高校生のお兄さんも、夜にならないと会社やアルバイトから帰って来ないという。

不満だらけの女子たちは、いちおう学校からは禁止されてはいるが、学校帰りに集団で彼

女の家に遊びに行った。レコードまで没収されなくて本当によかったと、ヤヨイがドーナツ盤をターンテーブルに載せて曲が流れはじめると、みな口々に「ジュリー素敵」と身悶《みもだ》えした。漫画を禁止された子も、新刊を手にしてうれしそうに畳の上に足を投げだし、壁によりかかりながら読みふけっていた。

「いいなあ、親がいなくて」

誰かがつぶやくと誘ってくれたその子は、

「それはそうなんだけど、全部お前の責任だからっていわれてるの」

彼女の両親は受験に関しても何もいわないので、すべて自分で決めなくてはならず、お兄さんに相談したりして、それはそれで面倒くさいといっていた。

「親のいうことを、はいはいいって聞いていたほうが楽じゃん」

そうかもしれないし、そうでもなかった。

ヤヨイたちは受験期の気の重い日々のなか、久しぶりにすかっとした。家に呼んでくれた彼女には何度御礼をいっても足りなかった。

「またおいでね」

彼女は手を振って見送ってくれた。お互いに「よかったね」といい合いながら、それぞれの家に帰っていった。

帰宅時間がちょっと遅くなったのは、図書室で調べ物をしていたからと話したら、母は疑わずにすぐに納得していた。

「ユリコちゃん、何をしてるのかな」

ヤヨイは大事にしている、水森亜土《みずもりあど》ちゃんのレターセットを取り出して、ユリコちゃんに手紙を書いた。

すぐにユリコちゃんから返事が来た。自分が出したのはイラストのかわいいレターセットだったのに、彼女から届いた封筒は、四隅がレースのように飾り切りされている、大人びたものだった。彼女と自分とは正反対だと再確認しつつ、急いで封を切ると、見覚えのあるきれいな文字が並んでいた。

学校には楽しく通っているけれど、仲のいい友だちがうちとは真逆の方向に住んでいるので、気軽に遊ぶことができないのがつまらないと書いてあった。そして受験は大変だろうけれども、ヤヨイちゃんだったら絶対に志望校に入学できるので、自信を持って試験に臨んでくださいと続けられていた。

同い年なのに、まるでお姉さんからの励ましの言葉のように思え、ヤヨイはその白い封筒が汚れないように、薄紙で包んで机の引き出しの中にそっと入れた。彼女に仲のいい友だちができたのも、ちょっと寂しかったが、自分にも仲のいい子がいるので、それは仕方がない。

ユリコちゃんも両親に逆らうことがあるのかと、ふと考えた。

仕方なく勉強し、こっそり団地で息抜きをして、ヤヨイは先に私立の受験の日を迎えた。ここは試験の後に保護者面接があるので、朝から母と一緒に行かなくてはならなかった。試験は難なくできたが、問題は面接だった。何を聞かれるのか想像もできない。母はこの日のために自分で縫った紺色のスーツを着て、面接担当の先生から「教育方針」を聞かれて、

「個性を尊重するようにしています」

と答えていた。ヤヨイは腹の中で、本当か？　と首を傾げながら、聞かれたことに正直に答え、そして先生たちがとても優しかったので、気持ちよく帰って来られた。そして無事、合格の知らせが届いた。

本命の公立高校の受験の日、ヤヨイよりも母のほうが緊張していて、

「気楽にいってらっしゃい」

という声が震え、顔がこわばっていた。

「いってきます」

ヤヨイが試験を受ける会場は、学校群の中で比較的近い高校だった。試験は先生がいっていたとおり、学校で習ったことが主になっていたけれど、いくら自分ができたと思っても、募集人数分を成績上位者から順番に選んでいくので、全体的に成績がよかったとしたら、試

験ができても安心できない。ヤヨイは自分ができているのなら、みんなもできているという不安が、合格発表までぬぐえなかった。

試験の翌日、ヤヨイは新聞に公立高校の入試問題と解答が出ているのを見て自己採点し、先生に報告すると、合格ラインには達していたようだった。だがヤヨイはそれでも安心できなかった。父は、

「いいじゃないか。もしだめでも私立に行けば」

とのんびりといった。しかし母は、

「いい学校だけど公立に比べると学費がね。私もパートで働かなくちゃ」

といった。すると父は読んでいた新聞で顔を隠し、何もいわなくなった。

発表の日、試験を受けた高校の前庭に貼り出された合格者のなかに、自分の受験番号を見つけると、ヤヨイは同じ学校群を受けた同級生の女子と抱き合って大喜びした。千の位からそして逆に一の位からと何度も確認した。校門前の公衆電話から家に電話をして、合格したと伝えると母は涙声になっていた。ふだんは自分よりも成績のいい男子が、何人か落ちていたのにヤヨイは驚き、彼らには何も話しかけられなかった。

その高校の窓口で入学に関する書類が入った封筒をもらい、中学校に戻って先生に報告す

ると、「おめでとう」と喜んでくれた。今まで重かった体が、一気に軽くなったような気がした。二度とあんな気分は味わいたくないと思った。

週末は、ヤヨイの「高校合格おめでとう」の食事会になった。三人でイタリアンレストランに行ってピザを食べた。話には聞いていたが、食べたことがないピザというものを、食べたいとヤヨイがいったからである。ついこの間まで母のことを、「くそばばあ」と腹の中で毒づいていたのが嘘《うそ》のように、三人は仲よし家族だった。

「プレーヤーを隠してごめんね。でもあのときはそれがいちばんヤヨイのためになると思ったから」

母は謝ってくれた。ヤヨイが「うん」と返事をして、念願のピザを食べるのに専念していると、父が、

「ヤヨイもがんばったから、入学祝いにコンポーネントステレオを買ってやろう。小さいのだけどな」

といった。持っているプレーヤーは、大昔に童謡のレコードやソノシートを聴くために買ってもらったもので、本体から出てくる音もよくなく、ヤヨイは辛い思いが無駄にならなかったと、心の底から喜んだ。

ヤヨイが振り分けられたのは、家からいちばん遠い高校だった。学校群には他にヤヨイの

家から電車で十分足らずの高校、バスで十五分で行ける高校があったが、ヤヨイの通う高校は電車で十五分、さらにバスに乗り換えて十分のところにあった。電車はともかくバスは時間が定まらず、また公立高校のためにはスクールバスも運行されず、駅前のバス停でずらっと並んで待たなくてはならなかった。

両親は公立高校に合格してとても喜んでいたが、その次は、

「どうしてあの学校なんだろうか」

といいはじめた。最初は合格すればどこでもいいといっていたのに、受かったとたんにあれこれ文句をいいはじめる。ヤヨイは親って勝手なものだと呆れながら、これまでの徒歩通学ではなく、電車に乗って毎日通学するのが楽しみでもあり、その分、早く起きなくてはならないのが嫌でもあった。制服も中学校のときとたいして変わりがなく、校舎も古くてきれいとはいいがたい。それでもやはり男子の人数が女子よりも多い高校に通うのは、それなりに期待もあり、わくわくした。

高校には同じ中学から男女含めて数人が合格したが、クラスはばらばらになってしまった。通学途中の駅の改札口でばったり、同じ中学で別のクラスだった女子と会い、今までは話したことはなかったのに、おしゃべりしながら学校まで行った。彼女は「若秩父」と同じクラスだったので、ひとしきり「若秩父の結婚の驚愕《きょうがく》」について話した後、誰がどこの高校に入

学したかをお互いに話した。体も心も大きいマスコちゃんは志望した私立女子高に無事合格したという。しかしその学校名を聞いたヤヨイは、細身のワンピースにボレロという、中学生が憧れている制服をマスコちゃんが着るとわかり、つい、

「マスコちゃん、入るのかな……」

とつぶやいた。

「オーダーだよ。私たちみたいに大中小の三種類から、選ぶんじゃないと思うよ」

と彼女が笑った。

「そうか私立だから、私たちとは違うよね」

ヤヨイも彼女も大雑把《おおざっぱ》にあてがわれた制服を、裾丈や袖丈を母親に直してもらって着ていた。スカート丈は短すぎても長すぎても、風紀担当の先生から叱られる。母親が洋裁の苦手な子は、ウエストで幅二センチの黒いゴムを締め、スカート部分をむりやりたくし上げて着ていた。

ヤヨイの担任の先生は年配の男性で、初日、教室に入ったはいいが、どこに座ったらいいのかと、迷っている生徒たちに、

「まあ、適当に好きなところに座りなさい」

という。ヤヨイは女子がかたまっている場所に座った。席に座ってもまだ慣れないので、右隣の女子と「これから席決めをするのかな」などと無難な話を小声でして、周囲の様子をうかがっていた。中学校の友だち同士が一緒に合格し、そのうえ同じクラスになったらしい男子二人がはしゃいでいた。

「うるさいわねえ。何やってんのかしら」

ヤヨイの左隣のおかっぱ頭に黒縁眼鏡の女子が顔をしかめた。

先生は彼らに注意もせず、教壇の上でプリントの束を何度も確認していた。そして席のいちばん前に座っている男女含めた三人に、

「これ、みんなに配って」

と束を分けた。彼らは黙々と配っていたが、そのうちの一人の男子が、

「はあい。お届け～」

と妙なくねくね踊りをしながら配っている。生徒たちは呆れたり、苦笑したりしていたが、ヤヨイはどこにでもカツオみたいな奴がいるんだなと冷たい目で見ていた。

担任の先生がそういう人なのか、この高校の先生がみなそうなのかわからないが、あまり生徒を叱らなかった。そのカツオみたいな奴にも注意をせず、

「配り終わった？　みんな一枚目を見て」

と淡々としている。中学のときは一挙手一投足を注意されたのに、高校生になったらこんなに自由なのかとヤヨイは驚き、ちょっと楽しいかもと思いはじめた。

左右の隣の女子とは挨拶をし、話をするようになった。中学校のときはほとんど全員が同じ小学校から進学してくるので、顔見知りばかりだったが、ほとんどが顔見知りではない状況も新鮮だった。どの女子も感じがよく、みんなと仲よくしようという気持ちがあるのがわかった。休み時間に話していると、輪に入ってきて、

「あなたはどこ中？」

と聞いてくる。そして、

「私の友だちと同じーっ」

と話が盛り上がったり、芸能人の誰が好きかという話はより盛り上がり、

「ジュリー素敵」「きゃああ、私も」「草刈正雄《くさかりまさお》もいいわ」「やだー、私も好き」

ときゃあきゃあいいながら笑っていた。

輪に入ってきた女子のなかで、小柄で色白のおっとりとした子が、

「私、東京ぼん太が好きなんだけど」

と恥ずかしそうにいった。ヤヨイたちは想像もしなかった名前が出てきたので、わーっと笑った。彼女は顔を赤らめて一緒にうふふと笑っていた。

「唐草模様の風呂敷で真似《まね》して、お母さんに怒られた」

「うちもそうだよ」

東京ぼん太で盛り上がっていると、

「ちょっと失礼」

と教室の隅で十人ぐらいでかたまって、野球の話をしていた男子のうちの一人がやってきた。いったい何だろうと女子たちが身構えていると、彼は、

「その東京ぼん太ですが、甲子園にも出ている作新《さくしん》学院出身というのはご存じですか」

と敬語で話しかけてきた。女子たちが小さく首を横に振ると、

「野球をやっていて、肘《ひじ》をこわしたのです。いいたいのはそれだけです。さようなら」

一同がきょとんとしていると、彼は元の場所に戻って、何事もなかったかのように、男子たちの輪の中に入っていった。

「………」

女子たちはお互いに目で会話しながら、必死に我慢していたが、一度に感情が爆発して、

「あははは」

と大声で笑った。他の子たちはびっくりしてこちらを見ていたが、ヤヨイたちが笑っているのを見て、つられて笑っていた。笑われた蘊蓄《うんちく》男子も、ちらりとこちらを見たが、再び自

分たちの野球の話に興じて、まったく気にしていないようだった。

先生が教室に入ってきてはじめて、休み時間が終わったのを知るような日々だった。中学の先生に比べて高校の先生は個性的で、

「今日は家内が友だちと旅行に行っていまして、私、一人なんですよ」

などと物理の先生がいいはじめたり、ヤヨイは首を傾げることも多かったが、はるかに中学校よりは面白かった。

楽しそうに学校に通っているヤヨイを見て、両親はうれしそうにしていた。約束のミニコンポを買ってくれた父は、ヤヨイの部屋を見回して、

「もう狭くなっただろう。お父さんの四畳半の部屋と交換しよう」

といってくれた。

学校生活が楽しく、自分の部屋も広くなって、ヤヨイはいそいそと部屋の引っ越しをした。父も自室の持ち物を三畳間に移し、

「お父さんは今日からここで寝よう」

といいながら、押し入れに布団をつっこんだ。母も、

「私も部屋を独占できてうれしいわ」

といっている。ヤヨイの家は、三畳の台所と六畳二間、四畳半、三畳、それに風呂場と小

さな庭がある平屋だった。両親はちゃぶ台が置いてある六畳とは別の、六畳の部屋で寝ていた。同じような木造の家が五軒横並びになっていて、両親が結婚した年に購入したと聞いていた。なかには早々と改築して、モダンな外装にした家もあったが、ヤヨイの家は昔ながらのたたずまいだった。

一畳半しか広くなっていないのに、四畳半はとても広く感じた。そして壁には雑誌から切り取った、ザ・タイガースをはじめ、グループサウンズの好きなメンバーの写真をびっしりと貼った。棚の上には買ってもらったミニコンポが鎮座している。母は、

「そんなことで勉強に集中できるのかしら」

と嫌そうな顔をしていたが、ヤヨイは無視していた。

日が経《た》つうちに同級生たちの性格もわかってきた。突然、東京ぼん太の蘊蓄を話しはじめた男子は、はきはきと物をいうけれど、それでいて偉ぶらず、男女の分け隔てなくつき合い、授業で当てられるといつも正しい答えを出すので、学級委員長に選ばれた。副委員長は同じく落ち着いていて、こちらもいつも正しい答えを出すおかっぱ黒縁眼鏡さんだ。他にクラスの保健委員、風紀委員、図書委員など、様々な委員を選出する選挙があったが、ヤヨイは選ばれないように目立たないように体を縮めていた。それがよかったのか、どの委員からも免れられてほっとした。

その話を家に帰って母にしたら、

「情けないわねえ。そういうときに選ばれる人になってちょうだいよ」

と嘆いた。

「ふーん、そんなもんかねえ」

ヤヨイは母が焼いてくれた、おやつのホットケーキを食べながら、他人事《ひとごと》のようにその言葉を聞いていた。しばらく呆れていたふうだった母は、

「ねえ、お母さん、パートタイムで働いてもいいかしら」

と聞いてきた。

ヤヨイは、

「公立に入ったのに働くの」

とは聞いたが、

「別にいいんじゃない」

と返事をした。母はほっとした顔をしていた。しかしその夜、その話をした母と父が口論をはじめた。ヤヨイに聞かせたくないのか、父の三畳間で話しはじめたが、遮っているのが襖なので話はすべて筒抜けだった。父は母が働くのに反対した。しかし母は、ヤヨイも高校生になったのだから、自分も働いて外の空気を吸いたいのだといい、駅前にある大きなスー

パーマーケットのチェーン店で、パートタイムを募集していたと話した。

父は「働く必要がない」「自分の稼ぎが少ないと他人から思われるので嫌だ」と文句をいっていた。しかし母が、

「このまま私を家の中にしばりつけようとするの」

と強硬な発言をすると黙ってしまった。そしてしばらくの沈黙の後、近所の人にばれないように、最寄り駅から離れた店だったらと、条件を出してしぶしぶ認めた。

母は昼間と同じようにほっとした顔で父の部屋を出てきた。そしてちゃぶ台がある部屋に置いてある食器棚の引き出しを開け、煎餅が入っていた缶を取り出して、

「お願い」

とヤヨイに手渡した。その中にはブルーチップスタンプが溜められていて、それをリスの絵が描かれた、セービングブックという台帳に貼るのが、ヤヨイの役目なのだった。

「はーい」

蓋を開けるとびっくりする枚数のスタンプが出てきた。切手のように裏に糊がついていて、湿らせて貼るようになっている。小さい頃は、裏をべろべろと舐《な》めて貼っては、母から汚いと叱られたものだった。

一ページには二十五枚貼れるようになっていて、その店によって、スタンプを一列にずら

ーっとつながった帯状でくれるところ、横三枚、縦二枚などのブロックの形状でくれるところがあったりと様々だったので、それらを貼るときに二十五枚になるように組み合わせるのも面白かった。そして台帳が何冊か溜まると、カタログを見てもらう商品を決める。それを母とあれがいい、これもいいと選ぶのも楽しかった。

「次は何にしようかな」

ヤヨイは宿題もしないで、黙々とスタンプを貼る作業を続けた。


母は駅前のスーパーマーケットの支店で、パートタイムで働くようになった。父の出した条件に従い、最寄り駅から三駅始発駅に近い、駅前の店よりもはるかに大型の店舗だった。母の勤務は日中なので、父とヤヨイの弁当を作って送り出してから、スーパーマーケットに出勤し、夕方までに帰ってきて、晩御飯を作る生活になった。忙しい日々でも母は肌着売り場に配属されたと楽しそうに話していた。ヤヨイは漠然と、母は洋裁が得意なので、肌着でも生地関係の品物を扱う売り場がとても似合っているように思えた。しかし母の話に相槌《あいづち》を打つのはヤヨイだけで、父はずっと黙ったまま晩御飯を食べていた。

そしてひと月経って、最初のパート代が支払われたからと、母はすき焼きをしようと奮発した肉と、デザートのケーキを買って帰ってきた。父は母からパート代が入った封筒と明細

書を見せられて、

「毎日働いてこれだけしかもらえないのか」

といった。

「だって私は昼間のパートだもの。夜のほうがパート代はいいけれど、お父さんは嫌なんでしょう」

父は黙って母に封筒を戻した。ヤヨイにとってはすき焼きもケーキもとてもおいしかった。母も楽しそうにしているので、

（女の人が働くことに賛成したがらないお父さんは、無視してもいいんじゃない）

と心の中でいった。

ヤヨイは特に部活もせず、アルバイトもせず、新しくできた友だちと、ただしゃべり笑って一年を過ごした。しかし一年ごとにクラス替えがあるので、仲よくなった友だちとも、二年生でばらばらになってしまった。またそこで新しい友だちができ、見栄えのいい男子と同じクラスになるという期待もあったが、二年生の同級生の男子を見て、ヤヨイは、

（はずれ）

と思った。するとヤヨイのそばに座っていた男子二人が、顔を寄せ合って、

「はずれだな」

といっているのを聞いて、自分のことは棚に上げて、ヤヨイは失礼な奴と憤慨した。新しい担任の先生は、日本史の女性の先生で、適当に席に座るというのが許せないらしく、出席簿順に最前列から席を決めてしまった。身だしなみにもうるさく、毎日、一部の男子たちが注意を受けるようになった。これまでと違う雰囲気にヤヨイは緊張した。


一年生のときはのんきに過ごしていたが、二年生になったとたん、また母が、

「進路はどうするの？　今から考えておかないと。四大でも短大でもいいけれど、もたもたしているとあっという間に三年生になっちゃうわよ」

というようになった。ああまた魔の二年生になってしまったと、ヤヨイは頭を抱えた。中学から高校への進学と違い、高校を卒業してからの進路は、ある程度人生を決めてしまう可能性があると、自分でもわかっていた。しかしやりたいこともなかった。親にはいわなかったけれど、学校を卒業したら何でもいいから、ザ・タイガースのそばにいられるような仕事に就きたいと思っていた。けれども彼らは解散してしまったし、今はその夢も破れたので、いったいどうしていいのか、見当もつかない。ユリコちゃんはエスカレーター式で上にある大学に進学するはずだ。楽しい時間はとても短く、辛いことばかりが多いような気がすると、ヤヨイはため息をついた。

パートで働くようになった母は、前にも増してはっきりと物をいうようになり、雰囲気が少し変わってきた。そして、

「高校が公立だからって、優先的に国公立大学に入れるわけじゃないからね。それはわかっているわよね？　いっておくけど浪人は許しませんよ。ヤヨイの高校では毎年、現役は男女合わせて五人くらいしか国立に入れないんでしょ。しっかりしないとだめよ」

と発破をかけてくる。国立に合格できるのは学年のトップクラスで、ヤヨイの成績は悪くはないが、そこまではいっていなかった。

父は母が働くようになってから、ヤヨイと母の会話に加わらず、じっと囲碁の本を見つめているだけになった。

「タイガースもなくなっちゃったんだから、しっかり勉強しなさい」

ヤヨイがいちばん突かれたくないところを突っついてくるので、余計に腹が立ってきた。娘のむっとした顔を見た母は、

「とにかく四大か短大かは決めてちょうだい。四大の女の子の就職は難しいから、お母さんはヤヨイには短大くらいがちょうどいいと思っているけどね」

といいたいことだけをいって晩御飯の準備をはじめた。ヤヨイがちらりと父を見ると、彼はちゃぶ台の横で、左手に囲碁の本、右手に碁石を持ったまま、碁盤を凝視して置き物のよ

うにぴくりとも動かなかった。

母に進路を決めろといわれても、ヤヨイは内心、まだ二年生なんだからいいじゃないかと、受験勉強などしていなかった。偏差値の高い大学を目指している、クラス内のごく少数の子たちは、塾にも通ってすでに勉強していたが、ヤヨイは学校での勉強だけで精一杯だった。部活動もしていないヤヨイは、授業が終わると仲のいい同級生の女子と、電車を途中下車して、本来は禁止されている甘味屋に寄って、あんみつやレモンパイやアイスクリームを食べ、その後、家に帰っていた。

文化祭もすでに終わったその日は、たまたま仲のいい女子が、風邪を引いて休んでいた。今日はどこにも寄り道しないで、家に帰ろうと校門を出ようとすると、背後から、

「タカハシさん」

と声がした。振り返るとそこには特徴のない男子が立っていた。同学年にいたような気もするが、いなかったような気もする。しかし彼は自分の名前を知っているのだ。

「はあ」

ヤヨイは間の抜けた返事をした。

「今、帰り？」

「うん」

「よかったら、一緒に帰らない？」

突然いわれてヤヨイはいいとも嫌だともいえなかったが、やや嫌だのほうに気持ちが傾いていた。校門を出ていく男子や女子のグループが、ヤヨイたちを横目で見ながら、こそこそと話したり、笑っているのが気になる。ヤヨイが黙っていると彼は、

「タケダ、知ってるでしょ。サッカー部の」

とヤヨイが一年生のとき同じクラスだった男子の名前を出した。

「六組で今、奴と友だちなんだ」

「ああ、そう」

ヤヨイがバス停に向かって歩き出すと、彼も急いでついてきた。彼はヤヨイが電車に乗り換えることも知っていた。

「どうして知ってるの」

「たまたま駅で見かけたから。僕は逆方向なんだけど、同じ路線なんだ」

それならまあ、知っているのも仕方がないかとヤヨイは自分のペースで歩きはじめた。

「受験するんでしょ。どこを受けるの？」

どうして今日、はじめて話したこの男子に、そんなことをいわなくちゃならないのかと、

ヤヨイは黙って彼の顔を見た。

「私、あなたの名前も知らないんだけど」

歩きながらヤヨイがぼそっというと彼の顔は急に赤くなり、

「そうだ、そうだよね。ごめんね。僕サカイタモツっていうんだ」

「ふーん」

校門からバス停までの距離は、あまりに短かった。そこにはさっき二人を見て、くすくす笑っていたグループがいて、ヤヨイはぎょっとした。つき合っていると勘違いされないように、長い会話はせずぶっきらぼうに応対するようにした。サカイくんはヤヨイの隣に立ちながら、「きみのクラスの世界史はどこまで進んだか」とか「漢文の読み下し文は難しい」とか、そういう話をしてきた。黙っているのも悪いかなと気になっても、ヤヨイは「そうね」とか「ふーん」としかいえなかった。

バスの中でも同じ高校の生徒が自分たちを見ているような気がして、心の中で、

(違う、違うんだから。つき合ってなんかいないから)

と叫びながら座っていた。どうせ声をかけるのなら、人がいないところにして欲しかったと思った。彼らは途中のバス停で次々に降りていった。だんだん人数が少なくなっていったので、ヤヨイの気持ちは落ち着いてきた。サカイくんは話が途切れると、しばらく窓の外を

見ていたり、ふうっと息を吐いたりしていたが、急に、

「僕、三歳上の兄がいるんだ」

といった。お兄さんは一浪して国立大学に通っていること、父親が銀行員で母親が編み物の先生をしていること、犬とネコとインコを一匹ずつ飼っていると話しはじめた。

「タカハシさんはきょうだいはいるの？」

「私はひとりっ子」

「うらやましいなあ。何度、ひとりっ子に憧れたかわからないなあ。おもちゃもお菓子も全部、独り占めできるじゃない。生まれてきたら上に兄がいたから仕方がないけど」

彼はにっこり笑った。ついつられてヤヨイも笑ってしまい、あわてて表情を「無」に戻した。最初はヤヨイも身構えていたけれど、しばらく話をしているうちに、感じは悪くないなとサカイくんに対しての印象はよくなってきた。女子と話すと妙にハイテンションになる男子もいたが、彼は外見が平凡で何の特徴もないかわりに、変におしゃべりだったり軽薄な感じがなかった。

バスは駅に到着した。改札口を入って右と左に分かれる前、サカイくんは、

「朝は何時の電車に乗るの？　明日から一緒に登校してもいいかな」

と聞いてきた。

「うーん。帰るときならいいけど……」

下校時はみなばらばらに帰るので、人目は少ないけれど、登校時は時間が重なるので、自分たちのことを見られたら、みんなに何をいわれるかわからない。自分が好きな人と一緒にいるのなら、噂になるのもうれしいけれど、そうではないのだから、なるべく目立つのは避けたかった。それでも彼はぱっと顔を輝かせて、

「ありがとう。じゃ、気をつけて」

と手を振ってホームへの階段を降りていった。それをヤヨイは手は振らずにじっと眺めていた。

家に帰るまでヤヨイはぼーっとしていた。どこでどうやって彼は自分を見ていたのだろう。文化祭のときだろうか。それとももっと前からか。多くの場合、好きだということが相手にばれるのは、周囲の友だちが騒ぎはじめるからだった。その男子の好きな女子が通りかかると、周囲にいる友だちが、

「ほら、来たぞ」

とからかったり、ひどいときには男子を突き飛ばして、女子に体当たりさせようとする輩《やから》もいた。当の男子は、

「やめろお」

と顔を真っ赤にして叫んだり、あわててその場から立ち去ったりしていた。残念ながらそんな男子の想いは相手の女子に伝わらず、カップルが成立するのは皆無だった。男子が好きな女子の上履きの中にひっそりと手紙を差し込んだはいいが、あいにくヤヨイの高校の下駄箱には蓋がなかったため、他の男子がこれは何だと、勝手に開封してしまい、大騒ぎになったこともあった。

それに比べれば、多少、同じ学校の生徒に目撃されたとはいえ、それほど目立ってはいないはずだと、ヤヨイは少しだけほっとした。家に帰って母が作り置きしてくれた、おやつの大学いもを食べながら、机の前に座って、あらためてぼーっとした。大学いもはおいしかったが、大量に作られたものを毎日のおやつとして食べ続けなくてはならず、ヤヨイはいい加減、飽きていた。大学いもには母のヤヨイの短期大学入学祈願がこめられていて、いもの重量感と共に、母の期待もどっしりと重く、ヤヨイの腹の中に響いてきた。

ほうじ茶とともに大学いもを食べながら、ヤヨイは机の引き出しから、小さな手鏡を出した。その手鏡は小学生のときに、父が出張先のお土産として買ってきてくれたもので、木製で裏に桜の花が彫ってある。持ち手についている朱色の絹糸の房も、先がほつれてきているけれど、そのまま使っていた。

「ふーむ」

サカイくんは、どうしてこんな私に声をかけてきたのだろうかと、じっと鏡の中の自分の顔を眺めた。

美人ではないのは自分でもよくわかっている。どこから見ても藤圭子のような美人ではないが、かといってひどくもない。目の大きさも鼻の高さも口の大きさも、身長も体重もすべて平均の、ごくごく普通の姿だ。あらためて自分について考えてみたら、サカイくんに対して特徴がないと感じたのが、すべて自分を分析した結果と一致したのに、ヤヨイはぎょっとした。正直いうと、自分は平凡な女子高校生だが、つき合う相手はショーケンやジュリーみたいな、かっこいい素敵な男子がよかったのだ。

学校内でも女子の憧れの美男は美女とつき合っていた。他には普通と美女、普通と普通のカップルで、美男と普通は皆無だった。そういった現実を知り、ヤヨイは自分は美男とは縁がないらしいと、暗い気持ちになった。かといって声をかけられたからといって、サカイくんからの誘いに軽々しく乗るのも、どうかと思われた。自分が彼を好ましく思っていたのならともかく、話したのは下校時に声をかけられたときが、はじめてだったのだ。

同じクラスの女子のなかには、どうしても彼氏が欲しくて、

「ものすごくひどくなければ、好きっていわれたらつき合うわ」

といい続けている子もいた。女子たちはそれを聞いて、

「えー」

と驚いていたが、ヤヨイもその驚いたうちの一人だった。自分が好ましく思っている男子以外は嫌で、万が一、その男子に匹敵するか、それ以上の男性だったらつき合うという考えだった。しかしそんなことをいっている女子には、誰からも声がかからない。誰もが一目置く美女だったり、女子からは嫌われている、同性といるときと異性といるときと声のトーンが違う、男子に媚《こ》びる女子は人気があった。

自分たちには声がかからないのに、多くの女子は男女交際の査定に厳しく、「どうしてあの男子があんな女子と」「いったいあの男子のどこがよかったのか」などなど、休み時間の主な話題になっていた。ヤヨイは母から、受験の準備の大事な時期といわれているのに、同級生たちからは受験の「受」の字も出ず、みんなのんびりしていた。それは国公立大学、有名私立大学には、二、三年の年月をかけないと合格できない高校特有の、どうせがんばっても無理だという現実を自分たちは知っているという妙な余裕でもあった。

そんな男女交際に厳しい女子たちに、もしも自分がサカイくんとつき合ったら、何といわれるだろうかと、再び手鏡に自分の顔を映しながら考えた。間違いなく普通と普通の交際で、その点では彼女たちから批判を受ける可能性は少なそうだ。しかしどうせつき合うのなら、女子からうらやましがられるような男子とつき合いたい。

「ああ、どうしよう」

　ヤヨイは最後の大学いもを口の中にいれて、机に突っ伏した。そのまましばらくぼーっとしていたが、はっと体を起こして、明日、先生から「当てますよ」と予告されている英語の予習をはじめた。しかしサカイくんとの会話や顔を思い出して、勉強ははかどらなかった。

　サカイくんはヤヨイとの約束を守り、下校のときだけ声をかけてきた。そのたびにヤヨイは周囲の生徒の気配をチェックして、人数が多いときは断り、人数が少ないときは一緒に帰った。断っても彼は嫌な顔ひとつせず、

「そう、それじゃあ、またね」

　と手を挙げて一人で帰っていった。またあるときは悲しそうな顔で下駄箱の前で待っていて、

「ごめんね。今日は用事があって一緒に帰れないんだ」

　とヤヨイのところに報告に来た。つき合うっていっていないのにとヤヨイは呆れながら、

「いいよ、別に」

　と返事をした。彼は心の底から申し訳なさそうな顔で、ヤヨイに両手を合わせながら校舎の奥に消えていった。一緒に帰るといっても、相変わらず駅で左右に分かれるような状態で、彼が家まで送ってくれるわけではない。彼の気持ちのほうが、自分よりもはるかに深いのは

わかっているが、この中途半端な状態は、心地がいいものではなかった。

二人で仲よく帰るというよりも、家に帰るヤヨイに、高校から駅までサカイくんがくっついてくる状況がひと月以上続いた。目立たないようにとヤヨイは願っていたが、何かと目ざとい女子高校生に知られないわけもなく、交際中の彼がいる同級生の女子に、

「サカイくんとつき合ってるの？」

と聞かれた。彼女がいうには、交際中の二人というものは、校内でもいちゃついているものなのに、ヤヨイたちにはそれがない。しかしほぼ毎日、二人で帰っている。いったいどの程度のつき合いなのかというのである。

ヤヨイは正直に今までの話をして、つき合ってはいない、少なくとも私はそう思っていると返事をした。

「それはそうだよね」

彼女はうなずいた。

「私、一年のときにサカイくんと同じクラスだったけど、いい人だよ」

「うん、まあ、そうよね」

「でもねえ、パンチが足りないんだよね」

彼女はさっきよりも深く何度もうなずいた。

「結婚するんだったら、おとなしくて優しい、ああいう人がいいかもしれないけど。結婚するわけでもないしね」

「それはそうよ」

ついヤヨイの声は大きくなった。

「性格がいい人だから、断るのもちょっと困るよね。嫌な人だったら冷たくいえるけど」

「そうなんだよね」

ヤヨイはため息をついた。いい人なのは十分わかっているけれど、積極的につき合いたいとは思わない。しかし邪険にするのも申し訳ない気がする。かといってこのままずるずると続けるのも、どうかと思う。

「どうしたらいいのかなあ」

ヤヨイがつぶやいたのを聞いた彼女は、

「サカイくんが嫌いなわけじゃないけれど、お互いに受験も控えているし、交際する気にはなれないっていうのはどう？」

と別れの言葉を考えてくれた。

「それはいいかもしれない」

「ねっ、サカイくんも傷つけていないし、納得してくれるんじゃないかな。あの人だったらきっと、わかってくれるわよ」

「でも受験が終わった後はどうするの？」

「まあ、そのときはそのときだね」

彼女は両手を腰に当てて、ふふっと笑った。ヤヨイは、みんな大人なのだなあと、彼女の顔をじっと見た。

同級生から、サカイくんとの別れ方をアドバイスしてもらったが、いつそれをいい出すかが問題だった。冬休みを前にしたある日、

「どこを受験するか決めた？」

と彼がまたバスの中で聞いてきた。

「ううん、まだ」

「そう。僕はだいたい四校に絞ったんだけど、まあ一年計画だね」

彼は笑っていた。ヤヨイが曖昧《あいまい》に笑っていると、またどこを受けるのかという。

「私は短大だから。四大は受けないつもり」

「そうか、ふーん」

男子は女子が受験する短大の情報を何も持っていないので、ヤヨイに対して何もいえず、

彼は黙ってしまった。

しばらくの沈黙の後、彼が、

「冬休みはどうするの？」

と口を開いた。

「みんなでテレビを観ながら、ごろごろしてると思う」

「うちは毎年、父の実家に帰るんだ。そこでスキーをするのが楽しみなんだよ」

「へえ、そうなの」

明らかに自分と会話が弾まないのに、彼は一生懸命話しかけてくれている。こんな自分を嫌いになってくれればいいのに、彼はいつもにこにこして穏やかで態度が変わらない。

そんな気持ちがぐるぐると頭の中をかけめぐり、バスの中でつい、

「ごめんね、私、こんなことしかいえなくて。話が続かなくてつまらないよね」

と口から出てしまった。すると彼は、

「えっ、そんなことないよ」

とびっくりした顔をした。

「僕はそんなふうに思ってないよ。こうしているのが楽しいから」

ヤヨイは自分の顔がかーっと熱くなり、乗客全員が、自分を見ているような気がしてきた。

バスが駅に到着し、二人は駅の階段を上って改札口の中に入った。

「じゃ、気をつけて」

彼はいつものように、にっこりと笑って手を振って階段を降りていった。いつものようにヤヨイは手も振らずに彼の姿を眺めていた。電車に乗ったヤヨイは、自分が別れの言葉をいえないものだから、彼のほうが先に嫌ってくれればいいのにと思ったことが、心の底から恥ずかしくなり、いったいどうしたらいいのか、余計にわからなくなってきた。

いつまでも悩んでいるわけにもいかないので、ヤヨイは男女交際の先輩の同級生に教えてもらったように、受験を口実にサカイくんにはとりあえず離れてもらおうと決めた。しかし下校のときに、満面の笑みを浮かべてやってくる、人のいい彼の姿を見ると、今日はいおうと決めていても、その言葉はなかなか口から出てこなかった。

ある日、珍しく彼の機嫌がよくなかった。ヤヨイが不思議に思っていると、

「ごめんね、先生が……」

とテストの結果について、先生から叱られたという。彼の担任は気まぐれなうえ、細かい事柄にいちいち文句をつけるので、生徒たちから嫌われていた。サカイくんの数学のテストの点数が前回よりも三点悪かったことに対して、

「遊んでいるんだろう、お前は」

と腹の立つ発言を繰り返したという。

「うるさいからね、あの人」

「しつこく『三点だって不合格になるんだ』って何度もいわれた。そうかもしれないけど、僕だって遊んでいるわけじゃないんだ」

バスの中でも彼はふだんと違って口数が少なかった。ヤヨイは周囲に同じ高校の生徒がいないのを確かめてから、

「これから受験があるし、サカイくんも大変になるから、私たち、しばらく会わないほうがいいんじゃないかな。やっぱり勉強のほうが、ねっ？」

と小声でいった。サカイくんはしばらく唇をぎゅっと結んでいたが、

「うーん」

となって頭を抱えてしまった。

ヤヨイは彼の姿を横目で見ながら、申し訳なさと、このタイミングしかなかったという気持ちがごっちゃになって何もいえなかった。駅に到着すると、急に悩む人になってしまった彼は、ヤヨイに向かって力なく片手を挙げ、肩を落として駅の階段を降りていった。ヤヨイは心の中でごめんねと謝りながら、彼の姿を見送っていた。

ヤヨイが重い足取りで家に帰って、相変わらずのおやつの大学いもを食べていると、隣の

サエキくんの家からすさまじく下手くそなギターの音が聞こえてきた。つっかえているばかりで、曲になっていない。何を弾いているのかと必死に考えた結果、どうやらよしだたくろうの「今日までそして明日から」を弾いているつもりのようだった。

翌日、掃除当番で校庭の隅を掃除しているヤヨイに、サカイくんは別れを告げに来た。

「ごめんね。僕……、断腸の思いだ……」

ヤヨイは頭の中でダンチョウの漢字を考えながら、ああなるほどとうなずいた。試験で出たら絶対に間違えないだろう。

「受験、がんばってね」

ヤヨイの激励に彼は泣きそうな顔になり、

「ありがとう。タカハシさんも」

と叫んで、ものすごい勢いで校舎に向かって走っていってしまった。途中、何度も転びそうになっていた。ヤヨイはほっとして小さくため息をついた。はっきり彼から告白もされず、あっさり去られてしまって、いったいこの二か月半は何だったんだろうかと首を傾げるしかなかった。それからサカイくんはヤヨイに近寄らなくなった。

パートに出ていた母は、土日も働くようになっていた。父は露骨に嫌な顔をして、

「娘が受験を控えているのに、どうして家を空けるのか」

と文句をいった。

「あら、私がずっと家にいたら、ヤヨイが合格するっていうの？　ヤヨイは自分でちゃんと勉強ができると思うけど」

そのうえ母の一存でちゃぶ台が取り払われ、畳の上にカーペットを敷き、ダイニングテーブルが置かれるようになった。母のそんな態度も気に入らず、父はますます不機嫌になっていった。店から安く買える惣菜《そうざい》が、そのまま食卓に並ぶのも嫌がっていた。父は会社の飲み会、囲碁仲間との会食で、夕食を家で食べる回数が極端に減り、帰宅時間も遅くなっていた。

母はそれまでは後ろでひとつにまとめていた髪の毛をダウンスタイルにして、ひんぱんに美容院に行って、セミロングの髪の毛を巻いてセットし、服装も色合いが華やかになった。ヤヨイが一度、口紅の色が赤いのではと注意をすると、

「歳《とし》を取ると顔色が悪くなってくるし、お店の照明は蛍光灯だから、このくらいの色のほうが元気がよく見えるのよ」

と返された。お客さん相手の仕事だし、そんなものかとヤヨイはそれ以上は何もいわなかった。そしてある夜、風呂場の戸の隙間から、脱衣所で衣服を脱いでいた母が、ヤヨイも着ないような幅広のレースがついた、鮮やかなピンク色のスリップを着ているのを見て、息が止まりそうになった。

正月も母は五日から、朝から晩までパートに出ていた。いつもは家族全員で居間でだらだらしていたのに、父は自分の部屋に入るか、囲碁仲間と遊びに行ったりして、家にはほとんどいなかった。正月休みが終わって会社、学校がはじまっても、家に父がいないと、母は鼻歌まじりで食器を洗っていたりして楽しそうだった。ヤヨイは母の脱衣所での姿が目の奥にこびりついていた。肌着売り場にいるので、華やかな肌着も目につくかもしれないが、それまで庭に干されていた、家族全員の白一色の肌着の洗濯物を思い出して、ヤヨイは家族のバランスが崩れてきているような気がしてきた。

父のヤヨイに対する態度は変わらず、母は前よりもヤヨイに優しくなった。父と母の関係は静かな険悪といった雰囲気で、三年生になったヤヨイも本腰を入れて勉強しはじめた。母は受験が近づくと、

「気にしないで気楽にやればいいんじゃないの」

というようになった。短大を受験するのに浪人はできないという気持ちがヤヨイにはあり、とりあえず全国模試を受けて、志望校の三校とも合格圏内の通知を続けてもらったので、少しは気が楽だった。

母から聞いた話だと、隣のサエキくんは子供の頃から宇宙開発の仕事に就きたいといって

いたので、それならばと進学する高校を決めたのに、突然、フォークソングにはまってしまい、軽音楽部に入ってギターをはじめたのだという。それでギターの音が、とヤヨイは納得した。そして理系ではなく文系を受験すると進路を変更し、特進クラスの選考からも漏れた。「何を考えているのやら」と彼のお母さんは怒っていたらしい。ギターをやめなさいといったら、強硬に抵抗したので仕方なく勉強の合間に十分だけと許したのだそうだ。

「男の子がふらふらしていると、親も心配よねえ」

母は他人事のようにいった。女の子はどうせ結婚するのだから、どこの学校を卒業したかはたいした問題ではない。しかし男の子は一生、世の中に出て働くので、ちゃんとしないとだめだという。自分は働きに出てとても楽しそうにしているのに、娘には結婚しかないと考えているのだろうか。これから私が受験する短大も、ただの結婚までのつなぎなのかと母に聞きたかったが、ヤヨイはその言葉をぐっと飲み込んで胸に納めた。

ヤヨイは第一志望の短大の文学部に合格した。前身の女学校は、教科書に載っている著名な女性も卒業した歴史のある学校だ。進学先が決まったので、両親はほっとして今回は鮨《すし》店でヤヨイの合格祝いをしてくれた。カウンター席の両側に両親が座り、それぞれヤヨイに話しかけるものの、両親は互いに直接言葉を交わさなかった。

「本当によかったわ。あの学校は就職率もいいけど、お見合いの成功率もとても高いんですってす。とても評判がいいみたい」

母のうれしそうな言葉に、ヤヨイはまたかと思いながら、黙って目の前に並べられた鮨を食べていた。父は無言だったが、しばらくして、
「ヤヨイも大人になるのだから、これからの人生について、ちゃんと考えなくちゃだめだよ。みんながするからって、それに流されたらいけないよ」
といった。ヤヨイがうなずくと父も満足そうにうなずいた。ヤヨイは母の顔は見なかった。

一方、隣のサエキくんは浪人が決まり、予備校生になった。彼のお母さんは母と顔を合わせるたびに、ため息をついていたらしい。つたない「今日までそして明日から」は春休み中ずっと聞こえていたが、突然、ぱたっと音が止まったのは、お母さんに叱られたからかなとヤヨイは想像していた。

高校の卒業式には卒業生で学生運動をしていた先輩二人が乱入しようとして、ちょっとした騒ぎが起きたけれど、特に問題はなく式は終了した。両親は短大の入学式用にと、ヤヨイにスーツ、その下に着るブラウス、コート、パンプスからストッキングまで買い揃えてくれた。公立高校とはまったく違う、私立短大の立派な講堂の造りに驚きながら、入学式に臨んだヤヨイは、母が涙を拭いているのを見た。そうか、こういった行事も親はうれしいものな

のかと、そのときは単純に思っただけだった。夜遅くに帰ってきた父は、母からの報告を聞き、

「そうか、よかったな」

とヤヨイにそれだけいって自分の部屋に入ってしまった。

同じ短大を受験した同級生も合格したものの、他の短大に入学を決めたので、親しい友だちはまだ誰もいない。しかしカリキュラムを見たら、これまでと違って苦手な理数系の授業がないのが、とてもうれしかった。

教室に集められた同級生を見ると、三種に分かれていた。派手グループ、普通グループ、そして地味グループ。派手グループはまた二派に分かれていて、雑誌の『アンアン』から抜け出たような先端のお洒落派と、お金がかかっていて、体のラインがわかるような服が多い、お金持ちのお嬢様派。どちらも私立高校出身者がほとんどだった。普通グループはヤヨイが属する、高校生の延長のような女子たちで、地味グループはまるで中学生のように素朴な人たちだった。

その派手グループはお互いにいがみ合っているらしく、お嬢様派はお洒落派の女子を頭のてっぺんから足のつま先までじろりと眺め、顔を寄せて悪口をいっているのが、遠目にもわ

かった。お洒落派は彼女たちを完全無視である。お嬢様派は勉強しに来ているというよりも、机の上に座って足を組み、昨日の夜はディスコで大学生と知り合っておごってもらったとか、パパが車を買ってくれるっていうけど何がかっこいいかとか、そんな話ばかりをしていた。そして中世文学の授業がはじまると、机に突っ伏して寝ていた。

普通に地味に学生生活を過ごしてきたヤヨイにとっては、はじめて見た女子たちだった。ユリコちゃんはお嬢様だが、あんなふうではなかった。しかしどこにも情報通がいて、地味グループの興味好奇心旺盛な人が、彼女たちに無邪気にいろいろと話を聞いてきて、

「授業に出なくても、パパがお金を出して単位を買ってくれるから卒業できるんだって」

と教えてくれた。地味グループは、それは何だ、そんなシステムがあるのかと首を傾げた。そしてみんなで、

「そんなはずはない」

と自分たちで結論を出し、まじめに通学していた。校門の前にはお嬢様派を迎えに来た、大学生たちの車がずらっと並んでいた。

夕方、家に帰ると珍しく母がパートから帰ってきていた。ヤヨイは短大に入ってはじめて知った、派手な生活をしている同い年の女子の行状について話した。母はへええと驚きながら、

「もう大学いもはやめにしないとね」

とおやつのモンブランと紅茶を出してくれた。母はおいしそうに食べているヤヨイの顔をじっと見つめていた。そして椅子から勢いよく立ち上がり、

「ちょっと出かけてくるね」

とバッグを持って家を出た。

そしてそのまま母は夜になっても帰って来なかった。ヤヨイは母が事故か事件に巻き込まれたのではないかと、震える手で電話の横に置いてある家の電話帳をめくり、父の会社や出入りしそうな場所に電話をかけ、やっと碁会所にいた父と連絡が取れた。

父は息を切らせて帰ってきた。

「どこに行った。何か手がかりはないのか」

ヤヨイは行き先を聞かなかったことを悔やみ、涙があふれてきた。すぐに警察に連絡しようというヤヨイの言葉に、父は、

「ちょっと待て」

といって家の中をぐるぐると歩きはじめた。そんなことをしても何の解決にもならないと、ヤヨイは何か行き先がわかるものはないかと、母のタンスの引き出しを開けた。

「ない、ないよ、お父さん」

あわてて次に洋服ダンスの扉を開けてみると、母の服がごっそりなくなっていた。

それを確認した父は、うなりながらまた家の中を歩きはじめた。いったい何をやっているのよと呆れながら、ヤヨイは自分の部屋に入り、机の引き出しを開けると、いちばん奥から一枚の紙が出てきた。そこには「ヤヨイちゃん、体に気をつけてね。幸せな人生を歩んでください。お母さんを許してください」と書いてあった。

「お父さん、これ」

狼狽《ろうばい》してうろつくだけの父にそれを見せると、再びうなり、そして警察ではないどこかに電話をかけていた。小一時間経って、少し気持ちが落ち着いて冷静になったヤヨイが、再び母の持ち物を調べてみると、服以外にふだん使っている化粧品、アクセサリーもなくなっていた。事故に遭遇したのではなく、意思を持って家を出たのが濃厚だった。

しばらくして祖母の鷲鼻のタカが、膝と腰をがくがくさせてやってきた。父が彼女を呼んだらしい。彼女は開口一番、

「だからあの女はだめっていっただろうが」

と息子である父を怒鳴った。

「オオツカさんの娘さんをもらっておけば、こんなことにならなかったのに」

たたみかけるタカに父は無言だった。

「お父さん、警察……」

そういいかけたヤヨイを、

「だめ。みっともない。こんな恥ずかしいことは誰にもいえない。ヤヨイも絶対に誰にもいうんじゃないよ」

とタカがものすごい形相でにらんだ。

タカは「だからあの女はだめだといったのに」を連発して、父が呼んだタクシーに乗って帰っていった。夕食のつもりなのか、出来合いのとんかつと、キャベツの千切りが、それぞれビニール袋に入れてテーブルの上に置いてあった。父とヤヨイはそれらを皿の上に載せ、炊飯器から御飯をよそって食べはじめたが、二人ともまったくお腹がすかず、喉が詰まってほとんど食べられなかった。

「ヤヨイは風呂に入って寝なさい。お父さんは明日から三日間出張だから、悪いが留守番を頼むな」

父は暗い声でいい、出張の準備をはじめた。ヤヨイは風呂を沸かしている間、その他に何か母が残していったものはないかと、自分の机の引き出しから、本棚の本、レコード袋の中まで探したが、あのメモ以外は見つからなかった。

ヤヨイは風呂に入っている間、盗み見てしまった母のピンク色のスリップを思い出し、男性の影を感じて身震いするくらい気持ちが悪くなってきた。あわてて風呂から出てパジャマを着、布団をかぶって寝た。

朝、起きるとテーブルの上に一万円が置いてあり、何かあったらすぐ連絡するようにという伝言と、父の出張先の北海道のホテルの連絡先が書いてあった。何かあってもすぐに戻れる距離ではないから、自分が対処しないといけない。ヤヨイは自分一人の寂しさを感じながら、保温した御飯にふりかけをかけただけの朝食を済ませ、ずっとため息をついていた。ヤヨイは短大の教務課に、

「家の事情で一週間休みます」

と連絡をした。教室で仲がよくなった人もいたが、まだ彼女たちの連絡先を知らないので、心配しているかもしれない。しかしこのままぼーっと家にいてはいけない、何かわかるかもしれないと、ヤヨイは母のパート先の店に行ってみることにした。

店の中に入って肌着売り場に行き、フロアでいちばん年配の女性の店員さんに、

「あのう、パートでお世話になっている、タカハシタエコの……」

と小声でいったとたんに、その女性は、あっと小さな声を出した。

「こっち、どうぞこちらへ」

彼女はあわてて関係者以外立ち入り禁止の重い扉を開け、小さな会議室のような部屋の中

にヤヨイを案内して、ここで待つようにといって足早に去っていった。

しばらくして部屋に入ってきたのは、店長の男性だった。

「ご連絡しようと思っていました。申し訳ありません。確認に手間取ってしまって」

彼は立ったままヤヨイに頭を下げ、お茶を運んできた店員さんが退出するのを待った。

「タカハシさんのお母さんとうちの店員が一緒に行動しているようです」

「えっ」

店長の話によると、その男性は三十代半ばで、遅刻が多いのでその日もまた遅刻かと思っていたのだが、いつまで経っても出勤しない。何かあったのではと、彼が一人で住んでいるアパートに店員が出向いたが、部屋にはおらず車がなかった。

「彼の実家にも聞いたのですが、お母さんは何もわからないといわれまして」

その後、彼の親友と連絡が取れて話を聞いたところ、パートタイムで働いている、既婚の年上の女性と交際していて、いずれは結婚したいといっていたという。そして昨日の電話ではその女性と一緒だと話していた。

「えっ」

ヤヨイの口からはこの言葉しか出てこなかった。

「それでどうも相手がタカハシさんらしいということに……。私は知らなかったのですが、店員の間では評判になっていたそうです。そしてお母さんも出勤していないので、これは本当だなと……」

そんな年下の男性と、どうしてこんなことになったのか、お父さんはこれを聞いたら何ていうだろうかと、様々な思いがぐるぐるとヤヨイの頭の中で渦になった。

「親友には、時折彼から連絡があるらしいので、逐一、教えてもらうことにしました。また何かわかったら連絡します」

店長は親身になって心配してくれていると思ったのに、店員との駆け落ちの話に続けて、パートの母を退職扱いにしたという。今月分はこれからすぐに精算するから、娘さんが代理で領収書に署名、押印して欲しい。また何の連絡もなく出勤しなくなったので、規約によりペナルティーが科せられ、減額になるのを了承して欲しいといわれた。

(あんなにお母さんが楽しく働いていたのに、結局はこういう扱いなのだな)

ヤヨイは悲しい気持ちで、領収書に署名、押印は拇印《ぼいん》で代用し、封筒に入ったお札何枚かと小銭をもらって店を出た。

ヤヨイは駅を出て顔見知りの商店の前を通るのがいやで、ふだんの道順よりも、一本遠い道を歩いていった。そこに小、中学校が一緒のカツオの家があった。代々大工の家で、もとは木造瓦屋根の二階建ての古い家屋だったのに、立派な工務店の四階建てのビルになっていた。話は聞いていたけれど、こんなに立派な建物になっているとは思っていなかった。前を通ると休憩中なのか、ガレージで作業着姿の数人の男性が煙草を吸いながら、新人歌手の山口百恵の話をしていた。

「おう、ヤヨイ」

びっくりして声がしたほうを見ると、数人の男性のなかに、見覚えのある顔があった。ヤヨイは立ち話をする気もなく、

「あ、こんにちは」

と小さく左手を挙げて、足早に去ろうとした。背後からは、

「えー、何だよ、カッちゃん、彼女か？　紹介してくれよ」「ヤヨイさーん、こっち向いてえ」

などと叫んできたり、笑い声が聞こえてきた。まったく、こんな日にと、ヤヨイは怒りがこみ上げてきて、一度も後ろを振り向かずに、家に帰ってきた。

夜、父が出張先のホテルに戻った時間を見計らい電話をかけた。父は絶句していた。

「いいか、絶対に誰にも話すんじゃないぞ」

何度も念を押して電話を切った。ヤヨイは自分で簡単な晩御飯を作って食べたが、ほとんど味は感じなかった。母の行動を考えると、なぜ、どうしてと疑問ばかりで考えが先に進ま

ない。そして母がいない現実を、周囲にばれないように必死に隠そうとしている父の態度もいやだった。

短大を休んでいる間、スーパーマーケットの店長が、男性から親友に「落ち着いたら連絡する」という電話があったと知らせてきた。出張から帰ったのと同時にそれを聞いた父は、タカに電話をした。父は小声で、

「離婚は無理だ。どこにいるかわからないんだから」

と何度も繰り返した。そして、

「若い男といたって、あんなおばさん、すぐに飽きられて捨てられるに決まっている。そのうち尻尾を巻いて帰ってくるさ」

と吐き捨てるようにいった。そんな冷たい父の言葉を聞いたヤヨイは、お父さんがそんな人だから、お母さんは他の男性のところに行ってしまったんじゃないの。もしも戻ってきたら、いったいどうするつもりなのと、いいたくなった。

その後、店長から再び電話があり、相手の男性には母親しかおらず、彼女は「息子が悪い年増女に騙《だま》された」と激怒していて、「責任を取らせるために、相手の家族を連れてこい」といっているが、その必要はないので、タカハシさんの連絡先は教えないと約束してくれた。母は犯罪者みたいな扱いになっていた。

一週間ぶりに短大に顔を出したヤヨイは、祖父母の具合が悪くなったので、母と一緒に実家に手伝いに行っていたと嘘をついてごまかした。みんな何の疑問も持たずに労《いたわ》ってくれた。何とか母の居所がわかればと期待していたが、わかったのは二人が働いて元気にしているということだけだった。

隣のサエキさんちのおばさんからは、

「お母さん、どうしたの。近頃見ないけど」

と聞かれた。駆け落ちの噂がまだ彼女の耳に入っていないことにほっとしながら、ヤヨイはいつものように、実家の両親の具合が悪くなったのでと話すと、

「それは大変ね。お母さんに無理をしないように伝えてね」

と気の毒そうな顔でいってくれた。

「ありがとうございます」

頭を下げながら情けなくなってきた。

二年生になるとすでに結婚が決まっている同級生が多くなってきた。そのほとんどがお見合いで、資産家や老舗《しにせ》の跡継ぎとの縁談が多かった。その話を父にすると、

「見合いは期待しないでくれ。母親が年下の男と逃げたなんて、格好がつかないだろう」

といわれた。見合いとなると相手に釣書《つりがき》を渡さなくてはならず、今の状態ではとても無理

だという。

「いいわよ、別に。お見合いに期待しているわけじゃないから」

それはヤヨイの本心だった。学生の立場だと母に対して甘えも出るが、社会人になればそういう気持ちもなくなるに違いないと、自分に期待していた。

ヤヨイは就職活動に専念しようと、就職課の担当者に相談した。しかし短大には求人が多数あって、ヤヨイが受けた試験も面接も、本人確認のためといった程度のものだった。そして翌年四月からは婦人服のメーカーに就職することになった。ろくに学校に来なかった派手な女の子たちは、裕福なパパの力を借りたのか、ちゃんと卒業式に出席していて、卒業後は家事手伝いとして待機し、最も高給な相手を見つけるためにがんばると笑っていた。

ブティックと呼ばれる小さな店がたくさんできてからは、流行のファッションを追う女性たちは、そこで売られているデザイナーズブランドの服を買うようになり、婦人服も枝分かれしてきた。ヤヨイの就職した会社は、カジュアル路線で仕立てがいいと評判の中堅どころだった。流行の最先端でないところに安心感もあった。

同期入社は男性三人、女性十七人だった。女性のうち二人は美術大学卒のデザイナー枠だった。男性は全員営業、女性のうち六人も営業、その他、社長室、宣伝部などに振り分けられ、ヤヨイが命じられたのは、在庫管理の仕事だった。店舗への納品、返品伝票を管理して、在庫と照らし合わせる。同じ短大卒の三歳年上の先輩からは、

「棚卸しのときは、みんなも手伝ってはくれるけど死にそうになるわよ」

と笑いながら脅かされた。

三枚綴《つづ》りの伝票を書いて二枚を営業部用に、一枚を部内のファイルにそれぞれ収める。ブラウス、ジャケット、スカートなど、婦人服はもともと点数が多いうえに、景気がよくなってますます点数が増えたので、朝礼では毎回、新製品の紹介があり、ヤヨイは朝から晩まで複写式の伝票に、商品番号と商品名と枚数をボールペンで書き込まなくてはならなかった。そしてその合間にも上司の男性たちにお茶くみをしなくてはならない。

「もっと儲《もう》かっているところだと、コンピュータで処理してるらしいんだけど、うちはまだ伝票なんだよね」

先輩はため息をつき、デスクの引き出しから携帯用の小さなマッサージ器を出して、肩に当ててじーっと目をつぶった。

「やる？」

ヤヨイは丁重にお断りし、次々に増えていく商品の番号と枚数をチェックして伝票を書き続けた。

はっきりいって仕事は面白くなかった。学生時代の何十倍も文字や数字を書き、椅子に座り続けているような気がする。

「これを退職まで何十年もやり続けるのか」

ヤヨイは不安になってきた。

突然、男性が部屋に入ってきた。彼は営業部所属の三十歳で、営業成績がいいのを鼻にかけ、とても態度が横柄なのでみんなに嫌われていると、先輩から聞いていた。

「この汚い字の伝票を書いたのは誰だ」

手には伝票を摑んでいた。

先輩が彼のところに走っていき、確認すると、それはヤヨイが書いた伝票だった。

「6か8かわからないじゃないか」

必要以上に怒る彼に先輩は、

「番号はわからなくても、ここに商品名が入っているからわかりますよ。今季はこのデザインはこれ一点だけですから」

とヤヨイをかばったうえに自ら訂正してくれた。すると彼は固まっているヤヨイをにらみつけ、

「もっと丁寧に書けよ」

といい残して大股《おおまた》で部屋を出ていった。

「気にすることないわよ。今回は運悪く、6と8が多い商品番号だったからね」

すみませんとヤヨイは小声で謝って、部署のファイルと手元の伝票を、赤のボールペンで書き直した。

昼は自分で作ったお弁当を持っていった。つい母が作ってくれたおかずと同じものを自分も作るけれど、母と同じ味にはならない。同期入社の女性は四大卒であっても、お給料がほとんど変わらないはずなのに、デザイナー職の二人は、いつも外食だった。それも会社周辺の流行のレストランや喫茶店で食事をしているという。

彼女たちは短大卒のヤヨイたちよりは二歳年上だが、ヤヨイを含めた事務職の女性たちを見下しているようだった。出勤時に会って、おはようと挨拶をすると、黙って頭のてっぺんからつま先までじろりとファッションの品定めをするように目を走らせ、それから薄笑いを浮かべて、黙って会社の中に入っていく。彼女たちはいつも流行最先端の服を着ていた。明らかに私たちは違うと、宣言しているように見えた。そんな失礼な態度を先輩同僚関係なくやるものだから、先輩たちも、

「あの子たち勘違いしてるわよね」

と顔をしかめていた。

会社ではただひたすら伝票書きの機械と化し、スーパーの店長からは母たちについての現状報告はなかった。定年を目前にしている父は、碁会所には相変わらず通っていたが、肩に力がなくなっていた。家にいるときは藤圭子の一連の歌や、細川たかしの「心のこり」のカセットテープをラジカセで聴いていたが、急激に白髪が増えて、おじさんよりもおじいさんに近くなっていった。ヤヨイのささやかな喜びは、社内販売で服が安く買えることくらいだった。ユリコちゃんにいろいろと報告したかったけれど、今はやはりできなかった。

同期入社の女性たちは、年を追うごとに櫛《くし》の歯が欠けるように、結婚のためにやめていった。ヤヨイにも後輩ができたが、彼女が、

「タカハシさん、こんな仕事をしてて楽しいですか。やりがいってありますか」

と仕事中に大声で聞いてくるので、そのたびに冷や汗が出た。

「これでお給料をいただいているんだから、文句はいえないでしょう」

そう答えると後輩は不満そうな顔をして、案の定、暮れのボーナスをもらったらすぐにやめた。ミスをしたときにかばってくれた先輩も、親から実家に帰れといわれているからと退職した。昨年、ユリコちゃんからハワイでの結婚式の招待状が届いた。残念だったけれどとてもじゃないけど行けなかった。ふと気がついたら入社五年目で、短大卒で会社に残ってい

るのは、ヤヨイと、同じ部署の三歳年上の先輩、後輩一人、社長秘書の四人だけだった。そしてその秘書も来年、寿退社するらしい。三歳年上の先輩は、部長のコネ入社で将来の昇進は約束されているので、やめないはずという噂を耳にしていた。

ヤヨイの毎日は、家と会社の往復のみだった。そして仕事はつまらなかった。しかし他に何ができるかといわれたら何もできない。入社して二年くらいは周囲もちやほやしてくれたが、五年経ったらほとんど邪魔者扱いだった。居座っているとか、いつやめるのかという、男性社員の陰口も聞こえてきた。彼らが新入社員の女性たちに群がるのを横目で見ながら、ヤヨイは伝票を書き続けていた。

やっと会社にもコンピュータが導入され、伝票書きから一部解放されたものの、慣れないキーボードの操作にあたふたしていると、英文科卒の新入社員が、タイピングで慣れているからと、まるでピアノを弾くように、キーボードを叩いていた。社内の噂だと、コンピュータの導入により、人員が削減されるといわれていた。ヤヨイはキーボードを操る後輩を見ていると、まっさきに肩叩きをされるのは自分かもと考えた。ヤヨイは不良品、廃棄用衣類、返品伝票もチェックして、どこが不備、汚損しているかを伝票に記入して箱詰めした。

「タカハシさん、そんな面倒な仕事、こっちでやりましょうか。いつまでも売れないものの数ばかり数えたって面白くないでしょう」

後輩にそういわれても、ヤヨイは、そうね、いつかはお願いするわといいながら、アナログな仕事を続けていた。

母の行方《ゆくえ》もわからず、仕事に対しての喜びもないままヤヨイは延々と勤め続けた。三十代に突入し、父も定年になり囲碁だけが楽しみの生活になっていた。ヤヨイは出勤前に自分たちの朝食、父の昼食、自分の弁当を作って家を出る。考えていたほど給料は上がらず、徐々に四大卒の女性と賃金で差がついてくるのもわかった。コネ入社の先輩は異動で営業部の係長になる予定で、今の部署は、キーボードを操っていた後輩が転職して、自分とコンピュータ担当の新入社員の二人だけになる。男性は全員何かしらの肩書きがついているが、女性で肩書きがついたのは、異動する先輩がはじめてだった。

ある日、返品のワンピースを数えていると、上司が、

「タカハシさん、あんたいくつ？」

と聞いてきた。

「三十一です」

「へえ、よく今まで居座ったね」

陰で何やらいわれているのはわかっていたが、そんなに面と向かっていわれたのははじめ

てだった。するとそこに例の営業部の嫌われ男がやってきた。そしてヤヨイの顔を見て、

「お前、まだいたのか。売れ残りか」

とからかった。上司や先輩の男性たちはどっと笑った。ヤヨイが怒る前に、彼はにやつきながら出ていった。

腹を怒りで膨らませながら、一息いれるためにトイレに立った。鏡の中の、明るさも覇気もない自分の顔にも嫌気がさしてきた。ため息をつきながら部署に戻ろうとすると、階段の前で、さっきの嫌われ男が待ち伏せしていた。まだ何かいいたいのかと身構えると、

「誰にも相手にされてないんだったら、おれと結婚しないか。お似合いだと思うけどな」

と彼はまたにやついている。ヤヨイは頭に血が上り、黙って前を通り過ぎようとした。

「そうか、ふられちゃったか。まさかあんたに、おれがふられるとは思わなかったなあ」

へらへらしながら話しかけてくる彼の横をすり抜け、ヤヨイは早足で部署に戻った。席に着いても怒りで手が震えていた。

こんな会社やめてやると、何十回も思ったが、結局、ずるずると十五年も勤めてしまった。適齢期を過ぎた娘と定年退職をした父は、古い木造の家の中で特に感情をぶつけ合うこともなく、地味に細々と暮らしていた。そしていつの間にか、近所の顔見知りの誰も、母のことを聞かなくなっていた。

ある日、ヤヨイは社長の弟の人事部長に呼ばれた。肩叩きかと、戦々恐々としていると、彼は開口一番、

「きみに大きな仕事をまかせたいんだけど」

という。これからは通信販売が新しい販売ルートとして見込まれ、我が社も来年から参入すると決まった。そこで地代が安い場所に受注センターと倉庫を作り、ヤヨイにはそこで働いて欲しいという。総責任者のセンター長は営業部の中年男性、そしてヤヨイは副センター長待遇といわれた。

センターは会社から車で片道四時間ほどの場所にあり、とうてい自宅から通える距離ではない。しかし住居はすでに社宅として借り上げてあり、家賃は会社の全額負担で役職手当てもつくという。

「給料も上がるし、環境がいいところだから、気分もいいと思うよ」

彼は終始笑っていたが、ヤヨイは突然のことで驚き、少し考えさせてくださいと返事をした。

センター長になる男性は会社内で影が薄く、「窓際さん」と呼ばれているし、二人だけが異動なんて、受注センターは栄転という名目の姥捨山《うばすてやま》ではないか。しかし落ち着いて考えて

いるうちに、行ったこともない場所、新しい仕事、もしかしたら面白いかもしれないと思えた。閉塞感でいっぱいの今よりは、ましなような気がした。帰り道、高校生のときに一緒に帰ったサカイくんは、今どうしているのかなと思った自分にうんざりした。

帰宅して父に相談するとしばらく考え、

「ヤヨイも会社をやめたらどうだ」

と口を開いた。そんなに迷惑がられてまで会社にいる必要はない。自分の年金と貯金とで、贅沢《ぜいたく》をしなければ二人で何とか暮らしていけるという。若い男性と駆け落ちした母がどこにいるかは知らない。ヤヨイは妻に逃げられた夫とその娘が、体調も悪くないのに、ずっとひとつ屋根の下で顔をつき合わせて暮らすなんて、想像しただけでぞっとした。ヤヨイが正直に自分の気持ちを父に話すと、

「それもそうだ。好きなようにしたらいい」

と寂しそうに笑った。

ヤヨイは受注センターへの異動を了承し、新業務の通販の詳細が朝礼で社員に発表された。ヤヨイは同僚、後輩たちに、

「災難でしたね」

と口々に慰められた。

会社が社宅として用意してくれたのは新築二階建てアパートの2Kで、一階に大家さん夫婦が住んでいる。二階は二部屋だけで、隣室には地元の大学に通っている女子学生がすでに住んでいるという話だった。家具も用意しておくので、いったい何が必要かと会社から聞かれ、タンス、小さなダイニングテーブルと椅子くらいと話すと、人事担当の男性が、

「布団やベッドも必要ですよね。冷蔵庫や洗濯機や炊飯器。他の家電もいるでしょう」

という。ヤヨイは引っ越してから好みのものを購入しようと考えていた。しかし彼が、

「買えるような店は近くにないです」

と真顔で忠告してくれたので、生活に必要なほどほどの値段のものを、会社側に一切合切用意してもらった。しばらくして家財道具が搬入されたアパートの室内写真を見せてもらうと、あとは自分が行くだけで、すべてが整っていた。

休日はずっと、現地に持っていく身の回りの物の整理に追われていた。引っ越しの前の一週間は会社が休みをくれたので、ヤヨイはサエキさんちのおばさんに挨拶をしに行った。事情を話すと彼女は、

「あら、そうなの。お父さんも寂しくなるわねえ。一人ぼっちになって」

と気の毒そうな表情になった。やはりおばさんは、どこからか噂を聞いて、母がいなくな

ったことをすでに知っていたのだなと思いながら、

「休みになったら帰ってくるつもりなので、よろしくお願いします」

と頭を下げた。

「ヤヨイちゃんも体に気をつけてね。慣れない土地で無理をしないように」

と労ってくれて、涙が出そうになった。

転勤先に持っていく荷物は、父親が使っていた、いちばん大きなトランクひとつにまとめた。大荷物で在来線に乗っていくのは辛いと考えていたら、会社が車を出して現地まで送ってくれるという。何から何まで親切にしてくれるのが、かえって不気味だった。

出発の日、営業部の若い男性社員が、営業車で迎えに来てくれた。父との最後の朝食もいつもと同じで、父は玄関先で彼とヤヨイに、

「気をつけて」

といっただけで、すぐに家の中に引っ込んでしまった。ポーズかもしれないが、あっさりとした見送りが、ヤヨイにはかえってありがたかった。

「タカハシさん、よく思い切りましたね」

運転しながら彼はいった。

「少し生活を変えてみたかったの」

「そうですか。でも変わりすぎますよ」

「えっ、そうかな」

彼は黙ってうなずいた。見慣れた高速道路を降りると、見慣れない景色が続いた。ヤヨイはドライブをしている気分になって、窓の外に緑の多い山々や川、山羊《やぎ》や牛の姿などが、スライド上映のように次々に登場するのを、興味津々で眺めていた。

「今は珍しいですけどね、こういった景色が毎日、見られるようになりますから」

彼の言葉に納得しながら、ヤヨイは営業車のラジオから流れてきた、ザ・ピーナッツの「ふりむかないで」を口ずさんだ。ユリコちゃんを思い出した。彼がはじめて聴いた曲といったのに驚きながら、窓の外を見たり雑談したりしているうちに、ヤヨイが住むアパートと会社にいちばん近いという、在来線の駅の前を通った。駅前に四階建ての店舗があり、ひととおり生活に必要なものが揃い、食堂もあると彼が教えてくれた。

「あとは大きな店はありません」

彼がいったとおり、いくら車を走らせても、山と川と畑ばかりで、人家すらなかった。

自宅から車に乗って四時間近く、やっと新しい勤務先に到着した。それは山の緑と一面の畑のなかにある、銀色に光った平たい体育館のような建物だった。明らかに周辺ののどかな雰囲気を壊している。彼が入口の鍵を開け、廊下の左側の部屋のドアを開けると、そこには会議室にあるような長テーブルが三台置かれ、その上には二台ずつ電話機が並べられていた。彼が次のドアを開けた。

「センター長と副センター長の部屋です」

言葉だけ聞けば立派だが、ただの四角い部屋を衝立《ついたて》で仕切り、それぞれのスペースに事務机とキャビネットが置かれているだけだった。

廊下の三つ目のドアの向こうは、まだ何もないだだっ広い倉庫だった。明日、商品カタログに掲載した商品を搬入するけれども、人事部長から、タカハシさんは自宅待機で、明後日からの出社に備えてくれればいいと、ことづかっていると彼がいった。こんなだだっ広い殺風景な建物が、これからどうなっていくのか見当もつかなかった。ただヤヨイの新天地でがんばろうという気持ちは、ちょっと萎《な》えた。

ヤヨイのアパートは、駅から離れる方向の狭い道沿いにあった。そして運転をしている彼がもっと先に車を走らせて、よろず屋がある場所も教えてくれた。生活するのに頼みの綱になるよろず屋からアパートまで車で五分もあった。アパートは写真で見たとおり、外観も部屋の中も新しくてきれいなうえ、家具、小さなテレビ、ファクスつき電話機、壁掛け式の全身が映る鏡、ラジオまで揃えられていた。ベランダには洗濯機、窓にはピンク色のカーテンまで掛けてあった。すでに電気も水道も通り、すぐに使える状態になっている。

「タカハシさんは免許を持っていますか」

ヤヨイは父から、女には車の免許などいらないといわれて、持っていなかった。

「最低限、自転車くらいないと本当にきついですよ。乗れますか」

乗れると返事をすると彼は、

「それじゃ、自転車を買うついでに、買い出しもしておきましょう。そうしないと晩飯も食べられませんから」

たしかにそうだとヤヨイはまた車に乗って、さっき通った駅前の店舗まで戻り、会社が購入してくれた自転車を営業車に押し込み、こちらは自腹で買ったキッチン用品や食材を持って帰った。

アパートに帰ると、ぐったりと疲れた。彼は、

「何かあったら本社に連絡をください。できる限りの対応はしますから」

と心配そうに帰っていった。少し休んで大家さんに挨拶をしに行くと、善良を絵に描いたような老夫婦が出てきて、ずっと農業をやってきたが、体が辛くなってきたのでアパート経営に切り替えた。今は自分たちが食べる分だけを作っているという話を何度も繰り返した。

そして受注センターについては、あんなぴっかぴかの、このあたりにそぐわない大きな建物

ができるとは思っていなかった。でもそれでこの周辺が開けてくれるのだったらありがたいといってくれた。ヤヨイは平身低頭して大家さん宅を出、隣室の女子学生に挨拶に行った。彼女は量が多い真っ黒な髪をおかっぱにして赤い縁の眼鏡をかけた、いかにも勉強ができそうな人だった。引っ越しの挨拶がわりのタオルを差し出したヤヨイに、彼女はにっこりするわけでもなく、

「ご丁寧にありがとうございます」

と抑揚のない声で礼をいってドアを閉めた。

自室に戻ったヤヨイはため息しか出てこなかった。アパートから受注センターまでは徒歩で四、五分だが、想像以上に生活が辛そうだ。今までは歩いて十分もすれば、いくらでも商店があった。しかしここは自転車に乗ったとしても、相当の距離を走らないとよろず屋にも行けない。四十代に近くなった自分にそんな体力があるのか。大雨の日はどうしたらいいのか。しかしヤヨイの住む場所はここしかない。腰高窓を開けると大家さんの広い庭が見え、庭木に留まっている雀《すずめ》や野鳥がさえずり、大家さんの飼い犬の茶色の雑種が犬小屋の中でぼーっと寝ていた。

彼らの姿を見て、少し気持ちが和らいだので、テレビを点《つ》けてみた。小さい画面だがよく映る。家でもよく見ていた芸人さんたちが、ここでも同じように画面の中で動き笑わせてい

た。子供の頃、母親から「テレビっ子」になってはいけないと、見る時間や番組を制限させられたが、この歳になってテレビっ子になりそうだった。

買い出しをしてきた野菜、缶詰、フライパン、鍋、皿などを作り付けの棚に収めていると、大きな音でドアがノックされた。ドアスコープをのぞくと大家さんの奥さんだった。急いでドアを開けると、

「さっきあげるの忘れちゃって。これ、うちで仕込んだ味噌」

と大きな袋をヤヨイに差し出した。

「いいんですか。ありがとうございます」

ヤヨイのうれしそうな顔を見て、奥さんは、うちの味噌は近所でもおいしいと評判よい、満面の笑みで帰っていった。飼い犬の名前が杉太郎《すぎたろう》ということも教えてもらった。

はじめての出社日、弁当を作ってヤヨイが始業の二十分前に出社すると、センター長になった単身赴任の窓際さんが、すでに来ていた。心なしか本社にいるときより顔色がよく見える。お互いに挨拶を交わし、彼に倉庫を見てごらんといわれて行ってみると、大量の段ボール箱と、様々な服が種類別にハンガーに掛けられていた。会社らしくはなってきたが、倉庫の隅で仕事をするといったほうがよかった。すでに初日からトラブルがあり、採用した五人のパートのうち、一人が辞退してしまった。

「まだ忙しくないんだから、様子を見て求人を出せばいいさ」

センター長はのんびりといい、ぼわーっと大あくびをした。

ヤヨイはあくびばかりしているセンター長にお茶を出した。副センター長という肩書きはついたものの、自分の立場はお茶くみと変わらなかった。自分の前に出されたお茶を一口すすり、満足そうに息を吐いたセンター長は、地域の新聞を興味深そうに読みはじめた。そして紙面から目を離さないまま、

「タカハシさん、パートさんたちの出勤、十時でしょ。来たらうまくやっといて」

という。

「ああ、はい……」

ここの仕事は、全部、自分がやらされそうだった。

会社から聞かされていたのは、パートの女性たちには、パンフレット程度の厚さの商品カタログに掲載している商品の注文の電話を受けて伝票を書き、荷造り、発送もしてもらう。カタログに同封している、はがきでの注文もある。それらすべての指示、最終チェックを、ヤヨイがまかされていた。たくさん注文が来たら、私一人のチェックでは無理だと思いますとセンター長に話すと、

「そんなに注文が来るわけないよ。女の人は自分の手で生地を触って、試着して服を買いた

いものでしょ。ここはすぐにだめになるんじゃないのかなあ」

と他人事のようだった。

「明日くらいにカタログが行き届くはずだから、忙しくなるにしたってそれからだ」

センター長はまた大あくびをして、ずっと紙面から目を離さなかった。これからここでずっと働き、暮らしていけるのだろうかと、ヤヨイはまた不安になってきた。

パートさんは三十代から五十代の、地元の既婚女性たちだった。五十代の人は結婚前に電電公社で電話番号案内をしていた電話応対のプロなので、彼女に対する受注センターの期待は大きかった。彼女たちは地域の婦人会での知り合いで、求人を知ってみんなで応募してみたのだという。来なくなった一人は、気まぐれな性格なのですみませんと謝られた。電話応対の経験がない三人は、

「電話、うまく受けられるかな。はあ？　なんて聞き返したらだめなんだよね」

「当たり前よ。相手はお客さんだもの」

などと不安そうだった。ヤヨイは彼女たちの士気を高めるため、倉庫にある膨大な量の服を見せた。そして割引で購入できる社内販売もありますからと話すと、一気に彼女たちの顔が輝いた。

パートさんたちが仕事に意欲を燃やしてくれるのはうれしかったが、設置した電話は一週間経ってもまったく鳴る気配がなかった。たまにかかってくるのは間違い電話や、不動産会社の土地売買の勧誘だった。パートさんたちは意欲はあるものの、いざ電話が鳴ると緊張してしまうのか、つい元プロに頼りがちになり、顔を見合わせてすぐに受話器を取ろうとしないのが困りものだった。受注センターとしての機能はまったく果たしておらず、パートの補充は見送られた。

大丈夫ですかと聞く彼女たちに、ヤヨイが、

「カタログが届いて間がないので、お客様はどれにしようか悩んでいる最中なんだと思いますよ」

といって不安を和らげると、彼女たちも、

「そうよね、いろいろと迷うものね」

と納得してくれた。

半月が過ぎると注文がぼつぼつ来るようになった。いちばんの人気は、価格を抑えたコットンのハーフコートだった。元プロは慣れているのですべてがスムーズだったが、他のパートさんたちの緊張はなかなか取れず、頭のてっぺんから声を出したり、必ず聞かなくてはならないお客様のデータを聞き忘れそうになったりする。ヤヨイは電話部屋に椅子を持ち込み、

テーブル越しに彼女たちと対峙《たいじ》し、四人の受注状況を常にチェックした。「お名前をうかがって」「電話番号は？　市外局番もね」「商品番号は大丈夫？　確認して」「復唱は必ずしてください」などと三人の仕事を小声でフォローしなくてはならなかった。

パートさんの勤務は午前十時から午後五時までだが、子供の学校の用事で休んだり、二時間だけ働いて帰るといった事態も起こる。その穴埋めをするのもヤヨイだった。人員が不足すれば電話を受け、倉庫で梱包《こんぽう》作業をし、自分の仕事の最終チェックもし、センター長にお茶やコーヒーも淹《い》れる。これは副センター長というより、お茶くみ兼パートさんだとヤヨイは苦笑した。

一方、センター長はいつも新聞を読んでいた。彼は自分の車で、ショッピングセンター内にある定食屋に昼食を食べに行くので、昼休みを勝手に二時間とっていた。その間も女性陣はフル稼働である。ヤヨイは毎日、アパートに帰るとどっと疲労感に襲われた。大家さんの庭にやってくる鳥や、飼い犬の杉太郎の姿、そして休日にテレビで観る『ちびまる子ちゃん』が、ヤヨイの癒しになっていた。

当初は売り上げがいまひとつだった、ヤヨイの会社の通信販売も、世の中でシステムが受け入れられるようになってからは、注文が増えてきた。フリーダイヤルも導入し、パートさんも二人増え、そのうちの一人が秘書検定三級を持っている奥さんで、ヤヨイがやっていたセンター長の仕事の補助やお茶くみなども、率先してやってくれるようになったので、とても助けられた。パートに応募してきた人のなかに、若い男性と逃げていった、ヤヨイの母がいたというような、ドラマのような展開にはならなかった。

注文が増えるとトラブルも増える。届いた品物が注文と違ったのは、こちらのミスなので丁寧に応対したが、なかにはさんざん着倒したあげくに返品してきたり、検品したのにしみがあったから返金しろとクレームをつけてくる人もいた。そのような面倒な人たちは、最終的には本社に対応してもらったが、パートさんたちがいちばん悩まされていたのが、卑猥《ひわい》ないたずら電話だった。

電話が鳴って受話器を取ると、真っ昼間から、はあはあという息づかいと、

「奥さん……奥さん」

という妙な声が聞こえてくる。パートさんたちから、最近は特にひどくなってきたので、何とかならないかという訴えがあった。するとそれを聞いた、今までただの置き物のようだったセンター長が、急に女性たちを守る雄々しい男性のようにふるまいはじめた。

「そういうときは、何もいわないで電話を長引かせて、私に渡しなさい。そんなふらちな奴は私が一喝してやるから。がつんとやらなきゃな、がつんと」

彼は誰かを殴るように腕を上下させながら張り切っていた。

卑猥な電話を受けたら、左手で受話器を持ったまま、右手を挙げて合図をする。それを見た人が急いで隣室のセンター長に知らせ、彼がパートさんから受話器を受け取って、ふらちな奴に向かって、

「ほほう、それで?」

と大きな声でいったとたんに、電話は切れるようになった。鬱陶しい電話から解放されたパートさんから礼をいわれると、彼は、

「馬鹿な電話がかかってきたら、いつでも私にいってきなさい」

と胸を張って自分の部屋に戻っていった。ヤヨイは彼の後ろ姿を見ながら、どんな人でも役に立つものだなあと感心した。

バブル崩壊以降、若い女性向けの服の売り上げはがた落ちになっていた。定価の安い服を売ろうとしても、それ以上に安く販売している店が多くなり太刀打《たちう》ちできない。そこで会社はターゲットを、金銭的に多少余裕のある、年齢が少し上の女性に絞った。するとフリーサイズの、左右の前身頃をかき合わせて着る、フードつきのコートが売れはじめた。カシミヤ製で少し値が張るが、卸売りの部署でも売り切れが続出した。

最初はどうなることかと心労が多かった受注センターも、何とか軌道に乗り、本社からも

褒められた。それはありがたかったが、プライベートはいまひとつ充実感がなかった。パートさんから、ヤヨイさんはセンター長と不倫関係にあるのかと聞かれてぎょっとしたり、大家さんからは年齢を聞かれたので、正直に四十歳を過ぎたと話すと、

「あんた、今まで何してたの。どうするの」

と怒られた。何してたといわれても、まじめに勤めていたのだけれど、一般的な女性の幸せからははずれているのは間違いない。

ユリコちゃんに時折手紙を書くと、返事にはそのつど、妊娠中、子育て中、長女が中学校卒業などと書いてあり、それで同い年の女性がどういう生活をしているかを知っているような有様だった。そしてつい先日に届いた手紙では、長女に交際相手がいてこれでは四十代でおばあちゃんになるかもなどと書いてあって仰天した。ヤヨイを見ると跳ね回って熱烈歓迎してくれる大家さんの飼い犬の杉太郎も、寝ていることが多くなった。静かにみな年齢を重ねているのだった。

ヤヨイは日々の買い出しにママチャリでよろず屋に行く。店内で買い物にかかる時間は四、五分だが、店主のおばあちゃんの世間話が一時間はかかるので、覚悟しなくてはならない。寒風のなか、ヤヨイが背中を丸めて疾走している姿を目撃したパートさんたちが、

「ヤヨイさん、年々、自転車はきつくなってくるでしょう」

と、自分の買い物ついでにヤヨイを車に乗せて、駅前のショッピングセンターまで連れていってくれるようになった。はじめてここに来た年の冬は、吹く風の冷たさにびっくりした。しかし自社製品のコート、セーター、パンツを着込んで乗り切った。暖かさは人体実験済みなので、お客様に自信を持ってお勧めしてくださいと、パートさんたちに話して笑われた。

年度替わりを機にコールセンターと名称が変わったこの場所に、男女一人ずつ社員が配属されてきた。男性は新入社員、女性は別業種で通販業務をしていた中途採用の二十五歳の女性で、これまで本社で作成していたインターネットの通販サイトも、彼女の担当に移行し、ヤヨイが担っていた業務の半分はまかせることができた。受注や在庫管理にコンピュータを導入し、コールセンター用のヘッドセットが使えるようなシステムに変えてくれた。受話器を上げ下げして腕が痛くなるといっていたパートさんたちの負担も軽減できるようになった。

慣れない土地で不安を抱えながら働いてきたヤヨイは、自分の仕事の負担が軽くなったとたんに、気がゆるんだのか熱を出して寝込んでしまった。センターに連絡すると、

「ヤヨイさんは今までがんばってきたんだから、ゆっくり休んで」

と、パートさんをはじめ、センター長にも労ってもらい、五日間、休ませてもらうことにした。

ヤヨイが寝ていると、祖母のタカが亡くなったと父から電話があった。事情を話すと、

「わかった。無理をしないで寝ていなさい」

といって電話が切れた。タカにとっては、ヤヨイの母はどうしようもない嫁だっただろう。長男や次男の一家が揃っているなかで、妻に逃げられた三男の父は、どういう顔で一人で葬儀に参列するのだろうかと考えると、かわいそうになってきた。しかしこの熱では仕方がない。好きではなかった祖母だけれど、ヤヨイは布団の中で手を合わせて目をつぶった。

体調が復活し翌週から出勤すると、倉庫には出荷を待つ段ボール箱が積まれ、遠くから配送会社のトラックが走ってくるのが見えた。

「おう、大丈夫？」

部屋に入ると、センター長が声をかけてきた。ヤヨイが頭を下げて礼をいうと、

「無理がたたったんだよ。一人で大変だったものな。あ、そうそう、ところでな」

と話題を変えられた。彼は机の上に積まれた紙の束をヤヨイに渡した。それはお客様からのメッセージだった。商品がとてもよかった、これからも購入したい、電話口の女性の応対もとても感じがよくて梱包も丁寧だったなどと書いてある。

「本社にコピーして送ってやろう」

センター長はうれしそうに笑っていた。

いくらヒット商品があったとはいえ、ずっと売れ続けるわけではないし、その商品がコー

トなので、一度購入したらひんぱんに買い替えるものでもない。だが、女性の好むスタイルがスカートからパンツに移り、自社製のパンツのシルエットがとてもきれいだとインターネットで評判になっていた。それによって幅広い年齢層の女性の間でコンスタントに売れ続け、救世主になってくれた。

「うちの会社もしぶといよね。ひとつがだめになると、また新しい売れ筋が出てくるんだから」

外食ばかりですっかり腹回りが太くなったセンター長は、相変わらず新聞を机の上に開き、渋茶を飲みながら満足そうだった。

人員が増えてから、ヤヨイはデスクワーク中心になっていた。コンピュータ処理された伝票等をチェックし、トラブルがあると責任者として詫びる。四十代半ばの役職付きとしては、こんなものかなと思っていると、新聞に目を落としたまま、センター長が、

「来年は二〇〇〇年か……」

とつぶやいた。下手に相槌を打つと面倒くさいので、ヤヨイが黙っていると、

「タカハシくん、結婚はどうするんだ」

と直球をぶつけてきた。ぎょっとしつつ、

「特に何も考えてないです」

とだけいうと、彼は、

「一生懸命に働いてきて、結婚もできなかったのはかわいそうだなあ。でも四十代半ばだと子供は無理だしなあ。どこかに誰かいないかなあ」

といいはじめた。こちらが何も頼んでいないのに、余計なお世話だった。そんなことよりも、会社のコンピュータの二〇〇〇年問題のほうを案じて欲しかった。

休憩時間には、パートさんたちからも、

「ヤヨイさんはどうして結婚しないの。こんなに優しくていい人なのに」

と気の毒がられた。

「縁がないんでしょうね」

「あーら、やだ。縁なんて自分でたぐり寄せるものなんですよ」

子供が三人いる三十二歳のパートさんは、絶対に逃さないと狙った高校時代の同級生の行動を調べ、駅前の飲み屋で偶然会ったふりをして話をし、いやがられてもいつも隣に座って自分をアピールして、結婚にこぎつけたと豪快に笑っていた。たしかにヤヨイにはそんなエネルギーはなかった。

二〇〇〇年を迎えても、幸いセンターのコンピュータには何事もなかった。コールセンター自体はうまくまわっていたし、新入社員の男性は、おとなしくセンター長やヤヨイの指示を聞いていたが、他業種で通販業務の経験がある女性社員とセンター長はいつも揉《も》めていた。入社直後は会社の方針に従っていたが、通販の経験があるので、自分が現在の業務のあり方を改善したいという気持ちがつのり、コールセンターの改革を求めはじめた。最初はヤヨイが様々な提案を受けていたが、最終的な決定権がないので、

「センター長に報告しておきます」

と答えていた。しかしセンター長がずるずると判断を引き延ばすので、ヤヨイは彼女に突き上げられる。そして彼女は二人の部屋に入ってきて話し合いを求めてきた。

彼女は、これから女性相手の通販で生き残るためには、お直しサービス、一定金額以上購入した人に対する割引制度や送料無料、一度限りのサイズ変更可など、きめの細かい対応が必要で、郵送の段ボール箱も茶色ではなく白いものにするべきだという。センター長は、理解はできるけれども、それらを変更した場合の、経費の増大分はどうするのかと聞き返した。

「郵送の箱ひとつでも、これから変えるのは大変なんだよ。本社と共通でものすごいロットで注文しているから、うちだけ白い箱っていうのは難しいな」

「でもセンスないですよね、これじゃ。女の人って、そういうところを見てますよ」

きつくいわれてセンター長はむっとした。

「一定金額以上を買ったら割引、送料無料だったら何とかできるんじゃないかと……」

何とか二人を融和させようとヤヨイが口を開くと、

「それだってこっちがかぶるのは大変だよ。送料だって一個、何百円もかかるんだから。それが千個になったら何十万だよ。お直しなんて一か所何千円単位だから。無理だよ」

とセンター長からすぐに却下された。

「でもパンツがいちばん売れるので、お直しサービスは必要ですよ」

彼女は強気だった。

「それでは股下のサイズを何種類か作ってもらったらどうでしょう」

ヤヨイが提案すると、センター長は、

「それ、それだよ。さすがだなあ」

とにっこり笑った。

ヤヨイの提案は本社に伝わり、売れ筋の定番二パターンのパンツに、短め、長めを加えて丈を三サイズにした。すると新しい股下の両方が売れはじめた。じかにお客様の声を聞いているパートさんに聞くと、これまでは欲しくてもお直し代がかかるので、買うのをやめていたという。また若い女性の足が長くなったのと、ハイヒールを履くので股下が長いものが欲しかったという人もいた。

ヤヨイは会社から褒められたが、改革を提案した女性社員の顔は丸つぶれになった。黙っていればいいのに、センター長が、

「文句をいうのなら、タカハシさんみたいに、現実的な代案を出しなさいよ」

などと余計なことをいったものだから、二人の仲はますます険悪になった。会社には気に入った人ばかりがいるわけではないが、近くに息抜きができるような、何の娯楽もない場所で、社員同士がいがみ合うのはヤヨイには辛かった。そういった雰囲気は、パートさんたちにも伝わり、社内の空気が緊張するようになった。

ある日、これまで無欠勤だった女性社員が会社を休んだ。病欠とわかったとたん、パートさんたちは、ほっとした表情になった。どうしたのと聞いたヤヨイに彼女たちは、

「あの人、性格がきつくて」

と顔を見合わせてうなずいた。

「どうしてそんなことができないのとか、気がきかないとか。あの人が口を開くと、いつも馬鹿にされているような気持ちになるんですよ」

「あら、そうだったの。仕事はできる人なのよ。私自身はとても助かってるけど」

「『タカハシさんは甘いから、私がきっちり締めなくちゃ』っていってましたよ。ヤヨイさんは厳しくしなくても、ちゃんと仕事ができているじゃないですか。厳しくしたって仕事が

できるようになるわけじゃないですよ。軍隊じゃあるまいし」

ヤヨイよりも年下で、軍隊なんか知らないはずのパートさんがいったので、思わず噴き出してしまった。彼女の物言いはいつもきつく、そのうえパートさんの小さなミスを大事《おおごと》にしようとするともいっていた。

「大きなミスを処理したほうが、自分がまわりの人たちに、仕事ができるように思わせられるからじゃないですか」

その場にいたパートさん全員が笑っていたが、ヤヨイは笑えなかった。

結局、彼女は入社四年後にやめてしまった。通販サイトの管理は彼女と同期入社の彼にまかせ、受注チェックも仕事に慣れたパートさんがしてくれるので問題はなかった。本社からも希望して異動してくる社員が年々増えてきた。どうしてこんな場所へと思って、理由を聞くと、もう人が多い場所は飽きた、緑の多い場所で過ごしたいという。彼ら、彼女たちは車が運転できるので、ヤヨイとは違って、ひょいっと気軽に移ってこられるのがうらやましくもあった。そして異動を「災難」と哀れまれたヤヨイは、「先見の明がある人」といわれるようになった。

「おれももうすぐ定年だからなあ。そうなったらタカハシさんがここの長だ」

センター長はしきりにいうようになった。ヤヨイには出世欲もないし、コールセンターの立ち上げのときは忙しかったが、今はみんなが的確な仕事をしてくれるので、センター長と同じく、置き物に近くなってきた。

しかし歳を取ったのはまぎれもなかった。パートさんが車で連れていってくれるときに、カットは駅前の美容院でしてもらうのだが、ヘアカラーは自分でやっている。毛の根元が白くなってくるとすぐに染めてしまうので、現在、自分の頭にどれだけ白髪があるかはわからない。五十代に突入するのだから当たり前なのだが、鏡に映った自分の顔を見ると、しわも増えて肌もしぼんだようで年齢を感じる。仕事はともかく、やっぱりプライベートでは何もしてこなかったとしか思えなかった。仕事一途を選んだわけでもないのに、結果的にはこうなってしまった。自分がこんな年齢になったのだから、高齢になった母はどうしているだろうか。母の失踪届を出していない父も、これまで辛かっただろう。

鏡を見ながらあれこれ考えていると、階段の上り下りが辛くなった大家さんの奥さんが、庭から自分の名前を呼ぶ声がした。かわいかった雑種の杉太郎は亡くなって庭の隅に埋葬され、奥さんが毎日その場所に花を手向けていた。ヤヨイが窓から顔を出すと、作業服姿の白髪頭の男性が一人、大家さんの奥さんと一緒に庭に立っていた。庭に下りていくと、

「この人、タケさん」

と紹介された。ヤヨイが挨拶をすると、奥さんが突然、

「あんた、この人と一緒にならない？」

といった。

ヤヨイが無言で立ち尽くしていると、タケさんといわれた男性は、えへへと照れて頭を掻いている。一方的に大家さんの奥さんがいうには、彼は三年前に妻を亡くし、すべてにやる気をなくしてしまった。そこでみんなでそろそろ新しい奥さんを世話してあげようと話が持ち上がり、

「まっさきにあなたが頭に浮かんだのよ。一人で暮らしていると寂しいでしょ」

と笑った。

「はあ」

ヤヨイはそういうしかなかった。当のタケさんはひとこともいわない。

「ほら、二人でお茶でも飲みに行けば？」

奥さんがタケさんを焚《た》きつけたが、彼は、

「いやあ、今日はおれ、仕事があるから」

と帰ってしまった。

「えっ、ほんと？」

あっけにとられている大家さんの奥さんとヤヨイを残し、彼は道に駐《と》めていた軽トラック

に乗り、走り去った。

「照れてるんだね。これは脈があるよ」

奥さんは満面の笑みを浮かべていたが、ヤヨイはわけがわからず、ただ「はあ」と返事をして部屋に戻ってきた。

翌々日、会社に行こうとドアを開けて外に出ると、階段の下で奥さんが掃除をしていた。

「おはようございます」

ヤヨイが挨拶をすると、彼女は片手を挙げて歩み寄ってきた。

「あのさ、タケさんの話だけど」

「はあ」

「あれね、断ってきたわ。もっと肉付きのいい人がいいんだって」

彼女は気の毒そうな顔をした。ヤヨイはぽかんとした後、

「いってきます」

と会社に向かって歩き出した。

いったい何なの？　彼の奥さんに立候補したわけでもないのに、何で断られなくちゃならないの？　わけがわからないけれど、腹が立つことだけはわかったヤヨイは、思わず大股で会社まで歩いた。断られても断られなくても、どちらでもヤヨイにとっては迷惑な出来事だ

った。自分はまったく結婚する気持ちはない。それなのに一人で生活していると、気の毒だとか、寂しいだろうとかいわれる。

「大きなお世話よ」

つい目の前の広い畑に向かって、大声で叫んでしまった。

勝手に後妻候補にされ、一方的に断られた、このような出来事はこれ以降なかったが、パートさんから、こういう人がいるけれど、どうですかとお見合いを打診されたことは何度かあった。そのたびにやんわりとお断りすると、みな一様に残念そうな顔をした。ほとんどが後妻の話だった。自分のために心を砕いてくれるのはとてもうれしかったが、当の本人にその気がないので仕方がない。

定年退職を目前にしたセンター長に、本社から社長賞が贈られた。通販業務を確立させた業績によりというのがその理由だったが、それを聞いたパートさんたちは、賞をもらうべきなのはヤヨイさんだと口々にいってくれた。彼はただ新聞を読んでお茶を飲んでいただけ、卑猥な電話の撃退だって、いっときの話だった、などなど。ヤヨイは個人的な賞をもらいたいために働いてきたわけでもないし、このコールセンターが閉鎖されないで、みんなのおかげで今や会社の業績を支えるような部署になってよかったと思っている。そう話すと彼女たちは、それでも何だか悔しいと腑《ふ》に落ちない顔をした。

一方、センター長は有頂天だった。窓際さんと呼ばれていたのに、定年前には社長賞だ。社長からもらった表彰状をヤヨイたちに見せびらかして、無邪気に喜んでいたが、パートさんたちの目は冷ややかだった。本社からはセンター長退職による、ヤヨイの昇格について打診があったが断った。あと十年ほどの会社勤めを、穏便に過ごしたかった。

社員にもパートさんにも労《ねぎら》いの言葉もなく、センター長は退職した。後任には本社営業部から中途採用の四十代の男性が来た。高学歴で学生時代に留学経験もあり、女性に対しても扱いがとても丁寧だった。そのうえ仕立てのいいスーツをきちんと着こなしている。

「はじめまして。タカハシヤヨイさんですね。ご活躍は本社でもうかがっておりました。一緒にお仕事ができて光栄です。よろしくお願いいたします」

姿勢のいい彼に微笑みながら手を出され、ヤヨイはどぎまぎしながらおずおずと右手を出した。パートさんたちは彼を見て、「ヨン様に似てる」と騒ぎはじめた。

「これから来るのが楽しみになるわあ」

一人がいいはじめると、

「ほんと、やる気が出ちゃう」

と満面の笑みを浮かべながら、腕をぐるぐる回す人までいた。

今はこういう男性社員もいるのかと、ヤヨイは感心したが、パートさんたちは物腰が柔らかく優しいセンター長に、ぽーっとなっていた。我慢して勤めていてよかった、前の人とは大違いなどといっては笑い合っていた。

外見だけではなく有能なセンター長のおかげで、ヤヨイの仕事はますます楽になった。それと同時に、自分の今後を考えはじめた。退職した後は社宅のアパートを引き払わなくてはならないので、住み続けるわけにはいかない。正直、車の運転ができない自分には、ここでの生活は難しいし、いつまでもパートさんの厚意に甘えるわけにもいかなかった。長い間、父にも寂しい思いをさせたので、これからは年老いた父と、ずっと独身だった娘とで、古い家で静かに暮らせばいい。父は囲碁、自分は本を読む生活が誰に憚《はばか》ることなくできるのだし、またそれも楽しそうな気がしてきた。

タカの葬式が終わってから、週に一度、父に電話をするようになったヤヨイが、退職後の計画を話すと父は喜び、

「家も古くなってきたから、ヤヨイが帰ってくるのだったら建て直す」

といいはじめた。お金がかかるからと喉元まで出たが、十年ほど前に予想もしていなかった場所で、大きな地震があったことを考えると、たしかに実家の耐久性には不安があった。

「そのほうがいいかもしれないわね。お父さんにまかせるわ」

ヤヨイの同意を受けて、父は張り切って改築に向けて計画を立てはじめた。電話をするた

びに進捗《しんちょく》状況を話し、建築がはじまってからは、近くのアパートに仮住まいをし、携帯電話も購入していた。

「いつ帰ってきてもいいからな。待ってるから」

そういわれるたびに、ヤヨイは何ともいえない気持ちになった。

八か月後、新しい家が建った。耐震を第一に考えた家だと、父から写真が送られてきた。家の中の家財道具が昭和の雰囲気のままなのが、アンバランスでそして懐かしかった。そして週一のヤヨイの電話を待たず、父はボタンひとつで風呂が沸く、トイレの掃除が楽、IHなので台所で火を使わなくていい、エアコンで一年中快適、監視カメラつきのインターフォンで安心と、新しい家の優れているところをうれしそうに報告してきた。

風がやや強く、肌寒い日だった。ヤヨイが壁の時計を見ながら、そろそろ三時だからみんなのお茶菓子の準備でもしようと、椅子から腰を上げたとたん、足元がぐらりと揺れた。ふだんの感覚だとすぐに収まるはずの揺れが、徐々にひどくなってきた。これは尋常ではないと察したヤヨイは、急いでパートさんが注文を受けている部屋に走っていった。パートさんたちは部屋の隅で抱き合ってしゃがみこんだり、テーブルにしがみついたりしかできず、ただわけもわからず足元から揺すられていた。

「大丈夫ですか」

センター長が走ってきた。パートさんたちがテーブルの下にもぐりこもうとするのを、

「だめ、みんな外に出て」

と叫んで、全員、手足がばらばらになったような気持ちで、外に走り出た。山の木々が大きく揺れ、遠くのほうでは電柱が傾いて電線がたるんでいるのも見えた。子供がいるパートさんたちの顔色が青くなっていた。揺れが少し収まると、センター長はスマートフォンで事態を確認し、東北で大きな地震が起こったと説明した。

結局その日は業務を続けられず、パートさんたちにはすぐに家に帰ってもらった。センター長室の点けっぱなしにしたテレビから、刻々と入る情報に体が震えるようだった。そんなときでも、地震とは関係ない離れた地域のお客様から、注文の電話がかかってくるので、ヤヨイがそれらの注文を受けた。しかしその後は電話が鳴ることはなかった。

センター長がコールセンターに残り、ヤヨイは定時に帰らせてもらうと実家に電話をかけた。すぐには通じなかったが、何度もかけ直すとやっと父が出た。家は何事もなく近所でも被害はなさそうだという。

「家を建て替えておいてよかった」

父はぼそっとつぶやいた。

倉庫の商品にはほとんど影響がなく、センター長がインターネット環境を保持するための工事をしてくれていたので、業務自体にはさほどの影響はなかったが、パートさんが以前のように通える状態ではなくなった。余震も続いていたし、計画停電もある。いつになったら、以前のように通常業務ができるか見当もつかなかった。流通もストップして荷物は倉庫に溜まっていった。ヤヨイは待たせているお客様に、遅延のお詫びの連絡をし続けた。

東日本大震災という名前がついてしまうほどの大地震になり、被害の状況を見聞きするたびに、ヤヨイは落ち込んだ。コールセンターの関係者に、人的な被害がなかったのが救いだった。

「これからしばらくは、販売業務は難しくなるかもしれないですね」

センター長はこれで人々の気持ちが変わる、のんきに洋服を買っている場合ではないと感じるようになるだろうという。

「以前のように消費をしたいという気持ちになるには、時間がかかりそうです」

ヤヨイはうなずいた。しかしセンター長はそこで売り上げが落ちる分を補塡《ほてん》するために、策を巡らすのではなく、これまでと同じことを続けて状況を見守りたいと静かに語った。

「私もそう思います」

「いつかは元に戻るでしょうから、それまで少し我慢しましょう」

強引に行動する人ではなくてよかったと、ヤヨイは安心した。

パートさんたちも再び通ってくれるようになり、注文も以前と同じとはいかないまでも、それに近いくらいには戻ってきた。国からも節電、節約といわれ、みんなもそれはもっともだと納得して、自分たちなりに気をつけて無駄を省いていたのに、いつの間にかショッピングセンターには以前と同じように照明が明るく点き、クーラーも使われるようになった。それどころか夏は熱中症予防のために、クーラーを使うようにと勧めている。生活の中心があの大地震のせいで揺らいでいるような気がしたが、ヤヨイは自分なりに無駄をしないように暮らすしかなかった。

ヤヨイの定年まであと四年になった。ここでの暮らしは煮詰まっていた自分には気分転換になった。いや、なりすぎたかもしれない。その間、父にはひとり暮らしを強いてしまい、申し訳なかった。いくら囲碁仲間がいて、碁会所に通うのが楽しみで、家をきれいに建て替えたといっても、一人娘が離れて暮らしているのは、高齢になるにつれてより寂しくなったことだろう。父に電話をするとき、慰め半分であと何年だからと話すと、

「うんうん」

とうれしそうに相槌を打っていた。その声を聞くたびに、申し訳なさがつのったが、今は

仕方がない。

「だからもう少し待っててね」

最後にはいつもそういって電話を切った。

自分の誕生日が来るたびに、ああ、定年まであと二年、あと一年などと感慨深かった。ある日、センター長と今後について話をしていると、内線電話が鳴った。受話器を取ると、

「病院からお電話です」

という。えっ？　と首を傾げながら電話に出ると、実家の周辺でいちばん大きな病院からだった。

「タカハシヤヨイさんですね。お父さんが庭で倒れられているのを通行人の方に発見されて、こちらに緊急搬送されております」

一瞬、息が詰まった。

「わかりました、すぐに参ります」

近くで聞いていたセンター長が、状況を察したのか、

「すぐに行ってください」

といってくれて、車通勤の社員にヤヨイのアパートに立ち寄って、最寄り駅まで送るよう

にと指示してくれた。胸がいっぱいのヤヨイはただ頭を下げるしかなく、アパートで身の回りのものを急いでバッグに詰めて、駅から在来線に飛び乗った。

途中で新幹線に乗り換え、思ったよりも早く病院に到着したが、もっと病室に動きがあるかと思っていたのに、しんと静かだった。ベッドの上の父はすでに息をしていなかった。混乱して目の前の父親にいったい何が起こったのかわからない状態で、頭の中で、

（えっ、嘘でしょう）

という言葉がものすごい勢いで渦巻いた。心臓発作が死因と医者から説明を聞き、ヤヨイが病室の椅子に座って茫然《ぼうぜん》としていると、見慣れない中年の女性が姿を見せた。彼女は実家の三軒先の家の人で、結婚して引っ越してきたという。通行人から話を聞き、救急車に連絡をしたのも、ヤヨイの勤務先を病院に教えてくれたのも彼女だった。

「娘がここで仕事をしているので、気に入ったものがあったら買ってやってくださいって、ご近所の方々はみなさん、お父さんから新しいカタログをいつもいただいていたんです」

そしてベッドの上に視線を落として、はっと息をのんだ。彼女は目に涙をいっぱいためてうつむいてしまった。

「知らせてくださってありがとうございました」

「ご高齢でひとり暮らしをされていたので、気になっていて。いつも娘さんの自慢をなさっ

ていたんですよ」

ヤヨイの涙はいつまでも止まらなかった。

父の家族葬の際、伯父はいちばん下の弟が先に逝くとは思わなかったと、肩を落としていた。その悲しみが怒りになって、いなくなった母に向かうのが、ヤヨイには辛かった。もしも自分が父とずっと一緒にいたら、小さな異変に気がついて、こんなことにならなかったかもしれない。会社も軌道に乗っていたのだから、早期退職すればよかったのだと、後悔ばかりが先に立った。

翌年、定年退職するヤヨイは実家に戻ることにした。社員やパートさんたちが泣きながら見送りに来てくれたのにもらい泣きしたが、しっかりしなくてはと自分を奮い立たせた。実家の父の新しい部屋は三畳から六畳になっていて、ヤヨイが家にいるときはなかった、脚がついた立派な碁盤と丸い碁石入れが置いてあった。押し入れには会社の最新版の通販カタログが積んであった。それを見てまた涙があふれてきた。一方でヤヨイが小学生のときから使っていた本棚には結構な値段の熟女の写真集が何冊かあり、娘としては複雑な気分だったが、それなりに父は自分の楽しみにお金を遣っていたと知って、ヤヨイは少し胸の詰まりが取れた。

街並みが変わった近所で、ヤヨイは挨拶まわりをした。父の緊急時に連絡をし、そのうえ病室にまで来てくれた奥さんにも、あらためて挨拶に出向くと、以前の住人の多くは土地を売って引っ越し、今住んでいる人はほとんど他の場所から来た人といっていた。近所はヤヨイよりも若い世帯ばかりになった。隣のサエキさんにも挨拶に行くと、建て替えられた家には誰もいなかった。誰か住んではいるようだったが、二日経っても、三日経っても、隣家の家族には会えなかった。

実家に戻って一週間、父の荷物の整理をしながら、ただぼんやりと朝になったら起き、夜になったら寝る生活を送っていた。父は几帳面《きちょうめん》な生活をしてくれていて、室内が汚れていたりゴミが散乱していることもなく、余分な手間がかからずに助かった。

天気のいい日曜日の朝、庭で洗濯物を干していると、

「タカハシさん？」

と声がした。見ると、隣家の玄関前に帽子をかぶりリュックを背負った男性が立っていた。

「あっ、サエキくん？」

二人はお互いにびっくりして、しばらく見つめ合った。

タカユキ

セクシーガール

タカユキは物心がついたときから、隣のタカハシさんの家に、ヤヨイちゃんという女の子がいるのは知っていた。小学校に入って母から、隣のおばさんとヤヨイちゃんと、一緒にプールに行ったときの写真を見せられたが、そのときの記憶はなかった。母はいつも、

「女の子はかわいくていいわねえ」

といっていた。そしてもう一人、タカユキの妹が欲しかったのだけれど、神様から家にはもう子供は届けられないよといわれたと、彼に話した。自分も妹がいたらいいなとは思ったが、神様にそういわれたら仕方がないと納得した。

母はヤヨイちゃんの姿を見るたびに喜び、そして隣の庭をのぞいては、

「今日もかわいいワンピースを着ていたね。女の子は洋服を着せる楽しみがあっていいわねえ」

とうらやましがっていた。母は洋裁が苦手だからと、タカユキの服は母の姉である伯母が

作ってくれていたが、その伯母と母の外出用の服は、洋裁上手のタカハシさんのおばさんに縫ってもらっていた。

タカユキがふだんに着るシャツ、半ズボン、また冬になってコートが伯母から届くと、

「あら、素敵。こっちもいいわね」

と母は喜んではいたが、ひととおり箱の中身を畳の上に広げた後、

「やっぱり色が地味よね」

とつぶやいていたのを覚えている。タカユキは僕は男なんだから、赤やピンクが着られるわけがないじゃないかと、伯母が縫ってくれた紺や茶色の服を喜んで着ていた。

小学校の高学年になると、隣に住んでいるというだけでクラスメートから、

「お前、タカハシと結婚するんだろ」

とからかわれた。

「なんでだよ」

と聞くと、隣だったら一緒に住んでいるのと同じと、その子はにやにやした。母と一緒に歩いていて、ヤヨイちゃんが向こうから歩いてくると、彼女の顔がだんだんこわばってくるのがわかった。母は、

「あっ、ヤヨイちゃんだ」

とうれしそうだったが、タカユキはどう対応していいかわからず、こんにちはと挨拶《あいさつ》する彼女に、黙ってぺこりと頭を下げるしかなかった。こんなところをクラスの誰かに見られたら、また結婚するっていわれると、すれ違ってからきょろきょろと周囲を見回した。

小学校の向かいの公立中学に入ったとき、いちばんがっかりしたのが、ヤマダユリコちゃんがいないことだった。彼女のかわいさは雑誌の『平凡』や『明星』に出たとしても、見劣りしないのは間違いなかった。私立中学に行ったと聞いて、もう彼女の姿を見られないとわかると、本当にがっかりした。

小学校の修学旅行のとき、夜、旅館の布団の中で、好きな女の子の名前をみんなで告白した。するとクラスの半分以上の男子が、ユリコちゃんの名前をいった。彼女の名前をいう男子が増えるにつれて、タカユキの拳を握る力が強くなってきた。好きだからといって直接告白するわけでもなく、ほとんどの男子は目で彼女の姿を追うだけだった。

何かのきっかけで、ある男子に仕返しをしなくてはならない一件が起きると、

「おい、ヤマダ、こいつ、お前のことが好きだってさ」

と大声で余計なことをいったりした。その男子も、ユリコちゃんのことが好きなのにである。そういわれると彼女は、はにかんだ後にちょっと困った顔をして、すーっと風のように

去っていった。他の女子とは格段に雰囲気が違っていた。

そのユリコちゃんは、ヤヨイちゃんと仲がよかった。これが間違いのもとで、休み時間に校庭にいる二人を見ていると、タカユキはユリコちゃんを見ているのに、

「お前、またタカハシを見てたな」

とからかわれる。修学旅行のときに告白したのに、どうしようもない男子どもはそれを忘れているのだ。修学旅行の夜を蒸し返すのも嫌なので、

「違うよ。あの人、シュートがうまいんだ」

とバスケットゴールの前で、シュートの練習をしている男子を指さしてごまかした。すると彼は、ああ、すごいねといってあっちに行ってくれたので、ほっとしたこともあった。

母はタカユキに、好きな子はいるのかとしつこく聞いてきて、とても鬱陶しかった。

「だから何なんだよ」

頭にきて怒鳴ると、

「ターちゃんは小学生のときはこんな子じゃなかったのに」

と悲しそうな顔をする。その顔を見るとどういうわけかまた腹が立ってきて、自分の部屋に入って母との会話を避けた。いつまでも小学校低学年のときのように、ターちゃんと呼ばれるのも嫌だった。

部活のバレーボールの早朝練習が終わって、急いで教室に戻ったら、机の上に自分がいつも給食のときに使う布がたたんで置いてあった。机の中に入れ、あとで鞄《かばん》の中を調べてみたら、そこには入っていなかった。誰かがふざけて鞄の中から出して、そこに置いたのかと思ったが、よく考えてみると今朝、布を鞄に入れた記憶がない。母が持ってきて置いて帰ったのだろうということにした。母が来たかと周囲のクラスメートに聞くのも嫌だし、机の上に敷く布を忘れると先生から怒られるので、とりあえずはほっとした。それが家に帰って、母がヤヨイちゃんに頼んだと聞いて、

「なんでそんなことをするんだよっ」

と激怒した。母はタカユキのあまりの剣幕に驚いていた。しかし彼が、

「二度とそんなことをするなっ」

といい放ったら、

「それならあんたが忘れ物をするなっ」

といい返された。彼は反撃できずに、ますます腹を立てて自室に引きこもってしまった。クラスの誰にもからかわれなかったのが救いだった。

父はそれまでうるさくいわなかったが、高校受験が近づくと、進学はどうするのかと聞くようになった。タカユキは鉄腕アトムが大好きだった。幼い頃からロケットや、宇宙関係の

仕事をしたいと思っていた。アポロ11号の月面着陸の映像も食い入るように見た。それを知っている父は、そういう仕事に就く下地になる勉強ができる高校がいいのではないかといってくれた。タカユキは自分が興味を持っている分野だし、理系の科目は全般的に成績もいいので、夢のある未来につながる仕事をしたい気持ちが湧いてきた。

高校案内を何冊か買ってきて、父と一緒に理系の教育に重点を置いている高校を選んだ。校則が厳しくなく、自由な雰囲気があり、できれば女子がいればいいと探してみたら、残念ながらすべてが男子校だった。しかし学校でその話をしたら、男子校に通っているお兄さんがいる子が、文化祭には女子校の生徒が、共学校とは比べものにならないほど来て盛り上がるらしいと教えてくれて、校内に女子がいなくても我慢することにした。

親子で相談の結果、選びに選んだ四校を受けると決めたが、母が縁起が悪いから五校にしろなどと、わけのわからないことをいい出し、結局、五校を受験させられるはめになった。

タカユキは偏差値ランクの1から5までの志望校のなかで、1の大学付属が第一志望だったが、そこは不合格。あとの四校には合格したので、ランク2の大学付属ではない私立高校に入学を決めた。両親は大学受験があるけれど、それもまた経験だからと彼を慰め、合格祝いは宇宙の大図鑑だった。うれしかったが、伯母から現金でお祝いをもらったほうがもっとうれしかった。母は、ヤヨイちゃんも第一志望の公立高校に合格したと喜んでいた。

制服もない高校の自由な雰囲気は、タカユキにはとても合い、仲のいいグループでそのうちの一人の友だちの家に遊びに行くと、

「兄貴の部屋から持ってきた」

と裸のお姉さんの写真が載っている本を見せてくれたりした。みんながあせってページをめくろうとすると、

「こらっ、乱暴に扱うな。汚したらばれるだろう。折るなよ、破ったら殺す」

と彼がいうので、みんなで丁寧にかつすばやくページをめくっては、写真を目の奥に焼き付けて家に帰ったりもした。

その友だちの家で、岡林信康のレコードを聴いてタカユキは衝撃を受けた。深夜放送では曲がかかっていると教えてもらったが、両親から禁止されていたので、深夜放送を聴いた経験はなかった。ロケットを飛ばしたいと、夢みたいなことをいっていていいのか、世の中には様々な人がいる、自分の足元を見、周囲の人について考えるほうが先なのではないかと考えさせられた。そしてフォークソングに興味を持って、友だちが入っていた軽音楽部に入った。部員は毎年、文化祭などでステージで歌ったりするので、タカユキは機材の設置担当などの裏方になろうと考えていた。しかし友だちにギターを教えてもらったら、面白くてやめられなくなった。

「サエキは指が長いから、ギターがうまくなるよ。おれは指が短いから、コードを押さえるのも大変なんだ。うらやましいよ」

褒められてますますやる気が出てきた。

タカユキはデパートの配送や郵便局のアルバイト代を貯めて、軽音楽部が懇意にしている、新品と中古品を扱っている楽器店にギターを買いに行った。そこでタカユキはヤイリの中古ギターと、黒いハードケースを買った。交換用の弦は店のおじさんがおまけしてくれた。彼がうれしさでいっぱいになって家に持ち帰ると、母はこわばった顔でギターを見た。

「何なの、それは」

「買ったんだよ」

「どうして」

「うるさいな。おれの金で買ったんだから関係ないだろ」

仏頂面の母の前を通り過ぎ、タカユキは自室に入った。そして自分のものになったギターをチューニングしてつま弾いてみた。

よしだたくろう、井上陽水のLPを、針が裏面まで貫いてしまうのではないかというくらいに聴きまくった。音楽雑誌に流行のフォークソングのタブ譜が載っていると、部員一同でそれを写しては一生懸命に練習した。母は相変わらずいい顔をしなかった。その理由が自分の成績が落ちているからなのを、タカユキもわかっていた。もともと成績は悪くないので、何とかなるとたかをくくっていたが、それがならなかった。担任の先生からは、

「これでは特進クラスの選抜に合格するのにぎりぎりだ」

と釘を刺された。がんばりますとは答えたものの、学校の勉強よりも、ギターのコードを次々にスムーズに弾けるようになるほうが、そのときのタカユキには重要になっていた。

母のいうことといったら、「特進クラスに入れ」と、「ヤヨイちゃんのお母さんが最近派手になった」の二つだった。タカユキは適当に相槌《あいづち》を打ってやりすごすしかなく、そして勉強のほうも盛り返せず、特進クラスの選抜に落ちた。

「だからいったでしょっ」

鬼みたいな形相の母に叱られた。特進クラスに入らなくても、自分なりに勉強すれば理系を目指せたかもしれないが、タカユキはフォークソングの詩の奥深さにやられてしまい、曲を弾くのはもちろん、歌詞カードを見ては彼らの言葉に刺激を受けていた。

両親に理系から文系に志望を変えると話すと、母は父に、

「今日から明日がどうとかこうとかっていう曲ばかり弾いているから、こんなことになるのよ。きっちり叱ってやって」

といった。父は、

「何でもいいから入ってくれよ」

と苦笑していた。タカユキは母からギターを弾く時間を制限され、勉強する態勢に追い込まれた。しかしノートと参考書を前にしても、つい右手と左手はギターを持っている格好になり、左手の指はコードを押さえていた。そして大学受験に失敗した。

母の怒りと落胆ぶりは相当なもので、毎朝目を覚ましてから寝るまで、怒ったりため息をついたりを繰り返していた。父は仕方がないといっただけだったが、さすがにこれではまずいとタカユキは反省し、おとなしく予備校に通い、ギターも自粛した。

「ヤヨイちゃんはあの有名な短大に入ったんですってよ。えらいわねえ」

母はわざとらしく予備校から帰ってきたタカユキの前で褒めちぎり、

「あーあ、私に楽しいことなんかないわ」

といった。

(うるせえな、くそばばあ)

腹の中だけで毒づいて、タカユキは自室で予備校の授業の予習をはじめた。

ある日、タカユキが予備校から帰ると、母が彼の顔を見るなり、

「隣の奥さん、最近、姿を見ないのよ。ヤヨイちゃんに会ったから聞いてみたら、ご両親の具合が悪くなって、実家に帰ってるっていうんだけど」

と暗い顔でいった。

「ふーん、そういってるんじゃ、そうなんじゃないの」

「それが怪しいのよ。ヤヨイちゃんの様子も変だったし。それにほら、奥さん、だんだん派手になっていったじゃない。化粧も濃くなって」

「知らないよ、そんなの」

母の関心が自分から隣のおばさんに移ったのはよかったが、彼女の姿が見えなくなったのは、タカユキも心配だった。母がヤヨイちゃんをかわいいといったのと同じように、

「タカユキくんはしっかりしてるわね」

と褒めてくれたおばさんだった。

「どうしたのかしらねえ、誰か知っている人いないかしらん」

母は買い物に行くたびに、情報を収集しようとしているようだった。

そしてひと月ほど経《た》った頃、母は突然、ノックもせずにタカユキの部屋のドアを開けた。

そしてどこで仕入れてきたのか、実は隣の奥さんは実家に戻ったのではなく、パート先の年下の男性店員と駆け落ちしたという話を、早口でタカユキに話した。もちろん帰ってきた父にも報告したが、他言はするなといわれて、母はしょげていた。タカユキはヤヨイに対して恋愛感情はまったくなかったものの、母親が急にいなくなって、寂しく辛い思いをしている

だろうと気の毒になった。

一浪の結果、タカユキは大学の経済学部に入学した。偏差値が高めの大学だったので、母もいちおう満足したようだった。これで文句をいわれず、ギターも思いきり弾けると思うと、大学生活は楽しいことだらけのような気がした。そしてその通り、単位を落とさないぎりぎりまで授業には出席せず、学生生活のほとんどを軽音楽部の活動と、アルバイト、男女交際にあてていた。同じ部の歌の上手な髪の長い女子学生とつき合うようになり、親には部の合宿と嘘《うそ》をついて、彼女と旅行もした。親に学費を出してもらって申し訳ない気持ちはあったが、毎日を享楽的に過ごしていた。

母はタカユキに自分の希望を押しつけるのはやめ、就職してくれればどこでもいいというようになった。ウッドストックをはじめとする、それ以降のアメリカの若者文化の影響もあって、就職しないでアルバイトで生計を立てている人たちの話を聞いて、タカユキの心は動いたが、

「それだけはやめてちょうだい」

と母にきつくいい渡された。好きな音楽ではとうてい食べていけるわけもなく、それとは切り離して就職活動をしようと情報を集めた。テレビ局、ラジオ局に履歴書を出してみたが、

どこも毎年倍率が高くて、その時点で自分が合格するとは思えなかった。予想通り、全部落ちた。そしていくつか受けた広告代理店のうちのひとつに合格して、就職浪人だけは避けられた。

母は合格したとわかって喜んではくれたが、

「どうしてそんな軟派な会社に……」

と肩を落とした。時流に乗った会社は、将来が不安だったらしい。母が安心する会社とは、保険会社、一部上場の大手企業。そもそもいちばんいいのは公務員なのだった。

だが、広告代理店は花形の職場で、学生たちにはとても人気があり、合格した学生たちはうらやましがられた。タカユキが勤めることになったのは、社員数が八十人ほどの会社で、音楽関係の広告を多く扱っているのも選んだ理由のひとつだった。

「ヤヨイちゃんは服の会社に勤めているんだって。お母さんも何着か持ってるもの、有名なところよ。お母さんはタカユキの会社は知らなかったけど」

どこでもいいといっていたくせに、いざ入社が決まると、母には後々まで嫌みをいわれた。

広告代理店にはきれいな女の人ばかりいる、毎晩、接待で酒が飲めると、友だちからうらやましがられたタカユキの入社だった。お洒落《しゃれ》できれいな先輩の女性社員はたしかにいた。

みんな四大卒の仕事をばりばりこなすキャリアウーマンで、どの人も性格がきつく、タカユキは彼女たちに、

「ちょっとサエキくん、この間も私、同じことといったはずよねっ」

とたびたび叱られた。そのあとにため息まじりに、

「使えないわねえ」

といわれるのもぐさっときた。

タカユキを含めた新入社員の男性数人は、新人研修担当の先輩から、飛び込みで代理店が制作しているPR誌の広告を取ってこいといわれた。どうしたらいいのかわからず、同期同士できょろきょろしていると、彼は、

「片っ端から『広告を出しませんか』って聞いて歩くんだよ。とにかく四時半まで帰ってくるな。途中の報告を忘れるんじゃないぞ」

と大声で命令した。タカユキたちは追い出されるように朝十時から外に放り出され、それぞれ違う路線に乗って顧客確保に向かった。

えらいことになったと暗い気持ちになりながら、タカユキが狙いをつけた駅周辺を歩いていると喫茶店が目についた。やみくもに歩いても意味がないと、彼はまず喫茶店に入って作戦を練った。飛び込みで頼んで広告を出してくれる店はどういう業種か。老人が経営してい

る店だったら、若い自分を見て同情して広告を出してくれるかもしれないと、運ばれてきたコーヒーを飲んで、はあっとため息をついた。

そこで小一時間、時間を潰した後、たくさんの店舗が並ぶ道を歩いてみた。意を決して目についた店に入ってみても、必要ないからと断られ続け、昼になって腹が減ったのでラーメンを食べた。アポイントも取っていない相手に店側が断るのは当たり前と納得しつつも、先輩から命じられた以上、結果を出さなくてはいけない。しかしいくら歩いても広告を出してくれる店はなかった。午後二時に会社に中間報告の電話をすると、電話番の女性社員が、研修係の男性社員はクライアントに呼び出されて、今日は会社に戻って来ないから、安心して帰ってきて大丈夫という。え、そうなんですかと返事をしたタカユキは、ほっとしてまた喫茶店に入った。

新入社員を研修する立場の先輩社員本人が、仕事で大きなミスをしたため、タカユキたちの飛び込み営業がうまくいかなくても、おとがめはなかった。しかし後日、タカユキだけが彼に呼び出された。

「お前、おれが広告を取ってこいといった日に、喫茶店で暇を潰してたんだってな」

タカユキはぐっと言葉に詰まった。たしかに喫茶店には二度入ったが、ずっとそこで時間を潰していたわけではない。そう正直に話すと彼は、

「仕事は遊びじゃないんだぞ。昼飯はともかく、喫茶店でコーヒーなんか飲んでいる暇なんかないんだ」

きつく叱られた。とりあえず、

「申し訳ありません」

と頭を下げたのだが、どうして彼の知るところとなったのか、理由がわからなかった。

しばらくしてタカユキは、飛び込み営業の翌日、会社が終わってから新入社員だけで食事をしたとき、みんなにその話をしたのを思い出した。他の人には話していないので、同席していた誰かが、先輩の耳に入れたのに間違いなかった。このときタカユキは同期は友だちではないと認識した。自分はのんきに彼らを仲間だと思っていたが、同僚の足を引っ張る奴も出てくるのだ。そのとばっちりでタカユキはしばらく広告には手も触れさせてもらえず雑用ばかりで、雑誌の読者プレゼントの抽選と品物の梱包《こんぽう》、発送業務の担当になった。

雑誌の編集部、あるいはプレゼント品の提供会社から連絡があると、応募ハガキがぎっしりと詰まった段ボール箱とプレゼント品を取りに出向く。そして会社に戻って、タカユキがそれぞれのプレゼントの当選者を選び、商品を梱包して発送する。多くの場合は応募ハガキを提供会社に戻したが、なかにははずれた人に、はずれた旨のハガキを出して欲しいという企業もある。そうなるとタカユキが一枚ずつ、落選のお知らせのハガキを書かなければならなかった。そしてそのお知らせハガキを書き終わったかと思うと、また次の応募ハガキが詰まった段ボールを取りに来て欲しいと連絡がくる。プレゼントが大人用ならばまだしも、子供用のキャラクターのシールやおもちゃだったりすると、子供が楽しみに待っているのは十分にわかるのだが、タカユキは自分はいったい何をやっているのだろうかと、情けなくなってきた。

そんなタカユキを見て、

「サエキくんって段取りが悪いわねえ」

と手伝ってくれたのが、のちに結婚するクニコだった。彼女は入社年次は一年先輩だが、短大卒なので年齢は一浪したタカユキより二歳下だった。男顔の美人で彼女を狙っている同僚も多かったと後になって聞いた。タカユキの会社は同期では四大卒の女子は二人しかおらず、短大卒は秘書、あるいは事務職で八人入社していた。短大卒の社員は、会社に勤めてもみな二十四、五歳で寿退社するため採用員数が多いと、自分も二か月後に退社する電話番の女性社員が教えてくれた。

プレゼント担当からは半年ほどで解放され、希望していた音楽関係の広告の仕事をさせてもらえるようになっていた。クニコはとても積極的で、交際中もやたらと、女は賞味期限があるからとか、二十五歳過ぎたら一生独身だとか、早く結婚して会社をやめたいとか、そんな発言が多かったが、タカユキはその裏にある彼女の気持ちが理解できず、へええと話を聞いていると、タカユキが二十七歳になったときに、彼女が激怒した。

「あなた、私をどうするつもりなの。ここまで引き延ばしておいて、結婚しないなんていわせないわよっ」

その剣幕に気圧《けお》されて結婚を決めたようなものだった。彼女の両親に挨拶に行くと、

「うちの娘は性格がきついので、大変かもしれませんが、よろしくお願いします」

と頭を下げられて驚いたりもした。父は、タカユキはぼーっとしているので、あれくらいの奥さんのほうがいいといっていたが、母はクニコとの結婚には不満だったようだ。

義父母との同居は絶対に嫌だといっていた妻に従い、タカユキは実家を出て、新築の賃貸マンションで新生活をはじめた。それも母の神経を逆なでした。そんなことをさせるために、これまで息子を大事に育てたのではないと怒っていたが、妻は母を完全に無視していて、二人の間でタカユキは困惑するしかなかった。

妻は物事に対しての決断が早く、料理上手、そして美人が取り柄だった。タカユキが二十九歳のときに長女が生まれると、彼女が家を買うといいだした。そして決めてあるので、あとは世帯主の印鑑だけが必要だという。タカユキは音楽プロダクションの広告担当に決まり、深夜の帰宅も多くなっていた。その間に妻は着々と購入の手続きを進めていたのだった。

妻から見せられた家は高額だった。

「だってお店もろくにないところに住むのはいやだし、子供は私立大学の付属小学校に入れたいの。あまりに遠くから通わせるのもかわいそうでしょ」

妻のいい分には納得できたが、それならば賃貸マンションでもいいのではと、おずおずと自分の意見を述べると、

「あのね、子供を私大の付属に通わせている人は、狭い賃貸になんか住んでないのよっ」

と怒鳴りつけられた。はっきりした根拠のない妻の主張だったが、家のことは妻にまかせていたし、彼女が独自に制作したローンのシミュレーション表を見たら、なんとか自分に払えそうな気がしてきた。それよりも妊娠中に妻がよくこれだけの準備をしていたと感心したほどだった。

契約の印鑑を押した三か月後、妻の望んだ家に引っ越した。赤ん坊がいるので妻はほとんど荷造りができないため、タカユキが早起きして出勤前と深夜家に帰ってから荷造りをした。赤ん坊の世話が大変だからと、新しい家には義母が泊まり込んで育児に協力してくれた。それはありがたかったが、やはり一つ屋根の下に義理の母がいるのは、タカユキにとっては気詰まりなものだった。

休日に二人の様子を見ていると、育児をしているのはほとんど義母で、妻は娘を抱っこし

てもすぐに、

「あー、重い、疲れた」

といって義母に渡す。すると、

「仕方がないわねえ」

と義母がおんぶして、家事をするといった有様《ありさま》だった。一方、妻は中森明菜の歌を口ずさみながらテレビを観ていたり、ソファで横になっていた。実家の母が家事をしてくれているのに、料理が好きなはずの娘が手伝いもしないでと、タカユキは腹が立ったが、実の親の目の前で叱るのもどうかと、義母が叱ってくれることに期待した。しかし彼女は何もいわない。

小声で妻に、

「ちょっと、手伝ったら」

といってみたら、

「平気、かえって邪魔になるから。気になるんだったらパパが手伝ったら?」

と横を向きながらいい放った。仕方なくタカユキは義母に、

「僕も手伝います」

といい、二人で食事を作ったり、娘のおむつを替えたりした。

義母は下僕のように娘にこき使われて本当に気の毒だった。そのうち泊まりはやめて通い

で来るようになり、孫娘が二歳になったときに、さすがに温厚な彼女も遊びに来る以外にこの家には来ないと宣言して家を出て行った。タカユキが詫《わ》びようと、家の外まで見送りに出ると、あんな子で申し訳ないと謝られてしまった。実母を怒らせても妻は、あら、帰っちゃったと何も感じないようだった。

世の中はバブルに突入して浮かれていた。タカユキの広告代理店は特にその恩恵を受け、接待費は使い放題、ボーナスも想像以上の額が支給されるようになった。妻は毎日パワフルに、物事を自分の望みどおりにするべく実行していった。娘を有名付属小学校に入学させるための予備校に通わせたり、運動テストもあるからと、跳んだり跳ねたりさせたり、タカユキに父母面接の想定問答の練習をさせたりした。妻からは、くれぐれも娘の足を引っ張らないようにと注意された。妻の努力と執着心、娘の能力のどちらかはわからないが、娘は有名私立大学の付属小学校に無事合格した。妻はやったやったと大騒ぎである。両家で娘の入学祝いの食事会をしたが、元気なのは妻だけで、両家の両親ともタカユキの妻に気力を吸い取られている雰囲気だった。

娘が成長するにつれて、タカユキは学校の行事に駆り出されたが、小学校の雰囲気になじめなかった。娘の同級生の家庭は社会的立場も金銭的な余裕も、あきらかにサラリーマンの自分たちの家庭とは違うのに、妻は積極的にその中に入っていこうとしていた。どこで調達したのか、タカユキでさえ知っている高額なハンドバッグを持つようにもなった。娘が小学校の高学年になったとき、友だちが遊びに来て、庭に面した戸を開けて眺めた後、

「ねえ、裏庭じゃなくて、本当のお庭はどこにあるの？」

と聞いたと、妻が泣いて悔しがっていた。それを見て、内心、タカユキがいい気味だと思ったのも事実であった。

娘はそのまま付属の中学に進学し、父親に甘えてこなくなるのはさびしかったが、学校の面倒なあれこれに参加する回数が減るのは助かった。バブルが崩壊し、妻は娘が高校に入ったら働きたいというので、タカユキは一も二もなく賛成した。これだけパワフルな女性が家の中にいると、家庭内にパワーが充満して家族が迷惑を被る場合が多いので、外に出てガス抜きをしてもらいたかった。

はやく娘が高校に入学して妻が働きに出ないかと、タカユキも楽しみにしていた。妻とはなるべく顔を合わせたくなかった。そんなとき、会社の帰りに仕事相手の男性とたまたま入った居酒屋に、アルバイトの若い女性がいた。バブルの頃は会社の金で高級クラブやバーに出入りできたが、バブル崩壊後は緊縮財政になって、場所が居酒屋に変わったのである。彼女は薄化粧で愛らしさがあるうえに、接客態度もとても感じがいいのだった。

一緒に行った男性が、年齢、彼氏の有無など、タカユキがしたい質問をしてくれた。する

と彼女は二十一歳の大学生で彼氏がいると、愛らしい笑顔で答えてくれた。一気に自分たちのテンションは下がったが、まあ仕方がないから酒を飲もうと、その晩は楽しく飲んで家に帰った。仕事相手の彼もその店が気に入り、二人で誘い合わせて通うようになった。料理上手の妻は、娘の弁当は毎朝ちゃんと作るものの、タカユキの食べるものはどうでもよくなったらしく、食べて帰ると連絡すると、機嫌がいいので都合がよかった。

娘が高校に進学すると、妻は前からいっていたように勤めはじめた。短大時代の友だちが夫の援助でエステティックサロンを開くので、受付をして欲しいと頼まれたという。

「へえ、よかったじゃない」

「そうなの。やっぱりああいう店で受付の人が不細工だと説得力がないじゃない。だから私に頼んできたみたい」

「ああ、そうですか」

タカユキは自然に敬語になった。見ず知らずの会社よりも、顔見知りの所のほうが妻も働きやすいだろう。そして夜も遅くなる日があるそうなので、タカユキとしても好都合だった。

娘は自分もエステに通いたいといいだした。それにはお金がかかるという母娘の会話から、タカユキに矛先が向いて、妻が、

「給料、もうちょっと何とかならないの。ちょっと聞いたけど、パパと同期入社のあの人、

昇進したらしいじゃないの」

と追及してきた。社内結婚は内部情報がばれやすいので本当に困る。それは入社直後、タカユキが喫茶店に入ったのを、先輩に告げ口した奴ではと、タカユキがにらんでいる男だった。とにかく上には弱く下には強くの典型で、同期について耳にしたミスや陰口を逐一上司に告げ口して、こまめに潰そうとするタイプだった。みんなに嫌われているそういう奴が、結果的に昇進が早いのだった。

タカユキには昇進への欲もないし、給料の不満も特にない。高額なローンを支払い続け、こちらも高額な娘の教育費を支払い、妻子にみじめな思いはさせていないはずなので、それで十分なのに、妻はそれでは足りないという。けれども働けば、自分の自由になるお金も増えるので、そうなったらまた違ってくるだろうと、タカユキは考えていた。

妻の帰りが遅くなるのをいいことに、タカユキはなじみの居酒屋に毎晩通うようになった。同伴する仕事相手の都合が悪いと自分一人だけでも飲みに行った。アルバイトの女子学生は学校を卒業しても、そのままアルバイトを続けていた。話を聞くと両親が郷里で飲食店を経営していて、卒業したら一般企業に勤めるつもりだったのだが、親の店を継ぐことになり、あと二か月間ここで修業をしたら、郷里に帰るといっていた。

「さびしくなっちゃうなあ」

これはタカユキの心の叫びだった。すると彼女はにっこり笑って、ありがとうございますと頭を下げた。何ていい子なんだ、と感激した後に頭の中に浮かんだのは、「妻とは大違い」の文字だった。

彼女とも気軽に話せるようになったタカユキは、最近、彼氏と別れたと聞いて、俄然《がぜん》やる気が出てきた。妻子がいることもどこかにふっとび、とにかく彼女と顔を合わせられるのが、あと二か月という期限つきなのも影響して、猛烈に彼女を口説き、彼女の休みの日の水曜日、ひとりで住んでいるアパートに入れてもらえるようになった。部屋に泊まるとさすがに妻にばれるので、泊まらずに急いで終電で帰ってきた。

胸をどきどきさせながら家の中に入ると、幸い妻はまだ帰っていなかった。こんなに遅くまで何をしているんだという気持ちと、ああよかったという思いが交錯しつつ、証拠隠滅を兼ねて風呂に入った。ほっとして娘の部屋の様子をうかがうと、すでに寝ていた。リビングルームのソファに座り、テレビを点《つ》けたとたん、妻が帰ってきた。

「どうした？　飲んでたのか」

「お店の出足が好調でうれしくなっちゃって、オーナーの友だち夫婦と祝杯をあげてたの」

「明日も仕事なんだろう。早く寝ないと自慢の美貌が台無しになるんじゃないの」

「ああ、そうなのよ。むくんじゃうの。どうしよう。大変大変」

妻はあわてて洗面所に走っていった。

タカユキは居酒屋でアルバイトする若い女性が郷里に帰ってしまう前にと、何回も会っていた。妻の仕事が忙しくて帰宅が夜遅くなるのも好都合だった。ある夜、女性と会っていつものように、妻が帰ってくる前に風呂に入って証拠を隠滅しようと、ドアの鍵を開けて家の中に入ると、リビングルームのソファで妻が腕組みをして、彼をにらみつけた。

「おかえりなさい」

ドスのきいた妻の声が響いた。

「あ、ああ、ただいま。は、早かったな」

「予定が変わったから早く帰ってきたの」

「な、なんだそれなら、携帯に電話してくれればいいのに。一緒に、ば、晩飯でも食べられたのに……」

あわてふためくタカユキに向かって妻は、

「全部わかってるんだから、あなたいったい何やってんのよ！」

と怒鳴りつけた。ぎょっとする彼に、こそこそ風呂に入って行動が怪しいこと、携帯に怪しいメールが残っていたことを突きつけた。

「ど、どうしてそんな……」

焦り驚くばかりのタカユキの前に、高校生の娘が姿を現し、

「パパが帰って、すぐにお風呂に入るのも知ってるし、携帯も見ちゃったんだからね」

と妻と同じく腕組みをして、同じように彼をにらみつけた。

「携帯を見たあ？」

上ずった声を出したタカユキを見た娘はにやっと笑い、

「居酒屋の女の人でしょ。もうすぐ実家に帰っちゃうんだってね」

とぐいぐい責めてきた。タカユキがあたふたしていると、再び妻が怒鳴った。

「その人が実家に帰るまでの関係らしいけど、不倫したのは事実だからね！」

「はいっ、ご、ごめんなさい。彼女はあと一週間で実家に帰るので、もう会いません」

「当たり前でしょ。何なら家を出て追いかけてもいいけど？」

「とんでもない、そんな気持ちは……」

「若い娘をたぶらかして。何考えてんのよ」

「ほ、本当に申し訳ない」

タカユキがその場に土下座した。すると娘は非情にも、

「ママ、やっぱり正座だよね」

などといい、娘の提案に同意した妻は、ソファの前でタカユキに一時間の正座を命じ、彼はそれに黙って従うしかなかった。

タカユキの一人娘は、妻に似て近所でも学校でも評判の美人に育ったが、残念ながら性格も妻にそっくりになった。不倫がばれた後はタカユキはずっと針の筵《むしろ》に座る思いで過ごさなくてはならなかった。身から出た錆《さび》ではあったが、彼の存在は家庭内でないに等しくなった。おまけに彼に相談もなく、突然、子イヌのチワワの三兄弟が家にやってきた。かわいいのでそれはそれでいいのだが、それによって彼の地位はチワワ以下になり、家庭内最下層に置かれることとなった。

二十世紀最後の年に、タカユキの父親が心臓発作で亡くなった。葬式のときも母と妻との仲は険悪で、間を取り持とうとしたタカユキはくたくたになった。母は我慢ができず妻に、でしゃばらず、少しは夫を立てたらどうかといったら、彼女はすました顔で、

「不倫をする夫なんて尊敬できません」

といい放ち、嘘をいうなと怒った母に対して、不倫話を暴露したのでまた場が荒れた。タカユキは髪の毛を掻きむしりながら、斎場から逃げ出したくなった。

妻子からはもちろん、母からも責められて精神がへなへなになっていたタカユキに、妻は

最後のとどめとして、離婚を要求してきた。理由は、信じられない人間とは一緒にいたくない、だった。娘も冷たい目をして腕組みをしながら彼を見ている。

（パパはお前のためだと思って、学校のいけすかない親たちとも、おべんちゃらを使ってつき合ってきたんだぞ。運動会のとき、走ったとたんに転んで恥をかいたのも、お前のためだと思うからこそ我慢できたんだ）

そう訴えたかったが、大学生になった娘の拒絶的な態度を見て、何もいえなくなった。どこからどこまで妻にそっくりになってしまった。しかし原因を作ったのは自分なのだから、何をされても仕方がないとあきらめるしかない。

妻からの要求は、この家から出ていくことと、家のローン、娘の大学卒業までの養育費と学費を支払うことだった。それに逆らったとしても、どうにもならないことをわかっているタカユキは、「はい、わかりました」とおとなしく従い、緑色の離婚届に署名、捺印《なついん》して離婚が成立した。家の中は女性二人とチワワ三兄弟だけで棲《す》み分けがされていて、タカユキの居場所はなかった。彼の寝室は三兄弟にのっとられ、ワンちゃん用の白いベッドやおもちゃが置かれていた。

妻の「温情」で車だけはもらえたが、それに学生時代に購入したギターを含めた身の回りのものを乗せて、タカユキの引っ越しの準備は終わった。家具の持ち出しは禁じられた。母娘はチワワ三兄弟を抱っこしながら、門の前まで見送りに出てきた。そんな気持ちがあるんだったら、まだやり直せるのではとタカユキは期待したが、

「離婚すると女性はきれいになるんだってね。ママよかったね」

「そうそう、それが楽しみなのよ」

などと二人ははしゃいでいる。

「それじゃ」

タカユキが車に乗ると、二人は抱っこしたチワワの前足を持って、

「さようならあ」

と振らせた。車を発進させたとたん、チワワたちが一斉にものすごい勢いで吠《ほ》えたのも気分が悪かった。遠ざかっていく「仲のいいみなさん」の姿を見て、タカユキは、

「誰のおかげであの家に住めると思ってるんだ」

と面と向かってはいえない言葉を、車内で吐き捨てた。

実家に到着して、タカユキが玄関の中に運び込む荷物を眺めながら、母は、

「本当にあんたは、まったく……」

とため息をついた。

「掃除しておいたから、お父さんの部屋でも自分の部屋でも好きなところを使いなさい」

　タカユキは久しぶりに自分が使っていた部屋に入った。そこで寝起きしていないのに、どこか落ち着く匂いがするのが懐かしかった。やっぱり自分にぴったりくるのは、あんなだだっぴろい家ではなく、こういう場所なんだと再確認した。

「ほら、お茶を淹《い》れたわよ。タカユキはコーヒーのほうがいいんでしょ」

母がダイニングテーブルの上に、コーヒーと日本茶を置き、煎餅と、ダイエットのために母は食べないはずの個別包装されたバウムクーヘンを、鎌倉彫の菓子器に入れて持ってきた。

「ありがとう」

高齢の母と中年の息子が向かい合って茶をすすった。母は小さな庭を眺めていた。

「これでよかったのかもしれないわね」

　ぽつりと彼女はつぶやいた。

「ああ、そうだね」

　タカユキもそういうしかなかった。

　実家で母と暮らし、そこから会社に通う生活は新鮮だった。快適さでいったら、元妻子に渡した家のほうが、はるかに暮らしやすいのに、どういうわけかこの家にいるほうが熟睡できた。母には、

「あんた、いつもこうやってあの人に起こしてもらってたの？　それじゃあ愛想つかされる

に決まってるじゃないの」

と叩《たた》き起こされたが、結婚しているときはそれはまったくなかった。

当時は、念のためにかけておく目覚まし時計が鳴る前に必ず起きて、自分で身支度を整え、妻が用意してくれた朝食を家族で食べて出かけていた。今から思えば自覚なしに心身が緊張していたのか、寝付きも寝覚めも悪く、いくら寝ても寝足りない気がしていた。ところが実家に戻ってからは、布団に入ったとたんにぱたっと眠り、朝は母に叩き起こされるまで熟睡した。だんだん顔色がよくなり、体重も五キロ増えてしまった。

会社の同僚が割烹《かっぽう》料理店で、タカユキの第二のスタートを祝う会をしてくれた。同僚も元妻のことはよく知っている。彼女はしっかりしているから、安心して家のことをまかせられるけれど、性格がきついから一緒に住むのは大変そうだといわれた。

「その通り!」

タカユキはここ一年でいちばん大きな声を出して同意した。みな口々に、たまには一人になりたい、子供が二十歳になったら離婚したいなどなど、既婚男性の願望を話していたが、会が終わるとそれぞれの家に、おとなしく帰っていった。

家に帰ると母はすでに寝ていた。びくびくしながらドアを開けたり、何をいわれるのかと身構えたりしない生活は本当に楽ちんで、つい鼻歌が出るほどだった。娘については心配だが、母親そっくりなあの気質で何でも乗り越えていくだろう。困ったら相談にのってやるけれども、あの母娘は自分をチワワ三兄弟以下だと思っているので、そんなことはしてこないだろうとタカユキは苦笑した。

前の家の半分ほどの広さしかない風呂場で、ジェットバスでもないごく普通の湯船に脚を縮めて入りながらあれこれ考えていると、結婚をしたのは失敗ではないが、一生、続けるようなものではなかったと、タカユキはうなずいた。もしも郷里に帰ったあの女性とだったらと考えそうになった自分の頭を、いい加減に忘れろとげんこつで叩いた。

同居してから四年後、母に軽い認知症の症状が見られるようになった。あるとき、

「そういえばね、七、八年前に隣のタカハシさんちの奥さんが、家の前に立っているのを見たことがあるのよ」

といった。隣のおじさんにはその話をしていないというので、タカユキは、

「へえ、そうなの」

と話半分で聞いていた。それが事実ならば、タカユキにすぐ連絡してくるだろうし、勘違いか頭の中で勝手に作った映像なのではと相手にしなかった。しかし母の話はリアルで、奥さんは髪の毛をアップにして、黒い髪留めをつけていた、白い丸首セーターの上に、薄茶と

オレンジ色の小さなチェックのコートを羽織っていた、グレーのスカートに黒の短いブーツを履いていたという。本当に目撃したかのようだったし、自分の脳内で作ったものだったら、あれだけ鮮明な印象で説明できるかなとも思った。あっと思った母があわてて外に出たら、すでにシルバーグレーの車に乗って去った後だったという。

隣のおばさんは、母よりも少し年上だったはずなので、それなりの年齢になっている。三十年以上も家族を放っておけるような人には見えなかったので、もしかしたら時折、様子を見に戻ってきたのかもしれないと思う反面、覚悟をして家を出たはずだから、前の家族との記憶は消し去ったかもしれないとも考えた。

母の認知症の症状は、少しずつ進行しているようにみえた。タカユキは地域のケースワーカーと母の今後について相談した。それと並行してリーマンショックを延々とひきずって業績が落ち込むばかりの会社が、早期退職者をつのっていた。ちょうど前の家のローンも払い終わるし、家族のしがらみもなくなったので、タカユキはちょっと上乗せされた退職金を受け取り、母を見守る生活に入った。しかし自分にできることにも限りがあり、施設で入所させてくれるところがあればと探していたら、運よく家から近い施設が受け入れてくれて、そこに入所させて一日おきに面会に行った。すると施設内で友だちができたと喜んでいる彼女に、そんなに会いに来る必要はないと、ぴしゃりといわれた。彼は、

「わかった」
と返事をして、これからは母の様子も気にしつつ、自分の楽しみを中心に生きていこうと考えるようになった。

実家でひとり暮らしになったタカユキは、今まではしたくてもできなかった事柄を、あらためてやりはじめた。ギターも新しいものを買い、再び練習をはじめた。地方でミュージシャンのライブがあると、旅行を兼ねて聴きに行き、のんびり過ごして帰ってくる。様々な土地の飾り物などを施設にいる母に持っていくと、喜んで相部屋の居室の棚に飾ってくれた。今までいちばん楽しい毎日だと、タカユキはそんな生活を満喫していた。

別れた娘からは、シングルマザーになったという衝撃的なメールが来て、父親としては動揺したが、本人はあっさりとしたもので、赤ん坊と写っている画像が添付されていた。

「そうか、おれもじじいなのか」

若い人たちにまじって、ライブでは騒いでいるが、実際は孫がいるおじいちゃんなのだ。そう考えると気が滅入ってくるので、自分に一人を楽しんでいるといいきかせて、毎日、気ままに過ごしていた。

インターネットでチケット情報をチェックし、興味のあるライブがあると、早速入手して

離れた場所にも出向く。そんな話をまだ会社に勤めている元同僚にしたら、

「無理するなよ。興奮して突然死っていうのもあるからな」

と注意された。たしかに若者に比べると体力はないから、そうなったらそうなったで仕方がないと思う反面、高齢の母を残して自分が先に逝くわけにはいかないと戒めた。

温泉に行きたいと思うと、予定を決めずに家を出て、湯に入って泊めてくれる宿があればそこに泊まり、どこも満室だったら帰ってくる。目についた居酒屋に入って食事をし、そこにいる人々と歓談する。そして最近は山歩きもはじめ、こちらもインターネットで情報を得、店に行って装備品を購入し、中高年の山歩きの注意事項を教えてもらった。ライブの後に少しその場所に滞在して英気を養い、山歩きの後に温泉に入って帰ってくるのが、タカユキのいちばんの楽しみになった。そしてそんな楽しい日々を過ごして十日ぶりに家に帰ると、隣のタカハシさんちの庭で、女性が洗濯物を干していた。横顔に見覚えがあり、思わず、

「タカハシさん？」

と声をかけた。彼女がこちらを見た。

「あっ、サエキくん？」

こちらを向いた顔は、間違いなく幼なじみのヤヨイちゃんそのものだった。

ユリコ

ユリコがいちばん最初に思い出すのは、父と母が激しくいい争っている姿だった。

そのとき両親は、ユリコの幼稚園について口論していた。代々続く貿易会社を引き継いだ経営者である父は、ユリコを彼女の兄と同じように、有名大学付属小学校に入学しやすい幼稚園に入れると決めていた。しかし母は、息子のときにあまりに子供に負担がかかり、彼が体調を崩したのを励まし続けて、ほとんどむりやりに受験させたのを悔やんでいた。幸い合格はしたものの、子供には酷ではないか、息子は跡継ぎになる可能性があるから、仕方ないかもしれないが、娘はもうちょっと自由にさせてやりたいといった。一方、父は、娘だからこそ箱入りにして育てなくてはいけない、親が管理しなくてどうするというのだった。

ふだんは仲のいい両親だったが、教育方針に関してはいつもぶつかった。そんな姿を見るとユリコは、話の内容はわからないけれど、自分のことで両親が喧嘩《けんか》をするのがとても辛かった。声を聞くのもだんだん怖くなってきて、両親の声が聞こえない場所まで走っていき、耳を塞いで座っていた。すると、ユリコが大事にしているクマのぬいぐるみを持って兄がやってきて、ユリコの手を引いて自分の部屋に連れていってくれた。そして彼女をベッドに座らせて植物図鑑を開き、

「見てごらん、このオオニバスの上には、人が乗れるんだって」

と写真を指さした。水の上に浮いている平たい葉の上に乗れるなんてすごいなあとユリコは驚き、他のページもめくっているうちに、両親が争っていたのを忘れてしまった。

兄の部屋の壁には、毎日着る小学校の制服と制帽が掛けてあった。彼は机の引き出しの中に隠してあった、パラソルチョコレートやミルクボーロをユリコにくれた。しばらく兄の部屋で過ごして、おそるおそる両親がいた部屋に戻ると、何事もなかったかのように、二人はふだんと同じように話していて、ユリコはほっとした。

そしていつになく強硬な母の態度に驚いた父は、ユリコを近所の幼稚園に通わせ、地域の小学校に入学させるのを、渋々了解したのだった。母はユリコに、

「みんなと仲よくするのよ」

と喜んでいたけれど、父は生活ランクが違う子供たちと、うまくやっていけるのだろうかと心配していた。

母の希望どおりに近所の公立小学校に通えるようになったユリコは、楽しい毎日を送って

いた。一緒に学校から帰る友だちもできた。しかし彼ら、彼女たちはユリコの家の中に入ると目を丸くして、すごい、すごいを連発し、

「こんな家、見たことない」

と驚く。あまりにみんなにそういわれるので、ユリコはうれしいというよりも、困ってしまった。友だちはシェパードとコリーとスピッツが走り回る芝生の広い庭がある家は、テレビや漫画でしか見たことがなかった。

美しく設《しつら》えられた部屋を見た彼らの興奮はより高まり、まるで動物園に来たかのように、あちらこちらをのぞきまくり、ほら、あれ見た？　すごいねとささやいているのが、ユリコの耳にも入ってきた。そしてユリコの部屋に入り、母がおやつのケーキを持ってきたときに、友だちの興奮は最高潮に達した。

「うわあ」

うっとりとした声を聞いて、母は笑いをこらえながら、

「どうぞ、召し上がれ」

と紅茶とケーキを勧めた。友だちは膝を正してぺこりと頭を下げ、ユリコの母がドアを閉めて出ていったとたんに、ケーキにかぶりついた。

みんなが喜んでくれるのがユリコはうれしかったが、そのなかでヤヨイちゃんはちょっと

違っていた。みんなが物珍しそうにきょろきょろしているのに、ヤヨイちゃんはそんなことをせず、おとなしくみんなのいちばん後ろを歩いていた。背が小さい彼女が、とことこと歩いているのはとてもかわいらしく、男子が、

「この家、いくらくらいするの」

と聞いた瞬間、ヤヨイちゃんが彼の腕をぎゅっとつねったのを見て、ほっとしたりもした。

男子の友だちは自転車で外を走り回り、赤土の盛り土がある野原で遊ぶほうが楽しいらしく、それ以降、ユリコの家には来なかった。門から玄関まで距離があるので、門の前で「遊ぼ」と声をかけられても、まったく家の中にまで届かないということもあった。女子は最初はユリコの家に憧れていたものの、それが嫉妬に変わっていき、ユリコは何もいわないのに、自慢してるなどと陰口をたたかれるようになった。学校に着ていく服を見て、いちいちすかしてるなどといわれ、ユリコは困ったなあ、嫌だなあと子供心に悩んでいた。

ユリコが望んでもいないのに、自分でも明らかにひいきされていると感じることはあった。担任の男性教師は授業中でも、ユリコに話すときだけ猫なで声になり、話しかけられるユリコも、気持ちが悪いと思っていたが、先生に当てられたので答えると、成績がいい彼女なので間違えることがない。そのたびに彼は、

「ほら、お前たち、ユリコちゃんを真似《まね》してしっかり勉強しろ」

といった。ユリコは先生に名字ではなく名前で呼ばれるのも嫌だったし、自分が正解を答えたせいで、同級生がとばっちりを受けるのも心が痛んだ。

そしてそれが何度もあり、「ひいき」という言葉がユリコの耳に入るようになり、陰口もひどくなった。夕食のときに両親にもその話をしたが、父は、

「いいじゃないか、ひいきされても。それが何であれユリコが優れているという証拠だ」

とうれしそうだったが、母は困惑していた。

そんななかでヤヨイちゃんは、小さな体で、

「そんなことといっちゃだめだよ。ユリコちゃんは何もしてないよ」

と意地悪グループにくってかかっていった。そしてそのうちユリコは、彼女たちから何もいわれなくなった。ヤヨイちゃんとの仲はぐっと近づき、彼女が遊びに来るのがユリコも楽しみになっていた。

小学校の四年生になると、父は中学受験の話をするようになった。

「五年生になってからでは遅い。ユリコは算数の点数がよくないから家庭教師をつける。友だちとも遊ばないように」

そう一方的にいって、東大の男子学生に家庭教師を頼んでしまった。ヤヨイちゃんとザ・ピーナッツの話をしたり、自分たちも双子などとそのつもりになっているのがいちばん楽し

かったのに、父が好きなクラシック以外の音楽を聴くのを禁じられた。ユリコはとてもじゃないけど、父にハナ肇《はじめ》とクレージーキャッツの曲も好きだとはいえなくなった。

母はそんなに厳しくしなくてもといってくれたが、父は、がんばるときは我慢しなくてはだめだと厳しかった。父は家では絶対的な存在だったので、ユリコは反論できなかった。彼女にとって父は大きく、優しく、厳しく、自分を守ってくれる存在だとよくわかっていた。しかし彼によって、次々に自分の楽しみを奪われていくのが辛かった。

小学校四年生の遠足のとき、バスの隣の席でマーブルチョコレートを食べているヤヨイちゃんに、中学受験の話をすると、一瞬、悲しそうな顔になって、ユリコもそんな話をしなくてはならない自分が悲しかった。それからヤヨイちゃんは家に遊びに来なくなり、クラスも別々になったけれど、背が伸びたヤヨイちゃんが、学校で会うと声をかけてくれるのがうれしかった。

家庭教師の先生は厳しく、

「ここ、この間も間違えたよね。受験にいちばん大事なところだよ」

とノートの上を尖《とが》った鉛筆で音をたてながら何度も突っついた。

「ごめんなさい」

間違えた計算式を謝りながら消していると、頭に血が上ってきて、それ以降の簡単な計算すら間違えてしまいそうだった。

「お父さんに、絶対に合格させるっていったから、ユリコちゃんが受かってくれないと、僕が困るんだ」

先生は学校の予習をどんどん先に進め、受験する中学校の過去問題をユリコにやらせた。そして自分なりの問題も作ってきて、

「これを解いてみて」

という。そして時折、学校の教科書の問題をやらせ、すべての解答が合っていると確認してとても満足そうだった。一日おきに二時間ずつ、家に帰ってちょっと休んだら、宿題とは別に算数の勉強をしなくてはならないのは苦痛だった。先生、今日は休んでいればいいなと思いながら学校から帰った。期待しつつ家のドアを開けると、玄関に黒い靴が目に入った。ああ、やっぱりとため息をつきながら家の中に入ると、先生はリビングルームで母とお茶を飲んでいて、

「おかえりなさい」

と笑顔で迎えてくれた。

「ただいま。こんにちは」

と挨拶《あいさつ》をしてユリコは何度も心の中でため息をついた。

帰りがけに先生はいつも、

「じゃ、宿題、ちゃんとやっておいてね」

と右手を挙げて帰っていった。

「はい」

とりあえずユリコは返事をしたが、学校の宿題と先生の宿題をしていると、他にやりたいことが何もできない。『少女フレンド』や『マーガレット』も、漫画の存在に気がついた父に、すべて隠されてしまった。

ユリコの好きな音楽、漫画まで制限されたのを見て、母は、そこまでしなくてもと父に何度かいってくれたが、父は、受験生には必要ないといって、聞く耳を持たなかった。

「試験が終われば、好きなことができるからね。それまでもうちょっと我慢しようね」

ユリコは母に慰められて、うなずくしかなかった。

日曜日、家のポストにリボンでまとめられた数本の花が挿してあった。どうしたのだろうかと母とユリコが首を傾《かし》げていると、車の洋雑誌を読んでいた父は、

「ユリコはかわいいから、どこかの男の子がプレゼントしてくれたんだろう」

などという。

「下らないことをいわないで」

母は真顔で怒っていたが、父はふふんと笑って再び雑誌に目を落とした。ユリコはその赤いリボンに見覚えがあった。

「お母さん、これヤヨイちゃんだよ」

花も家で一緒に遊んでいた頃、庭の花だと持ってきてくれた小さな花束と同じだった。

「わざわざ来てくれたのかしら。かわいそうに遠慮しちゃったのね……」

母は涙ぐんでいた。ユリコもちょっと涙が出た。母がお礼状を書きなさいといったので、気に入っているレターセットで、御礼と自分の近況を書いて、母にポストに投函《とうかん》してもらった。

ヤヨイちゃんが持ってきてくれた花を、母に花瓶に活《い》けてもらい、自分の勉強机の上に置いた。家庭教師の先生は、花瓶が置かれたことにすら気がつかないようで、

「どう、宿題できた？　あれくらいはできないとだめだよ」

とユリコの手元のノートをのぞき込んだ。

着実に力がついていますという彼の話を聞いて、父はとても喜んでいた。しかし母は、あまりにユリコが勉強漬けなので、こんなことでいいのかと気を揉《も》み、父には買い物があると嘘《うそ》をつき、自分専用のブルーバード ファンシーデラックスにユリコを乗せて、一緒にデパートに遊びに行った。おもちゃ売り場に陳列されている人形を見ては、

「ヤヨイちゃんのお母さんが縫ってくれた服のほうが、よっぽど素敵だったね」

と母娘で笑った。そして不二家《ふじや》で二人でホットケーキを食べて帰ってきた。

勉強漬けのなか、たまに出かける母との息抜きのおかげで、ユリコの心は何とかバランスを保っていた。六年生になって受験が現実味を帯びてくると、兄が、

「後で楽になるから、今は大変だけどがんばりなよ」

と家で飼っているシェパードとコリーとスピッツの体をブラッシングしながらいった。朝晩三匹と散歩に行くのを、自分の体調が悪くない限り、飼いはじめてから一年三百六十五日ずっと続けていた。そんな姿を見て父は、

「黙々と何かをし続ける人間は、必ず大成するよ」

と眼を細めていた。

ユリコは必ず合格できるといわれた母の出身校を含め、三校受験した。第一志望の入学試験の前の日には、ユリコや両親よりも、顔を出した家庭教師の先生の顔に血の気がなく、母に心配されるほどだった。

「今日は早めに寝て明日に備えますから」

そう母にいわれた先生は、

「あ、わかりました。ユリコちゃん、がんばって……」

　と青い顔のまま手を挙げて帰っていった。

「先生、途中で倒れないかな」

　受験生のユリコですら心配になった。

　他の楽しみを我慢して、勉強をし続けてきたおかげで、ユリコは第一志望の中学に合格した。両親も本人ももちろんうれしかったが、いちばん喜んでいたのは、家庭教師の先生だった。合格の知らせを聞いて彼は、

「よかった、よかった」

　と泣いていた。自分ではなく、他人の子供を合格させなくてはならないというプレッシャーが、彼を精神的に追いつめていたのだろう。母から、

「おかげさまで合格できました。ありがとうございました」

　と礼をいわれた先生は、

「本当によかったです。もし落ちてしまったら、何てお詫《わ》びをしていいかわからなくて」

　と泣きながら笑っていた。ユリコはそんな二人のやりとりを、他人事《ひとごと》のように眺めていた。

　父は自分の思い通りの結果が出て、上機嫌だった。箱に入れられていた少女漫画雑誌もユリコに返され、好きな音楽も聴いてよいと許可が出た。しかしユリコは、どうしてそんなこ

とまで父の許可を得なくてはならないのかと、不満に感じるようになった。

　ユリコが私立中学に入ってしばらくして、母と一緒に駅の階段を降りていると、偶然、ヤヨイちゃんの姿を見かけた。

「あっ、ヤヨイちゃん！」

思わず大声を出して呼び止めたユリコは、転びそうになりながら階段を駆け下り、公立中学の制服を着たヤヨイちゃんに飛びついた。彼女はにっこり笑って、

「元気だった？」

と聞いた。ユリコは、

「うん」

と返事をしたものの、実はまだ学校に慣れずに緊張する日々を送っていた。同級生とは仲よく過ごせそうだったし、ひいきとか、すかしているとかいうような人たちはいないようにみえた。しかし学校で仲がよくても、帰る場所がばらばらなので、学校から帰って彼女たちと遊ぶというわけにはいかない。それがいちばんつまらなかった。母もヤヨイちゃんに会えたのがうれしかったらしく、また遊びに来てねといって別れた。

　学校の隣の席の子は、クラシック音楽が大好きで、同じ趣味の子たちとグループを作り、

アシュケナージ、アルゲリッチ、ポリーニなどという人の名前をいい、とても素敵な演奏だったわとうっとりしていた。ユリコは父がその人たちの名前をいって、ピアノ曲のレコードをかけていた記憶があった。それから察するに、ピアニストらしいということだけはわかった。しかしユリコには父が聴いていたレコードの、演奏のどこがいいのか悪いのか、まったくわからなかった。しかし彼女たちにはわかるらしい。グループ外の人には、口を挟ませないような、彼女たちの閉鎖的な態度から、

「それ、誰なの？」

と気楽に聞けるような雰囲気はなかった。残念ながらこのクラスには、ザ・ピーナッツやグループサウンズが好きな子はいないようだった。

中学での英語はイギリス人の女性の先生が教え、フランス人の先生のフランス語の授業もあった。ユリコは小学校のとき、日本人の家庭教師に英語を習っていたことがあった。ペンギン・リーダーズを音読しても、発音がとてもいいと褒められた。その後、先生の都合が悪くなり、英語の勉強はやめてしまったが、自分では発音がよくて英語は理解できると思っていた。

しかしいざ英語の授業がはじまると、ユリコのささやかな自信は潰された。最初から最後

までずっと英語で、日本語を話すのは禁止で、毎回、緊張の連続だった。先生に指されてテキストを音読していると、ユリコの視界に入る同級生のなかで、一部の生徒がたびたび首を傾げるのがわかった。いったい何なのだろうと思いながら、パラグラフを読み終わると、先生はユリコの発音が悪かった単語について、黒板に発音記号を書いて発音してみせた。そしてユリコに何度かいい直させて、先生はうなずいてにっこり笑った。小学生のときに、家庭教師から、

「ユリコちゃんは発音がいいわねえ」

といわれたのはいったい何だったのだろうかと、いつも考えていた。

それに比べて、ユリコが音読しているときに首を傾げていた生徒たちは、外見は日本人だが、英語を話しはじめると、外国人のような発音で、おまけに何でも英語で話せるのだった。父親の仕事の都合でずっと海外に滞在していて、日本語よりも英語のほうが得意だという。幼い頃から、外国人に英語を習っている人もいた。ユリコは英語を発音しなくていい、英文解釈や英文法は点数がいいのだが、会話となると発音をチェックされて、小テストの点数がいまひとつ伸びなかった。

家に帰ってその話を両親にしたら、父が、

「やっぱりそうか。優秀な女子学生だからと勧められて雇ったのに。外国人にしておくんだ

った」

とものすごく悔やんでいた。

「これから勉強していけばいいじゃない。そのために学校に行くのだから。できないことは恥ずかしくないのよ」

　母はそう慰めてくれたが、これまで成績がいい優等生としてずっと評価されてきたのに、中学校では成績は普通で、英語の発音が悪い生徒として、先生に認識されてしまったのを、ユリコはどうすればいいのか、まだ受け止められなかった。

　小学校のときはみんなから一目置かれる優秀な生徒だったのに、中学校に入ったとたんに、普通の生徒になってしまった自分。ユリコが戸惑いの日々を送っている一方で、兄は大学入試、といっても付属高校なので、そのまま大学に進学できるけれど、校内では希望する学部への選抜試験が行われていた。成績のいい順番に振り分けられるので、成績が悪いと希望した学部に入れなくなるのだった。

　父は跡取りと決めているユリコの兄に、

「お前の大学は政治経済学部がいちばん有名なのだから、絶対にそこに入らなくてはだめだ」

　といつも活を入れていた。

「わかっていますよ」

兄は苦笑しながら返事をしていたが、その通りに彼の成績はいつも上位で、担任からも、間違いなく希望の学部には入れるだろうといわれていた。校内テストの勉強はしていたが、一般的な受験生とはまったく違って、どこかのんびりしていた。犬たちの世話は毎日していたし、ユリコの目にもがりがりと勉強しているようには見えなかった。

夏休みがはじまると兄は、いちばん仲のいい友だちが、別の大学を受験するために、予備校の夏期講習に通ってしまい、あまり会えなくなったと、ちょっと寂しそうにしていた。家族みんなで、

「お友だちも無事に合格できればいいね」

などと話をしていた矢先、兄がお腹が痛いといい出した。病院に行ったら盲腸と診断されて、入院、手術という段取りになった。父は、

「盲腸なんて軽い怪我《けが》のようなものだ」

などといい、母やユリコもお腹を切る手術なので、それなりには心配したが、小学校のときに盲腸の手術をする子が何人かいて、その後は元気に登校していたので、それほど重大なことだとは思っていなかった。

一週間ほどして、兄は手術を終えて家に帰ってきた。母は、

「夏休みでよかった。ゆっくり休むこともできるし」

とほっとしていた。術後なので兄は部屋で寝て休ませるようにして、イヌの世話の大部分は、ユリコと母が一緒にやっていた。退院した日の翌々日の夕方、ユリコがまだ遊びたいとはしゃぐイヌたちを犬小屋につなぎ、ほっとして家の中に入ると、階段の上に青い顔をしたパジャマ姿の兄が立っていた。

「お兄ちゃん、どうしたの？」

とユリコが聞いたのと同時に、

「お母さん呼んで……」

と彼はうめくようにいい、階段の手すりにもたれかかった。ユリコはびっくりして、通いのお手伝いさんと晩御飯の支度をしている母のところに走っていった。

「お母さん、お兄ちゃんが、お兄ちゃんが変なの」

ユリコの裏返った声を聞いた母は、急いで廊下を走っていった。そして、

「大丈夫？」

と階段を駆け上がろうとした瞬間、兄は、

「お母さん、気持ちが悪い……」

と小声でいったかと思うと、階段を転げ落ちた。母とユリコの悲鳴が同時に響き、母は動

かない兄を抱きかかえて、

「救急車を呼んで！」

と心配そうに様子を見に来たお手伝いさんに向かって叫んだ。

「わかりました」

お手伝いさんがすぐに救急車を呼び、兄は病院に運ばれていった。ユリコとお手伝いさんは、何が何だかわからないまま、救急車を見送った。

お手伝いさんから連絡をもらった父が会社から病院に直行し、お手伝いさんはユリコだけに晩御飯を作ってくれた。

「ごめんなさいね、一緒にいてあげたいんだけど、どうしても家に帰らなくちゃいけなくて」

「いいえ、大丈夫です。ありがとうございました」

ユリコは頭を下げた。本当にごめんなさいと何度も謝ってお手伝いさんは帰っていった。

目の前の色鮮やかな野菜サラダにも、おいしそうに焼けた肉にも、手をつける気にはならなかった。異変を察してか、庭ではずっとイヌたちが鳴いていた。

ユリコは庭に出て、吠《ほ》えるイヌたちに向かって、

「大丈夫だから。そんな大きな声で鳴いたらだめだよ」

とたしなめた。ユリコの姿を見た犬たちは、くんくんと鼻を鳴らして甘えてきた。

「おいで」

ユリコはイヌたちをイヌ小屋から出して、交互に体を撫《な》でてやった。自分一人で大きな家の中にいるよりも、庭で犬たちといるほうが気持ちが落ち着いた。

その夜、父から電話があり、会社から車を回すので、それに乗って病院に来るようにといわれた。待っていると家に何度も来ている運転手さんが、いつもとは違う暗い顔で、ユリコを迎えに来た。

「これから病院に向かいますので」

彼は後ろの席にユリコを乗せて、ハンドルを握りながらいった。

「はい」

ユリコは小さく頭を下げた。

そこは兄が手術を受けた病院だった。

「お連れいたしました」

運転手さんは病室にいた両親に一礼して、外に出ていった。

両親がずっと大声で泣いているのと、部屋の雰囲気の暗さでユリコは緊張で体が硬直してきた。母はユリコを見ると、ぎゅっと抱きしめながら、

「お兄ちゃんが、お兄ちゃんがね」

といって言葉にならなかった。ベッドの上の兄は目をつぶり、明らかにふだんとは違っていた。父は泣きながら、

「どうしてこんなことになったんだ。簡単な手術だったじゃないか」

と医師たちを怒鳴りつけていた。そしてまた泣いた。ユリコは、嘘だ嘘だと何度もいいながら、これは嘘で夢なんだと、何度も左手の指で左側のほっぺたをつねってみたが、痛いばかりで目の前の状況は変わらなかった。医師のきわめて珍しい例とか、ありえないことといった言葉が聞こえてきた。

予後が悪く、命を落としてしまった兄は、病院から家に一旦戻った。そしてその後すぐに、近しい人たちだけの密葬が行われた。あまりに突然だったので、兄の親しい友人たちや担任の先生も、悲しいというよりは、あっけにとられているといったほうがいいような表情だった。ユリコは気持ちの余裕などなく、ヤヨイちゃんにも声がかけられなかった。両親と一緒に遺族席に座り、ただただ母と一緒にずーっと泣いていた。あまりに泣きすぎたので目が開かなくなったほどだった。

葬儀が終わっても母は毎日泣いていたし、父は病院に対して、「訴えてやる」といきり立ったり、泣いたりを交互に繰り返していた。母はそのままになっている兄の部屋から出て来

ず、娘のユリコから見ても、輝くようにきれいだったのに、身なりにもかまわなくなり、どんどんおばあさんみたいになっていくのも悲しかった。

夏の間、泣き暮らしていた母は、あと少しで夏休みが終わるという頃、出かけてくるといって午前中に車で家を出ていった。兄が亡くなった直後から、食欲がなくなっていたイヌたちも、やっと元気を取り戻しつつあった。ユリコはもしかして嘆き悲しんだ母が、兄のところに行ってしまうのではないかと、部屋で宿題をしながら気が気ではなかった。しかし午後になって母は、髪の毛をきれいにセットして、大きな花束と共に帰ってきた。

「これ、ユリコと同じ名前の百合《ゆり》の花。お兄ちゃんの部屋に飾るの。きれいでしょう。花を飾ろうとすると、女の子の部屋みたいで嫌だっていっていたけど、これで思いっきり飾ってあげられるから」

ちょっと涙ぐみながらもにっこり笑い、母はたたたっと軽快に階段を上って、二階の物入れからガラス製の大きな花瓶を取り出し、花を活けて兄の机の上に置いた。

「きれいだねえ」

思わずユリコはつぶやいた。

「うん、きれいね。お兄ちゃんもきっと見てくれているわよ。恥ずかしいなあとかいったりして」

母は笑った。ユリコも泣きそうになるのをこらえながら笑った。

母は前のようにユリコの面倒を見、御飯を作り、イヌの世話をするようになった。しかし父の顔はいつも暗いままで、ずっと元気がなく母も心配するほどだった。ユリコがお風呂に入った後、両親が話している部屋のソファに座っていると、父は、

「跡継ぎはどうしたらいいんだ」

と暗い声でつぶやいた。

「すぐに結論を出さなくてもいいのでは」

母は慰めた。

「今から考えておかないといけない。曖昧《あいまい》にしていると、乗っ取られるかもしれない」

そして父は、親戚の人やユリコの従兄弟《いとこ》の名前を出しては、

「彼らが自分の地位を狙っている」

というのだった。

「まさか」

母が笑っても、父は跡継ぎの息子が亡くなったことで、自分の構想が壊れつつあると厳しい顔のままだった。そしてぽつんと座っているユリコに、

「心配しないで寝なさい」

と優しく声をかけた。


町内で葬儀があると、掲示板にお知らせが貼り出されるが、それを嫌がった父が密葬にしたため、近所の人にはユリコの兄が亡くなったことは知られていなかった。母とユリコが犬たちを散歩させていると、顔見知りの人から、

「お兄ちゃんは？」

と必ず聞かれるので、そのたびに、

「来年、受験なので」

といった。すると相手も、

「ああ、それは大変ね」

とそれ以上は聞いてこない。しかしユリコはいつまでこの嘘が通じるのか心配になっていた。母はみんなにお兄ちゃんが亡くなったと正直に話したら、近所の人たちは私たちをあまりに気の毒に思い、かける言葉がなくて困ってしまうだろう。いつかはわかってしまうけれど、今は嘘をついていてもいいのだといった。ユリコは嘘はいけないような気もしたし、ついたほうがいいような気もした。

学校の友だちには近所に住んでいる人はいないので、兄についての噂《うわさ》は拡《ひろ》がることはなかった。しかし同級生は事情を知っているので、あまり親しくない子からも、

「ご愁傷さまです」

と丁寧にいわれて、びっくりしたりした。自分のきょうだいについて触れないように、友だちも話題に気を遣ってくれているのがわかった。学年が変わり、一年ほど経《た》ってから、

「お兄ちゃんがうるさいから、この世から消えちゃえばいいのにといつも思っていたけど、本当にそうなったら悲しいわね」

といわれた。ユリコも学校では、

「うん、急だったからね。まさかそうなるなんて思わなかった」

といえるようになった。しかし家ではまだちょっと泣いていた。

問題の英会話の授業では、相変わらず発音を直されっぱなしだった。成績が上がらないのを気にして母に相談すると、カセットテープの英会話教材を買ってくれた。外国人の家庭教師の話も出たが、ユリコがそこまでの気持ちになれずに断ったからだった。テープを繰り返して聞きながら、発音を調整した。

これで大丈夫と授業に出ると、以前よりはましだが、やはり発音を直される。英語の発音がいつも高得点の同級生に相談したら、

「英語と米語があるからね。あの先生は米語の発音は嫌なのよ、きっと」

そういわれて頭が混乱した。

ユリコの父は跡継ぎ問題に苦悩していた。役付の社員はもちろん、それ以外の今までほとんど接点を持ってこなかった社員までが、妙に愛想よくしはじめた。お歳暮、お中元などの量が格段に増えて、母が頭を抱えていた。母と通いのお手伝いさんが、玄関から台所や物置へとたくさんの品物を運んでいるのを眺めながら、父は、

「まったく困ったものだ」

苦虫をかみつぶしたような顔をしていた。直接、社長に贈るのは露骨だと感じたのか、お嬢様にと海外のチョコレートが三十個も届いたりした。ユリコもひと箱いただくのならうれしいが、何十個も目の前に積まれても、驚くだけでとても全部食べたいとは思わない。母はご近所にお裾分けしたり、ユリコの友だちがたまに遊びに来ると、お土産にとひと箱ずつあげたりした。

「ヤヨイちゃんには……」

母はそういったけれど、会ったらここ何年かで起こったもろもろを話さなくてはならず、それをうまく話せるほど、まだ頭の中の整理ができていなかったので、ユリコは首を横に振

った。

「そうね、そうしようね」

母もうなずいた。

父はクラシックの音楽を聴いたり、外車に母やユリコを乗せて、ドライブに行ったりしていたが、家に帰ると、跡継ぎはどうしたものかと、暗い顔になる日が続いていた。

「決定権はお父さんにあるのだから、そんなに悩まなくてもいいんじゃないのかしら。戦国時代じゃないんだから、夜討ち朝駆けなんていうことはないでしょう」

母が父にコーヒー、ユリコと自分には紅茶を淹《い》れて持ってくると、父は、

「いや、それが戦国時代とたいして変わらないんだ」

とため息をついた。母とユリコは顔を見合わせ、黙って紅茶を飲んでいた。

それまで外で飼っていたイヌたちは、室内犬になった。父が庭でイヌたちと遊んでいて、そのまま父にくっついてきたのを、家に上げてしまったのだった。庭のテラスに面した場所で、両親とユリコでイヌたちの足を拭いてやると、大はしゃぎで家の中に走り込んできた。そして三匹で追いかけっこをしながら、一階、二階を駆け回り匂いを嗅ぎ、目を輝かせていた。そして兄の部屋に入ると、誰が命じたわけでもないのに三匹はおとなしく座っていた。

エスカレーター式で、ユリコが上の高校に入学すると、英会話の先生が替わった。中学生のときに英語の発音に関しては、ほぼあきらめていたユリコだったが、高校の外国人の先生は、もちろん発音を教えてくれるけれど、中学の先生よりは完璧主義者ではなかった。発音の授業でも、英語と米語の違いを教えてくれて、アメリカ人はイギリス人が話す英語を聞くと、まるで鶏が鳴いているようだという人もいると教えてくれたりした。そして両方覚えて、その国に行ったらうまく使い分けてくださいといっていた。そういわれるとユリコも気が楽になり、気が重かった英会話の授業も楽しくなってきた。

家に帰ってドアを開けると、イヌたちがわーっと走ってきて、ユリコに飛びついてくる。後ろ足で立ってじゃれつき、そこいらじゅうを舐《な》めるので、制服はべたべたになる。

「こら、やめなさい」

母が叱ると、三匹はその場にお座りした。

「あー、また、こんなに……」

「しょうがないわねえ。制服は後でちゃんと拭いておきなさい」

そういいながら母は制服の襟元からシルクのスカーフを抜き取り、洗面所に持っていった。イヌのせいで制服が汚れるのも、ユリコはそれほど嫌ではなかった。イヌたちと家の中で暮らせるのが楽しかった。

リビングルームでもイヌたちは一緒だった。誰かがソファに座ると、必ずそのそばに寄ってきて座る。最初は床だったのに、だんだん図々しくなってきて、ソファに座るようになった。会社から帰ってきて、ソファに堂々と横座りしている三匹を見た父は、

「あなたたちはいつ、そんなに偉くなったんですか」

といった。声をかけられた三匹は、そのままの姿で尻尾を力一杯振りながら、父に愛嬌《あいきよう》を振りまいていた。

母が兄を思い出して涙ぐむと、イヌたちはすぐに近寄って、母の手や顔を舐めた。ユリコもシェパードやコリーと体をくっつけたり、スピッツを抱っこしたりしていると、とても心が安らいだ。そしてイヌたちは、家族と同じベッドに寝るようになり、シェパードは父と、ユリコの部屋にはコリーかスピッツがやってきた。シェパードが父と一緒に寝るのは決まっていたが、他のイヌは母と寝たりユリコと寝たりしていた。寝る時間になると、一緒に寝たいと思うイヌが、とことこと後をついてくるのがかわいかった。

イヌたちのおかげで、家族はとても癒されていた。兄の月命日になると様々な思い出が蘇《よみがえ》って、悲しみがつのったが、感情を行きつ戻りつさせながらも、気持ちは安定していった。そのなかでずっと顔つきが冴《さ》えないのは父だった。会社内外の出来事については、ユリコは何もわからないが、父の姿を見ると悩みが多く、大変そうなことだけはわかった。

ある夜、珍しく両親が喧嘩をしていた。ユリコの兄が亡くなってから、残された家族三人

で前にも増してお互いを労《いたわ》り合い、なるべく家族内でのトラブルは回避しようと気を遣ってきた。この前、両親がいい争っているのを聞いたのは、ユリコの幼稚園を決めるときで、自分も子供だったのでわからないところも多かったが、高校生になった今では、当然ながら喧嘩の内容はすべて理解できる。

父から何かをいわれた母が、

「ユリコをそんなことに利用するなんて」

と怒り、父は、

「そんなこととは何だ。それに利用しようとしているわけじゃない」

といい返した。ユリコは自分が関係することなので、廊下からドア越しに両親の話を盗み聞きした。

「血がつながった跡継ぎが必要なのだから、仕方がないだろう」

父は暗い声でいった。

「血のつながりも大事なのかもしれないけれど、父親として娘の将来を考えたことはないの」

いつもは穏やかな母が、本気で怒っている。

「どうせ誰かと結婚しなくちゃならないんだから、それが婿養子だっていいじゃないか」

「そういう考え方が本当に嫌なの。誰かと結婚しなくちゃいけないなんて、そういった発言は、ユリコにもお相手の方にも失礼でしょう。だいたい娘の意思を完全に無視していますよ」

母に反撃された父は黙ってしまった。急にイヌたちがくんくんと鼻を鳴らしはじめ、彼らも、仲よくしてくださいよう、と訴えていたに違いない。両親が自分の結婚、将来の相手について話をしていて、それが会社の経営に関係しているとわかり、ユリコは、

「えーっ」

といいたくなった。世界史、日本史で、国の存続のために利用された女性たちの話を先生から聞いたが、規模は比べようもないものの、それと同じじゃないかと当惑した。

ユリコの通っていた学校では、高校生の男女交際は校則で禁止されていて、見つかった場合は、即退学だった。しかし実際は、こっそり交際している生徒がいた。特にそれまでに海外生活をしていた子たちは、

「そんなわけのわからない校則なんて、信じられない」

といい、彼女たちの親も男女交際については理解があった。

「日本の男子は子供じみているから、やっぱり彼氏にするなら外国人ね。二人だけで部屋に

いても、ドアさえ開けておけば、親は何もいわないわ」

という同級生の言葉を聞いては、ユリコは、

「へええ」

と驚いていた。

仲のいい同級生の友だちに、大学卒業後はどうするのかと聞いたら、一人は物理学の研究者になりたいといった。そして一人は通訳、もう一人は新聞記者だった。小声で、

「結婚は？」

と聞いてみた。すると研究者になりたいといった子は、

「するかもしれないけど、それが第一の目標じゃないな」

といった。すると他の二人もうなずいた。

「だいたい、結婚がいちばんの目的だったら、四年制の大学に通ったらだめよ。短大卒業がいちばん喜ばれるんだから。うちの母がいっていたけど、お見合いでも四大卒だといやがられるんだって」

「へえ、どうして」

「歳《とし》を取っているのと、奥さんのほうが頭がよさそうなのがいやなんだって。これって因習よね」

「それなのよ、私はそういった問題を記事にして、読者に考えてもらって、女の人がもっと自分のために、自由に暮らせるような世の中にしていきたいな」

新聞記者志望の子が力強くいった。

「そう、私たちが変えていかないと」

友だちはみな将来の構想を持っていた。ユリコはみんなと一緒にうなずきながらも、将来について何もいえない自分に対してがっかりした。こんな私だからここの学校に入ってから成績も中程度なんだ。みんな将来に目的を持って勉強しているから、成績もいいのだと納得した。そして自分がしっかりとしていないから、父に都合のいい、結婚相手まで決められそうになるのだと反省した。

両親の喧嘩は十年おきくらいの頻度だったのに、最近はその回数が多くなってきた。原因はいつも跡継ぎ問題だった。ユリコが聞き耳を立てて情報をまとめたところによると、父はユリコに婿養子を取らせて、とりあえずその男性に跡を継がせ、生まれた子供にまた跡を継がせたい。そうすれば血のつながりができるじゃないかという。母は、

「それじゃ、ユリコの人生は何なの。会社を存続させるための道具じゃないの。私はユリコにそんな人生を歩ませたくない」

と突っぱねた。そして、

「たとえ婿養子を取ったとしても、男の子が生まれるとも限らないし、子供ができないかもしれない。そうなったらどうするの」

と父に聞いた。彼はぐっと言葉に詰まった。

「女の子が生まれたらまた婿養子を取るしかないだろう。生まれなかったら……。孫の代はずいぶん先の話だからな。とりあえずは子供の代さえ何とかできれば……」

「それってお父さんのわがままでしょう。人生なんて自分の思い通りになんか、ならないんだから。社長を続けている間に、社内や社外でもいいから、これと思った人を見つけて、その人にまかせればいいじゃない」

「ユリコが結婚して男の子が生まれる確率がある限り、それに賭けたい」

「何いってるの。その子だって迷惑ですよ。自分が生まれる前から将来が決められているなんて。いっておきますけれど、いくら子供や孫だからって、お父さんの所有物じゃないんですよ」

母にきっちりといわれて、父の代わりにイヌたちのくんくんと鼻を鳴らす声が聞こえた。

「どうして死んだんだ」

絞り出すような父の泣き声が漏れてきて、イヌたちは、うおーん、うおーんと吠えはじめた。

「いってもどうしようもないことをいわないで。いくらいったって、あの子は戻ってこないんだから」

怒った母も涙声だった。

「はあ」

ユリコはため息をついてその場を離れた。自分はいったいどうしたいのか、将来について決めかねていた。小学生のときはヤヨイちゃんと、好きな芸能人と会える仕事がいいねなどといっていたが、今はそういう気持ちもない。自分も友だちにはっきりいえるような、将来の目標が欲しかった。

系列大学への進学が近づくにつれて、同級生たちは将来に向かって、自分の進路を決めていった。四年制大学への進学を希望する女子生徒には、一生続けられる仕事として、学校の先生を目指している人が多かった。ユリコの通っている学校は、良妻賢母を育成するというよりも、女性の社会進出を目指し、後押しする教育方針だった。同級生は、テレビ局のディレクター、貿易会社の社長、政治家、映画監督などなど、女性の働き方として、ユリコの頭にはまったく浮かばなかった職業を口にした。そしてもしもそれが叶《かな》ったら、自分はこういった仕事をしたいと、しっかりとした意思を持っていた。

ユリコは小学校時代は何の欠点もない生徒だったのが、中学、高校ではごく普通。容姿だけは相変わらず褒められていたが、自分ではそうとは思っておらず、他人が見た自分の取り柄はそれだけなのかとめげた。友だちには家の様々な問題を話しているので、雑談のときも事情を酌んで、言葉を選んでくれていたが、詳しく内情を知らない同級生は、

「ヤマダさんは、お兄様のこともあったし、お父様の会社を継がれたらどう？」「こんなに美人なのだから、お見合いをしたら引く手あまたで、どんなお金持ちの家にでもお嫁に行けるんじゃないの」

などという。彼女たちはまったく悪意がなかった。素直にユリコを見てそういっただけである。友だちはちょっと怒っていたが、ユリコはそれが他の人から見た、自分の正直な印象なのだと、ますますめげてしまった。

学校の方針で、担任の先生と自分の将来について話す面談が定期的に持たれたが、ユリコはそのたびに気が重かった。

「何をしたらいいのか、何がやりたいのか、自分でもよくわからないんです」

と正直に話した。男性の先生はその気持ちに理解を示してくれながらも、

「受験をしないで大学に上がれると、一般的な受験生よりも自分に甘くなってしまいがちだ

から、だらだらと無自覚に過ごす癖がついてしまうようになるんだよね。ヤマダさんは中学生のときにとても悲しい思いをしたと聞いているけれど、これからの人生のほうがずっと長いし、辛かったことを糧にして、どう生きていくのかを考えて欲しい」

といった。大学には進学したいし、勉強をしたくないわけでもない。何をやりたいのか、ユリコはまだ見つけられなかった。

やりたいことがなくても、大学の専攻は決めなくてはいけない。文化系には四学部があり、それぞれ学科が細かく分かれていたが、いったいどれを選んでいいのかわからない。系列大学に行きたい学部がない生徒たちは、外部の大学を受験するし、就職したい会社に数多く合格している大学を調べて、受験する子もいた。

ユリコはこのままぼーっとしていてはだめだとわかっていながら、目の前にぶら下げられている選択肢さえ選べない。まだ父からははっきりといわれていないが、望みどおりに、彼が勧める男性と結婚して男の子を産めば、穏便に物事が進む。しかしそうなったら、自分が生まれ育った家の中で、すべてが完結してしまう。少しは外の世界を知りたい。父の会社の存続に関しては心配しているけれど、そこまで私がやらなければならないのだろうかとも思った。

専攻する学部について友だちに相談すると、

「勉強した後、何をするかが問題よね」

といわれた。それがわからないのがまずだめなのだと、ユリコはしょげた。

「就職は？」

「したいけど、特に希望もなくて。みんなちゃんと目標があるでしょう。私はどの会社を受けていいのかわからないのよ」

ユリコは無責任だと思ったが、友だちが自分に合うところを決めてくれないかしらと期待していた。

友だちはうーんとしばらく考えた後、

「スチュワーデスなんかぴったりよね」

「そうそう。美人だしすらっとしているからぴったりよ」

「でも英語が……」

「大丈夫。私たちは中学生のときから、結構厳しく教えられているから問題ないわよ。素敵だろうなあ、ユリコちゃんのスチュワーデス姿。それだったら英文科だよね」

たしかにスチュワーデスは、女子の憧れの職業のひとつだった。成績だけではなく業務上必要な身長制限があったり、容姿も重視されていた。女子が航空会社の試験に合格したら、すばらしい、さすがといわれたものだった。海外にも行けるし、やりがいもある。ユリコは友だちが勧めてくれた、スチュワーデスという職業に、俄然《がぜん》興味が湧いてきた。自分に向いているかもしれないと思いはじめた。先生との次の面談のときには、この話をしてみようと楽しみになってきた。

担任の先生に英文科希望と伝えると、

「ああ、やっと決まりましたね」

と彼もほっとして手元のノートに書き込んでいた。そしてスチュワーデスの話をすると、先生は真顔になって、

「うーん、それもいいけれど……」

といい澱《よど》んだ。どうしてもその職業を希望するのならいいけれど、残念ながらスチュワーデスは、厳しい訓練に耐えても、若いうちは乗務できるが、経験があるのに年齢という括《くく》りで乗務からはずされる場合が多いという。

「外国の航空会社だったら年配になっても勤めている人がいるんだけど。もともと日本とは感覚が違うのでね。日本では若い女性の花形の仕事になっているけれど」

先生の口ぶりでは賛成しがたいといった感じだった。

「実はまだ、将来どうしたいのか、はっきりとは決まっていないんです」

ユリコはうつむいた。先生はうなずきながら、

「みんながビジョンを持っているわけではないからね。大学の四年間で決めても遅くはないから」

といってくれた。

とりあえず、よほどのことがなければ入れる学科が決まって、ユリコはほっとしていた。

両親に話すと、

「ああ、それはよかったね」

といっただけだった。スチュワーデスの件は黙っていた。両親ともまだ跡継ぎの話を持ち出さなかった。もしかしたら父は話したかったけれど、母の強硬な反対に遭って自粛していたのかもしれない。

物理学の研究者、新聞記者になりたい友だちは、それぞれ他の大学を受けることになった。新聞記者になりたい友だちは、リサーチをして共学の私立大学を受けるという。

「私、きょうだいも妹しかいないし、学校もずっと女子だけだったから、試験のときに周囲に男子がいたら、受験に失敗しそうな気がする」

「あれだけ成績がいいんだから大丈夫よ」

「父は他の受験生は、かぼちゃと思えなんていってたけどね」

彼女は笑っていた。

将来の夢を語る子が多い一方、何も考えていない子たちもいた。彼女たちはユリコとはまた違って、卒業後にどういう男性と結婚するかが第一目標で、見合い結婚で条件のよい学科はどこかを熱心に語り合っていた。

ユリコが進学した大学の英文科にも、エスカレーター式に上がってきた学生のなかに、大学在学中に見合いをして、卒業と同時に結婚を望んでいる子たちが何人かいた。どこをどうやって探してくるのか、芸能人や著名人、大企業社長の独身の息子がグラビアで紹介されている雑誌をあれこれ持ち寄っては、「彼とは年齢がちょうどいい」とか「ハワイに別荘があって素敵」などとはしゃいで、とても楽しそうだった。そして彼女たちは自慢げに、

「それなりのお家は、うちの学校の名前を聞いたら、間違いなく見合いしたいっていうはずよ」

とブランドとして学校の名前を利用したいようだった。ユリコは通訳志望の友だちといつも一緒にいたが、彼女は、

「あんなこといってるけど、本当なのかしら。出身校はよくても本人があれじゃねえ。断られると思うけど」

と呆《あき》れていた。他の高校から受験をして入学してきた学生は、解放感で遊び惚《ほう》けているタ

イプと、まじめに勉強しているタイプの二種に分かれていた。

文化祭にはどこからこんなに集まるのだとびっくりするくらい、他校から男子学生が集まってきた。高校のときの新聞記者志望の友だちも志望校に入学できて、同じゼミの男子学生を数人引き連れて遊びに来た。お嬢さんぽい人だったのに、彼らと同じジーンズにTシャツのラフな格好でやってきたので、こんなふうに変わるのかとユリコは驚いた。

家に帰ると大学での話を母にした。母も見合い第一の女子学生には驚き、

「親に高い学費を払ってもらっているのに、どういうつもりなのかしらねえ」

と顔をしかめていた。新聞記者志望の友だちの話には、

「ゼミの紅一点なのね。ああいう仕事は正義感がないと難しいでしょうから、彼女にぴったりかもしれないわね」

と笑っていた。そこでユリコは、自分の気持ちではなく、友だちが勧めてくれたと、スチュワーデスの話をしてみた。そのとたん母は、「あんな危険性が高い仕事は反対」ときっぱりといった。ここ何年かの間で、海外での飛行機事故が多発し、ハイジャック事件もあったので心配になったらしい。そして瞬時に的確な判断を下さなくてはならない仕事だから、てきぱきと物事を処理できないユリコには絶対に向かないといわれてしまった。

ユリコは、卒業したら私はいったいどうしたらいいのかと悩んだ。そして、こうやってい

つまでもうじうじと悩んでしまう性格が、突発的な事柄に対して的確な判断ができないといわれた理由なのだと納得した。

通訳志望の友だちは、TOEFL《トーフル》も積極的に受験して、英語をブラッシュアップさせていた。ユリコは大学で様々な英文学を講読していたが、これは世の中で何の役に立つのだろうか、勉強した事柄を活かせる職業は何なのだろうかと考えてみると、学校の先生、英文学者くらいしか思いつかなかった。

そんな話を母にすると、

「お母さんがユリコくらいの年の頃は、戦後でごたごたしていたし結婚も決まっていたから、そのときは深く考えていなかったけれど、今は、少しでも働いて世の中を知っておいたほうがよかったなって思っているの。だからユリコにもできれば就職して欲しいんだけど」

といった。母は勤めた経験はなかったが、父から会社の成り立ちや、機構を教えてもらい、仕事の流れというものを知識として知ったという。しかし戦争中もそれほど苦労していたわけでもなく、世間というものに対しての経験がない。就職すれば会社での同僚とか上司とか、様々な人間関係が学べるし、ユリコには、若いうちになるべくいろいろな事柄を経験して欲しいというのだった。ユリコが黙って話を聞いていると、犬三匹もそばに座り、真顔でふんふんと母の話を一緒に聞いていた。その姿を見て母とユリコは噴き出して、将来の話はそれでおしまいになった。

一方、父はまだ、婿養子の話をあきらめていないようだった。ユリコには遠回しに、

「世の中を知る方法は、会社に勤めるだけではない。夫の仕事を手伝いながらわかることもたくさんある」

といった。母から聞いた内容と同じだったが、母はそれを後悔している。そこを指摘すると両親がまた揉めると思ったので、ユリコは黙って聞いていた。

「結婚するのだったら、世間の垢《あか》がつかないうちに、すぐにしたほうがいいな」

という父の言葉を聞いたとたん、

「それはちょっと……」

と母の顔色が変わった。父は、

「お母さんはこの頃、とても厳しいな」

と苦笑したが、母は笑わなかった。

友だちは着々と就職への足固めをしているのに、物事がすぐに決められないユリコは、自分一人が取り残されたような気持ちになっていた。大学三年生にもなったら、卒業後の進路を決めるのに、お尻に火が点《つ》いている。就職課の壁に貼ってある、企業の求人票を見てみると、大学がマスコミ各社の指定校になっていたため、テレビ局、大手出版社の求人があった。

しかしユリコはそれらの会社に願書を提出する自信がなかった。

TOEFLでいい結果が出た通訳志望の友だちは表情が明るかった。自分の決められない性格のせいなのだから、あなたはいいわねえとはいえないユリコは、

「自分でもいやになってくるわ」

とカフェテリアでクリームコロッケを食べながら彼女に相談した。

「スチュワーデスも親御さんに反対されて、やめちゃったんでしょう。他の就職先にもあまり興味が湧かなくて、お見合いをする気もない。うーん、それだったら、あの『家事手伝い』になるしかないんじゃないの」

家事手伝いという肩書きの女性は多かったが、「家事手伝いとは何ぞや」といった疑問が、女性の社会進出を考えている人たちから出ているのも、ユリコは知っていた。あれこれ理由をつけても、結婚相手を見つけるまで、実家に住み続けている実体のない職業と意味づけるしかなかった。そういう立場にもなりたくない。するとカレーを食べていた彼女が、

「そうだわ。いいことを思いついた」

とにっこり笑った。

「ユリコちゃんの家は広いんだから、そこで子供相手に英語を教えたらどう？　あなたには向いているような気がする」

自分の家で仕事をするとは考えていなかったユリコは、

「そうね、ああ、それもいいわねえ」

とうれしくなった。

「ご両親に相談してみたら」

「ありがとう、今日、すぐに聞いてみるわ」

帰り道、ユリコはもうその気になっていた。母は子供好きだし、週に何回か子供たちが家に来てくれれば、その姿を見て気もまぎれるのではないだろうか。会社勤めに対してあれこれ不満が多そうな父も、子供が相手であれば文句をいわないだろう。今度も自発的ではなく、友だちからのアドバイスだったが、今回は何もいわれないような気がすると、ユリコの足取りは軽くなった。

家での子供英会話教室について母に話すと、しばらく考えた後、

「そうねえ、それも悪くはないけれど」

と積極的に賛成はしてくれなかった。家の中で完結してしまう仕事というところが、母にはひっかかったようだ。

「自分の職業として、ずっと続ける気があるのならいいけれど、時間つぶしみたいな感じでやるのなら反対よ。子供といっても人を教える重要な立場なのだから、ユリコの都合で簡単

にはじめたりやめたりできないのよ」

ユリコは、やった、これならできるかもと、うれしくなった気持ちがしゅーっと萎《な》えてしまった。翌日、アドバイスをしてくれた友だちに話すと、

「お母さんのいうことも正しいよね。あとはユリコちゃんのやる気だけでしょう」

といわれ、つかみかけた目標が、自分の迷いのせいで手から離れていってしまった。

また振り出しに戻ってしまい、ユリコは悶々《もんもん》とした日を送っていた。自分のやりたいことがわからないなんて情けないと思いながら、これをやりたいというものは見つからない。

「楽しめるのは大学三年が最後だから、文化祭でストレスを発散したら」

大学教授志望の友だちに誘われて、文化祭の模擬店でクッキーの販売の手伝いをした。彼女は英文学研究のサークルの副部長で、販売担当の後輩が風邪を引いて来られなくなったので、手伝ってくれないかと頼まれたのだった。快諾したユリコが、校庭に設えられたテントで、透明な袋に入れられた、部員たちの手作りクッキーを売っていると、他校から訪れた、クッキーなど好きでもなさそうな男子学生が、ユリコに惹《ひ》かれてやってきて、話しかけたりクッキーを買ってくれたりした。

「何年生ですか」「あなたがこれを作ったのですか」

など、あれこれ聞かれるたびに、ユリコは丁寧に答え、にこやかに応対していた。友だち

そ
が、

「ユリコちゃんがいるから、売り上げが増えそう」

というので、そんなことないわよといいながら、ユリコはお金を入れている箱を見た。そしてふと目を上げると、そこには社会学の教授と若い男性が立っていた。授業で社会学を選択していることもあり、ユリコは「こんにちは」と頭を下げた。

「がんばってるね」

教授は笑って手を挙げた。

文化祭が終わってしばらくして、社会学の教授から話したいことがあるので、研究室に来てもらえないかといわれた。講義には毎回、出席しているし、成績のことかしら、などと心配になりながら出向くと、

「いやあ、わざわざ本当に申し訳ない」

と学生のユリコに対してとても恐縮していた。そこで告げられたのは、文化祭で教授と一緒にいた男性との交際についての話だった。ユリコが固まっていると教授は、彼はシュンスケという名前で自分の甥《おい》にあたる。現在商社に勤めていて結婚したいのだが、よいお相手が見《み》つからない。それを聞いて気晴らしにうちの大学に来るかと呼んだら、そこでユリコを見

初《そ》めたというのだった。

「はあ」

ユリコはそれしかいえなかった。

社会学の教授の隣にいた男性については、うっすら覚えていた。背が高く落ち着いた雰囲気の人だった。その彼との交際の話を持ち出され、ユリコはびっくりした。だいたい本人と会話すらしていないのである。教授はずっと恐縮し続けながら、もしよければ見合いというか、ご両親にもお話を通して、結婚を前提にお付き合いしてもらえないかという。いつもはきっちりと講義をし、レポートも厳しくチェックする教授が、汗を拭きながら下手に出るのを見て、ユリコは不思議な気分になった。

「突然のことなので……。両親に相談してからお返事してもいいでしょうか」

「もちろん。ご両親によろしくお伝えください」

ユリコはぼーっとしながら研究室を出、まだこの話は友だちにはいえないなと思った。

両親に相談すると、相手が商社に勤めていると聞いたとたん、

「それはいいな。お父さんは大賛成だ」

と父は積極的だった。母はその態度に呆れながらも、

「ユリコがいいのならいいんじゃないかしら。お会いしたからといって、お話を絶対に決め

なくてはならないというわけではないし」

という。母は相手の職業を聞いて、今後、父の思い通りになりそうなのを危惧していたが、ユリコはそのときは、ほとんど印象がなかった彼に対して、嫌だったらお断りすればいいし、社会学の教授とも、講義で顔を合わせるのは、今年いっぱいだからと思い、少し気が楽になってきた。

家族で相談した結果を教授に話すと、彼は大喜びして話は進められた。ユリコと両親は、当人のシュンスケが挨拶に来ると聞いて、もしかしたら付き添いとして教授が来るかもしれないと話していた。しかし二人に加え教授の妹夫婦である彼の両親までやってきたので、ユリコも両親もあわててしまった。本格的な見合いのようだった。しかし老犬にはなったけれど、イヌたちが愛想よく彼らを迎えてくれたので、その場が和んだのに助けられた。

あらためてシュンスケを見ると、口数は多くはないが、誠実そうな人だった。イヌたちがみんな彼にじゃれついたことで、人となりが何となくわかった。父は彼がユリコの四歳年上で三男と聞いて、うれしそうに身を乗り出したものだから、母はきっとした顔で父の顔をにらんだ。ユリコは緊張でぼーっとしてしまって、具体的な内容は覚えていないが、結婚を前提にこちらは誠実にお付き合いさせていただくつもりだが、その過程でユリコ側が納得できない事態を招いた場合は、大変残念ながらお断りいただいてもかまわないという話になった。

そして両家はいちおう合意し、一歩、話が進んだ形になった。

「ご丁寧に挨拶に来てくださって、ご両親にも申し訳なかったわね」

教授の紹介ということもあり、母は安心し、彼らによい印象を持ったようだった。父はといえば、

「いい青年だ。誠実そうだし頭もいい」

とまるで跡継ぎが決まったかのように喜んでいた。

「これはユリコへのお話なんですから、お父さんの会社の跡継ぎとは無関係なんですよ」

母が釘を刺すと父は、

「そういったって息子になるのだから、そういうことも、のちのち考えてもらわないと」

と跡継ぎに固執していた。

シュンスケからはそれから頻繁にデートの誘いがあった。映画を観たり、買い物をしたり、食事をしたりした。そして毎回、夜遅くならないうちに、きちんと家まで送り届けてくれて、母にも挨拶をしてくれた。夜遅く家に帰った父に、母がその話をすると、

「彼はうちの会社の同年配の社員と比べると、落ち着きがあってすばらしいな」

と手放しで褒めていた。ユリコはいつか友だちにこの話をしなくてはと思っていたが、就職の話を熱心にしている彼女たちに向かって、自分のこんな話をするのは気が引けた。

シュンスケと交際するようになって三か月後、たまたま親しい友だちが全員揃ったカフェテリアで、ユリコは意を決して、昼食を食べながら彼のことを話そうとしたら、みんなに「彼ができたんでしょう」と当てられた。みんながこれからの就職や、一生、続けられる仕事について話しているのに、自分の話で水を差すのが嫌だったから、話すのが遅くなってしまったと素直にいうと、彼女たちは、

「気にすることなんかないのに。でもわかってたけどね」

と笑った。そうか、わかっていたのかと、ユリコは恥ずかしくなった。

「いいじゃない。人の幸せはそれぞれ違うのだから。彼がいい人だったら結婚すればいいし。私たちは人の生き方にまで口は出さないから」

そういってもらってユリコはほっとした。そしてその後は、彼女たちからシュンスケに対しての無邪気な質問攻めに遭った。

そしてユリコは四年生になった年の年末に彼と婚約し、卒業後に結婚することになった。それを知った見合い第一の女子学生たちは、そんなそぶりなどまったく見せなかったユリコに対して、「先を越された」「やっぱり美人は得だ」などとうらやましがっていたが、ユリコにとっては自分でも予想がつかなかった展開なので、何ともいいようがない。

「相手の条件に執着して、結婚したいっていってしつこく考えている人には、望んでいるような人

が現れないのかもしれないわね」

大学教授への足がかりとして、大学院への進学を決めた友だちがぽつりといった。しかし全面的に大賛成というわけでもなく、「専業主婦になったとしても、それに埋もれたらだめよ。夫に依存する生活は避けたほうがいいわ」とか、「アルバイトもしたことがないんでしょう。何でもいいから働いてみたらどうかしら。最初は大変かもしれないけど、知らないよりはいいと思う」など、親切心からアドバイスしてくれた。どれもこれも納得できることばかりで、正直にそういってくれる友だちの気持ちがありがたかった。

母は父がシュンスケと顔を合わせると、婿養子の話をしないようにいつもチェックしていた。彼は家の事情を知っていたが、跡継ぎになる気持ちはなかった。具体的に式場、式次第が決まっても、父は彼がいないところで、

「うちに入ってくれないかなあ」

としつこくいっては母に嫌がられていた。

卒業した翌年の十月、ユリコはハワイで挙式することになった。父の会社の関係もあり、招待客は三百人以上になった。学生時代の友だちにも声をかけたが、念願叶って新聞社に就職した人、テレビ局に就職した人は、仕事の都合がつかずに欠席だった。ヤヨイちゃんにも

もちろん出席して欲しかったので、招待状を出したけれど、こちらも仕事の都合がつかないと欠席の返事が届いていた。それを見たユリコは、仕事は大変なのだなとあらためて思った。

その頃母はユリコに、近所で耳にした噂を話した。たまたま駅前まで買い物に行ったら、知らない奥さん二人が、ヤヨイちゃんのお母さんが、パート先の若い男の人と逃げたと話していた。「恥知らず」「よくやるわ」と二人が笑いながら、明らかにヤヨイちゃんのお母さんを小馬鹿にしているのを聞いて、思わず立ち聞きしてしまったのだという。

「嘘でしょう」

ユリコの口からは、ため息のような小さな声が出た。

「そんな嘘を話すかしら。ヤヨイちゃんからお母さんについて何か連絡はあった？」

母に聞かれたユリコは首を横に振った。

「いくら仲がよくても、他人にはいい難《にく》いものね」

母の表情は暗くなった。ユリコはヤヨイちゃんのお母さんが縫ってくれた、人形の服を今でも大事に持っていた。服が入れてある箱を開けると、買ったものよりも、彼女のお母さんが縫ってくれたもののほうが、いつまでもずっと素敵なままだった。

「ヤヨイちゃん……かわいそうに」

ユリコは涙ぐんだ。母はそういったものの、噂が本当かどうか確認しようにも、まさかヤヨイちゃん本人に聞くわけにもいかず、かといって家の隣に住む老夫婦に聞いても知っているわけもなく、知り合いに噂好きの人たちもおらず、その噂の詳細を知ろうとするのは、母とユリコには難しく悲しかった。

「ヤヨイちゃん、大丈夫かな」

ここで、噂を聞いた云々《うんぬん》で手紙を書いたとしても、彼女を傷つけるだけだろう。母とユリコは相談して、ヤヨイちゃんから何かいってくるまでは、こちらからはそれについて触れるのはやめようと話し合った。婚約者のシュンスケにも話すと、

「うん、そのほうがいいね」

と賛成してくれた。

ハワイでの結婚式の参列者は、ほとんど父の会社関係の人だった。亡くなった兄の写真が、十八歳のときのまま親族席にあったのが悲しかった。ユリコ夫婦は新婚旅行を兼ねてそこでしばらく過ごし、一週間後に日本に帰ってきた。行きは緊張でよく覚えていなかったが、帰りの便で自分が一度はなりたいと思っていたスチュワーデスという仕事が、あまりに大変そうで、母親に止められてよかったと思った。

ユリコと夫のシュンスケは、静かな住宅地の2DKの賃貸マンションで暮らした。のちには家を建てようと夫婦で話していると、結婚して半年後、上司から海外赴任を打診された。

本来ならばシュンスケの先輩が行くはずだったのだが、親の体調が悪くなり辞退してきたという。勤務するアメリカ支社はマンハッタンにあり、住居は隣のニュージャージー州で、会社が所有している、海外赴任者用の一戸建ての家になるという。

それを夫の口から聞いたユリコは、一も二もなく賛成した。

「前に赴任した人で、奥さんが英語を話せずに精神的に不安定になって、仕事と奥さんの面倒を見るのとで、大変だったケースがあるんだって。きみが英語が堪能なのも、僕が選ばれた理由らしいよ」

「現地の人に通じるかわからないけど」

「ハワイではちゃんと話していたじゃない」

「でも観光で行った場所と、その土地に住むのとでは違うような気がするわ」

心配はあったけれど、外国で暮らせるのがユリコはとてもうれしかった。

コリーとスピッツを相次いで老衰で亡くし、シェパードもずっと寝たきりに近い状態になっているユリコの実家の両親は、その話を聞いて寂しがっていたが、

「いい経験になるから」

と背中を押してくれた。父は、シュンスケくんはどういう会社と取引をするのだろうかと、それを聞きたがったが、ユリコは私は何も知らないと正直に話した。

一年足らずでまた飛行機に乗るとは思わなかったと、夫婦で話しながら二人は赴任地に飛び立った。現地の社員がJFK空港に出迎えてくれて、そのまま車に乗ってニュージャージー州のこれからの住居になる家に向かった。湿気の少ない乾いた空気の匂いがした。トンネルをくぐりながら、ユリコは小学生が遠足に行くときのように胸を躍らせていた。

ユリコ夫婦の新しい住居は、緑色の芝生が拡がった、白い壁に赤い屋根の、周囲の家に比べると小さな家だった。壁や屋根の色は違うけれど、ユリコは子供のときに読んだ『ちいさいおうち』のようで見たとたんに気に入った。車から降りると、待ってましたとばかりに、隣家から体格のいい五十代に見える中年夫婦が出てきた。

「また、お世話になります。よろしくお願いします」

連れてきてくれた社員が彼らに挨拶をし、ユリコたちを紹介すると、

「ドウイタシマシテ。タノシミニオマチシテオリマシタ」

と二人はにっこり笑ってお辞儀をした。シュンスケとユリコが自己紹介をすると、何年も前からの友だちのように、肩を抱いてくれる。そしてこれまでの家族よりも年齢が若いユリコたちを見て、しきりに「かわいい」を連発するので、ユリコは恥ずかしくなってきた。そしてウエルカムパーティをするから、あなたたちは必ず私たちの家に来なくてはならないと

命令するような口調になって、「また、あとで」と部屋の中に入っていった。

「日本好きの人たちなので大丈夫ですよ。まあちょっとうるさい人も近所にはいますけれどね」

現地社員は帰ろうとする。車はどうするのかと聞いたら、

「それは会社の車なので出勤に使ってください。僕はバスでフラットに帰ります」

と幹線道路に向かって歩いていった。

家の中はきれいに整えられていて、ユリコたちが準備するものはほとんどなかった。夜はパーティらしいし、小腹がすいているけれど、どうしようか、近所のショッピングモールに車で行こうかと話していると、ドアがノックされて、隣家の奥さんがやってきた。お腹がすいているだろうと、自分で焼いたパウンドケーキと、コーヒーを持ってきてくれた。

「食べ過ぎちゃだめよ。夜は大事なパーティがあるんだから」

そう念を押してにっこり笑って、彼女は帰っていった。

「何だか申し訳ないわ。今日はじめて会ったのに」

「そうだね。きっとこれまで赴任した人みんなが、お世話になったんだろうね」

二人はありがたく、日本で売っているものよりは、確実に三割方大きめのパウンドケーキをおいしくいただいた。

パーティでは鶏の丸焼き、びっくりするような大きな皿に盛られたサラダ、自家製のパン、デザートのチョコレートプディングが並び、近所の人々が集まって、ユリコ夫婦を迎えてくれた。彼らは子供のようにみえる二人を、お人形の夫婦のようだといった。わははと大声で笑う人たちに囲まれたパーティが終わり、家に戻った二人は、顔を見合わせて、「はあ〜」とため息をついた後、思わず笑ってしまった。アメリカ人は他人に関心を持たないと聞いていたが、ユリコが育った近所の人よりも熱い人々ばかりだった。

翌朝、ユリコが朝食の準備をしていると、外から怒鳴り声が聞こえてきた。ドア横の窓からのぞくと、隣家の奥さんが頭にカーラーを巻いたまま、バケツを手にして立っている中年男性を怒鳴りつけていた。家の前にはゴミが散らばっている。どうしたのかと外に出ようとすると、シュンスケが自分が行くと出ていった。ユリコが後をついていくと、奥さんは、「何度いったらわかる。私の隣人の日本人にちょっかいを出すな」と叫び、おじさんに両手を振りかざし、ひるんだところを蹴ろうとしたので、彼は走って逃げていった。

顔を真っ赤にしてまだ怒っている奥さんの話によると、彼は日本人が嫌いで、新しい人が赴任してくるたびに、家の前にゴミをばらまいて嫌がらせをするのだという。「いくらいってもだめなのよ」と奥さんは怒り、「ごめんなさいね、そんな人ばかりじゃないから」と謝った。そしてその間に、彼女の夫が来て、散らばったゴミをささっと掃除してくれた。

「ありがとうございます」

ユリコ夫婦が頭を下げると、彼は申し訳なさそうな顔をしてウインクをし、家に入っていった。そうか、こういうこともあるのだと、ユリコたちは勉強した。

それ以降、中年男性からのいやがらせはなくなったが、休日に遊びに行ったユリコたちが、マンハッタンのはずれの喫茶店に入ろうとしたら、白人女性にものすごい勢いで、邪険に追い払われた。日本にいたら経験しない出来事だった。そこから安全だといわれる地域に向かって歩きながら、シュンスケは、

「あの戦争で亡くなったのは、日本人だけじゃないからな」

とぽつりといった。ここはつい三、四十年前までは敵の国だったのだと、ユリコはあらためて気がついた。

近所の人々や同じく赴任している日本人たちに助けられて、ユリコ夫婦は慣れない土地で楽しく暮らしていた。夫の会社関係のパーティがたびたび開かれ、ユリコも出席しなければならない。着る服も時間、場所によって、カクテルドレスだったり、イブニングドレスだったりする。その服選びも日本人の奥さんたちが、見栄えがよく価格が安いドレスを売っている店を教えてくれて、そこで購入しては着ていった。

家の前にゴミを捨てた意地悪おじさんは別にして、ユリコは実家にいるときよりも、近所の人たちとの関係が深くなっていた。仲よく過ごしていた最中に、ユリコは妊娠しているのがわかった。夫はもちろん近所の人々も我がことのように喜んでくれたが、問題はどこで産むかだった。初産なのでここの病院ではなく、できれば日本に戻って産みたかった。夫に相談すると、ユリコが安心できるようにしたほうがよいといってくれたので、時差も気にせずに母に電話をかけたら、絶対にこちらに帰って産むようにという。ユリコもそのほうが安心できるので、その旨を診察してくれた女医に話すと、

「じゃあ、状態を見て安定期に入ったらね」

といってくれた。

そしてつわりもほとんどなく、医師からも問題がないと許可が出たので日本に帰ることにした。といっても道中が心配なため、母がこちらに来てユリコを連れて帰るという段取りになった。近所の人は母を歓迎してくれたが、ユリコがいったん日本に帰ると話すと、みなとても悲しそうな顔をして、

「絶対にこちらに戻ってくるんだよ」

と口々にいってくれた。母は、

「こちらの人は、心に思ったことがすぐに顔に出るのね。それに比べたら、日本人は何を考

えているのかわからないっていわれるのがよくわかるわ」

と納得していた。

飛行機の中でも体調に変化はなく、無事、母と一緒に帰国して実家に帰ると、庭の隅に三つのお墓があった。イヌたちのお墓だった。

「いろいろ考えたんだけど、ずっと一緒にいたから、庭に埋めてあげたほうがいいと思って。三匹の年が近かったからね。あっという間にみんないなくなっちゃったのよね」

母は小さな墓石が並んでいる場所を眺めていた。父は生まれる子供が男か女かばかりを気にしていた。

ユリコは二十六歳のときに女の子を出産した。赴任先のアメリカに残っている夫のシュンスケと彼の両親、母がとても喜んでくれたけれども、父は自分の目論《もくろ》みに反して男の子じゃなかったと、喜びつつちょっとがっかりしたようで、それを母に見透かされて叱られていた。夫に娘の写真を送ると、いつも手帳の中に入れて、会社のみんなに見せていると、国際電話でうれしそうに話していた。

母に育児を助けてもらっていても、ユリコは睡眠不足が続いていた。

「とにかく思いっきり寝たい」

それがいちばんの願いで、ぼーっとしたり、赤ん坊の顔を眺めてうれしくなったりを繰返していた。孫が男の子ではなくてがっかりしていた父も、帰る時間が早くなったうえに、帰宅したとたんに赤ん坊のいる部屋に直行して顔を見、社長室に赤ん坊の写真を飾っていた。

娘は順調に成長していて、ユリコはいつ夫のところに帰ろうかと考えていた。

幼児のときに戻って、向こうで学校に通わせるのか、このまま自分と娘がこちらに残って、夫に単身赴任を続けてもらうか。結論はなかなか出せない。子供のことを考えると、外国と母国と両方の生活を経験しているのが望ましいと思ったが、夫婦で喫茶店に入ろうとしたら、白人店主に追い払われたことを思い出すと、我が子も学校に入学したら、そんな仕打ちを受けるのではないかと心配になってくる。

母はできればこのまま、日本で子供を育てて、子供が希望したらそのときに留学させたらどうかという。一方、アメリカでは夫婦で招かれる場が多いので、一人になる夫に引け目を感じさせてしまうのも申し訳ない。どうしたものかと考え続けていると、日本の時間に合わせた夫からの電話があった。オペレーターから代わった夫に、何事かとたずねた。

「帰国の辞令が出た」

先輩が赴任してくるので、夫はお役ご免になったという。ユリコはほっとして自分がずっと悩み続けていたことを話した。すると彼は、それは悪かったと謝った後、もう心配しなくても大丈夫だからといった。家族で暮らせるのはうれしかったけれど、絶対に帰っておいでといってくれた、赴任先の近所の人たちには本当に申し訳なくて、

「ちゃんと御礼をいっておいてね」

と頼んだ。半年後、夫はやっと生身の娘に会えると、満面の笑みで帰ってきた。

いつまでも実家に住んで甘えているわけにはいかないので、ユリコたちは会社の社宅に引っ越した。ところがそこでは噂好きの奥さん同士の様々な探り合いがあり、ユリコはニュージャージーの隣人たちの、思いやりがありつつも過度に他人の生活に立ち入らない、さっぱりとしたつき合い方が懐かしかった。

家賃の安い社宅で家の頭金が貯まるまで、もうちょっと我慢しようと夫と相談し、ユリコは、実家について興味津々で詮索してくる奥さんたちをうまくやりすごし続けた。こんな話を父の耳に入れたら、

「家なんて気に入ったのを買ってやるから、そんなところに住まなくていい」

というに決まっているので、母にも黙っていた。そこまで親に甘えたら、親になった自分がだめになりそうだったので、金銭的な援助は一切受けずに、夫の給料で暮らしていこうとユリコは決めていた。

長女が生まれた五年後に、次女を出産した。父は今度こそ男子をと期待して、妊娠前から男女の産み分け法の本を送ってきていたが、彼の望みはまた叶わなかった。

「お父さん、かわいそうにね」

次女を抱っこしながら、母はくすくす笑っていた。そして長女の公立小学校入学を機に、自分たちの身の丈に合った家を購入して社宅を出た。父からはまた、

「女の子なのにどうして公立に……」

と文句が出た。夫婦で相談した結果なのでと話すと父は、

「ユリコは性格がきつくなった」

と嘆いた。娘は年々、活発な性格が際立ち、他の女の子をいじめている意地悪な男の子を泣かせて帰ってきたり、運動会の徒競走では必ず一位で、リレーの選手にも選ばれるようになった。そのうえ成績もよかったので、小学校に入ってからは、ずっと学級委員長にも選ばれていた。サッカー教室に通いたいというので、こちらも夫婦で相談して通わせることにしたが、

「えっ、サッカーなの？」

と両親は驚いていた。母はまだ、女の子もやりたいことをやればいいと理解を示してくれたが、父は、

「女の子なのにサッカーなんて」

とがっかりしていた。それが日に焼けるとか、足に筋肉がついてごつくなるとか、男勝りになるといった理由だったので、ユリコはため息をつくしかなかった。

娘たちが成長するにつれて、ユリコは二人から、

「お母さんはお嬢ちゃんだから」

と半分馬鹿にされたようないわれ方をするようになった。実家に遊びに行ったときに、両親に甘やかされるのを見て驚いたらしい。

「あんな家で育ったら、勘違いするよね」

公立中学校に通っている長女は手厳しい。次女はまだ、ユリコの育った環境がうらやましそうだったが、大好きなお姉ちゃんのいう通りに、うんうんとうなずいていた。

長女はサッカーを続け、地区の大会にレギュラーで出場するようになっていた。試合のたびにユリコはお弁当を作り、家族で応援に行った。フォワードの彼女が得点をしようものなら、夫は飛び上がって喜んでいた。相変わらずユリコの父は、それにはまったく関心を示さなかった。女の子だし、サッカーなんていつかは辛くてやめるだろうと思っていたのに、今や孫娘はエースストライカーだ。もちろん孫はかわいいが、父は自分の理想と現実のギャップにまだ折り合いがつけられないようだった。

長女は中学卒業後に進学する高校は、所属しているサッカークラブに近いところがいいという。しかし親子で調べたら適当な学校が見当たらない。たしかに地区では活躍しているが、プロになれるかどうかなど、まったく先はわからない。学校の成績もいいので、そちらのほうも親としては伸ばしてやりたかった。ユリコと夫がそう説明すると、長女もそれは理解していて、

「そうだよね、保険は必要かも」

などという。夫がちょっとむっとして、そういういい方はやめなさいと注意した。とにかく文武両道でやりなさいとしかいえず、あとは娘の選択にまかせた。

結局、長女は大学付属の高校を第一志望にし、運動部にも力を入れている高校を第二志望にするといってきた。ユリコの卒業した学校には、卒業生の娘のための特別枠があるのだけれどと話してみると、

「やだ、あんなお嬢さん学校。通ったとしても一日ももたないな」

と速攻で却下された。ああ、そうなのかとちょっとしょげていると、ヤヨイちゃんから手紙が来た。住所が変わっていて、新しい支店で働いていると綴《つづ》られていた。ユリコは待ってましたとばかりに、現況と娘にいわれた事柄を全部手紙に書いて返信した。

家族にはいえないことを、ヤヨイちゃんへの手紙に書けて、ユリコはちょっとすっきりした。これまでは娘二人を育てることで精一杯。日々のお弁当作りや学校の行事、長女のサッカーの練習、試合などで毎日忙しく暮らしていた。しかし娘たちは成長して、いずれ手を離れる。そのときに自分にやりたいことがあるのかと考えてみたら何もなかった。学生時代の友だちは自分の目標に向かって社会に出て、着々と成果をあげている。彼女たちはそう思っていないかもしれないが、ユリコとしては彼女たちが、次々と形になっていく仕事をしていることを喜びつつ、うらやましくもあった。

家族には特に問題はない。唯一、ユリコの高齢になった父が、

「シュンスケくんは会社をやめる気はないのか。うちの会社を引き継いでくれるように、説得してくれないか」

と頼んでくるのが悩みの種だった。諦めの悪い父に対して、母も「いい加減にしてください」と呆れていたが、後継者として期待していたユリコの兄が、若くして亡くなったものだから、夫をその兄の代わりのように思っているようだ。いくら母が、

「シュンスケさんにも失礼ですよ」

と諭《さと》しても、そのときは黙るのだが、しばらくするとそれをころっと忘れたかのように、同じことをいいはじめる。

「ユリコは知らんぷりをしてていいわよ」

母にはそういわれ、夫に聞いてみたら、

「僕はそんな器じゃないよ」

と即座に断られた。なので父がいくら「会社をやめる気はないか」といっても、夫の耳には届いていないのだが、何度も何度も頼まれているうちに、ユリコは父が不憫《ふびん》になってきた。歳を取るにつれて、家庭内勢力が父より強くなってきた母は、

「いつまでもぐずぐずいっていないで、そんな暇があったら、他の後継者を見つける努力をしたほうがいいんじゃないですか」

といった。「そうだな」と、父もとりあえずは納得した返事をするようになったのだが、結局は堂々巡りなのだった。

「こうなったらお父さんが亡くなった後で、会社の人に勝手に決めてもらえばいいんじゃない。私は他人でも親戚でも誰が社長になってもいいと思っているし」

母は心から嫌そうに顔をしかめていた。

ユリコは長女が第一志望の高校に入学したのでほっとしていたが、長女のほうはこのままサッカーを続けるかを悩んでいた。子供のときは男子にまじって練習もできたけれど、高校

生となったらそうはいかない。そして高校生になってサッカーをしている女子はみな「本気」だ。将来を見据えてすべてをサッカーに注ぎ込んでいる。かつてのエースストライカーも、最近は調子が落ちてきて、ベンチを温めてばかりいるようになった。

「思うように体が動かない」と長女は過度なトレーニングを続けて体を壊し、そしてまた調子を落とすのを繰り返していた。見かねたユリコが、そろそろ続けるかどうかを考えたほうがいいのではと忠告しても黙っている。そしてサッカークラブに通い続けたいのなら、これまでと同様に車で送迎するとユリコがいったのを断り、学校の帰りに電車で一時間以上かけて、クラブに通うようになった。当然、家に帰るのも遅くなり、それから学校の勉強をするのが大変だったのか、学校の成績も落ちていった。元気だった娘は徐々に無口になっていった。

長女は半年間悩んだ末、選手としてサッカークラブに登録するのをやめると両親に告げた。ただサッカーは好きなので、クラブのお手伝いはしたいというので、ユリコも夫も賛成した。なるべく口は出さないようにしていたものの、実際は心配で仕方がなかったが、何とか自分で決めてくれた。そしてそれを決断した娘の気持ちを考えると、とても胸が痛んだ。

一方、小学校高学年の次女は、

「お母さんの出た学校に入れてもらえるんでしょう。私、中学校はそこにしようっと」

とちゃっかりしている。

「何もしないで入れるわけじゃないのよ。ちゃんと試験だってあるし、合格ラインもあるんだから、勉強しなくちゃだめよ」

そうたしなめると次女はびっくりして、

「そうなの？　それじゃ公立にしようかな」

などといっている。楽なほうにばかり行こうとする次女を見て、夫婦はお互いに、「そっちに似たんじゃないか」と責任を押しつけ合った。

長女は学校の勉強に専念するようになり、体調も成績も戻ってきた。学期末に成績表を見せながら、他の教科よりも、

「やっぱり体育は私がトップなんだよね」

と自慢していた。

とにかく楽をするのが大好きな次女に対しては、ユリコはお尻を叩《たた》いて勉強させ、事前に母校の顔見知りの先生に挨拶をしたおかげか、次女は特別枠で付属中学に入学できた。

「もうこんなに苦労をするのはいやですよ」

母が嘆いても娘はふふふと笑っていた。長女はエスカレーター式に大学に入学すると英語

を勉強したいといい、自分なりに将来については考えているようだった。一方、ユリコはまだ自分のこれからのことが定まらず、毎晩風呂に入りながら考えた。夫に相談しても、

「好きなようにすればいいじゃない」

という。学生のときならともかく、結婚し、子供を二人育て、四十代になっても、その「好きなように」が何なのかわからないのが恥ずかしい。

「習い事でもしたら。四十の手習いっていうし」

夫は勧めてくれたが、何を習いたいかもわからないというと、

「そりゃあ、だめだね」

と呆れられた。夫は仕事につながる面も大きいため、若い頃からゴルフをしていて、最初はやむをえずやっていたのが、年月を経るうちに面白くなってきて、週末はゴルフ三昧《ざんまい》になっていた。一緒にやるかと誘われたけれど、ユリコは断った。

「へたにやって、ぎっくり腰になったら大変だから、やめておいたほうがいいな」

笑いながらいった夫の言葉に、ちょっとむっとしたけれど、もう若くないのは我ながら身にしみていた。

疲れが取れない、風邪を引くと治るのに時間がかかる、夫や娘たちにいわれた、笑って済ませられるようなひとことに、過剰に反応してしまう、昔からかわいい、美人といわれ続け

てきたのに、今、鏡を見るとそうでもない……。若作りをするつもりはないが、娘たちもうるさいので見苦しくないようにはしたい。そしてそんなことよりも、これからの自分に何も展望がないのが大問題なのだ。

習い事はいいかもしれないと、母が若い頃に習っていた茶道の先生の娘さんが、継承した教室に見学に行ってみたが、とても自分にはできそうもなかった。近所の奥さんから駅前のバレエ教室に、中年の部ができたと聞き、垣根からつま先立ちをして室内をのぞいてみたら、ユリコよりも年上の数人の女性たちがバーにつかまり、足を上下させてレッスンを受けていた。こちらもできそうになかった。

結局、習い事については何も決まらないまま、ずるずると日々を過ごしていた。次女も高校へと進学した。次女の学校行事、家事などやらなければならないこともたくさんあるので、暇というわけではない。しかし何か物足りない。自分は周囲に流されすぎた。学生時代の友だちは、荒波にもまれても、それをものともせずに進んでいった。しかし自分は何かしなくてはと思ってはいたが行動しなかった。考えているばかりでずるずると家庭に入ってしまった。ずっとまったく変わらない。荒波にもまれるどころか、まだ海にすら入っていないのだった。

どうしたものかと考えていると、母から父が心臓を悪くして、家で安静にしていると連絡が入った。主治医からは、リタイアしたらどうかと勧められたらしい。

「入院すると体調が悪いのがばれて、悪い奴らが後釜を狙ってくるのに決まっているから、家で寝てるっていうの」

母は電話口でため息をついていた。父は八十歳近くなっているし、母としては会社に固執しないで、後進に道を譲って欲しいのに、いくらいってもだめだった。しかしさすがに自分の体が不調になったら考えざるをえないだろう。ユリコはこちらも高齢の母一人に父の世話をまかせるわけにもいかないので、実家に通うようになった。

老夫婦二人には広すぎる家は、どこか寒々しかった。ベッドで寝ている父は、いつも特定の相手ではない何かに怒っていた。

「会社のことはもういいじゃないですか。あの長嶋茂雄だって勇退したんですよ」

「うるさいな」

母の言葉に父は怒り、携帯電話で会社と連絡を取り続けていた。母は何もいわなくなり、台所でユリコに、

「結局、後継者が決められないまま、お父さんは亡くなるのよ」

と暗い声でささやいた。はじめて黒い母を見たような気がした。おまけに父は、

「シュンスケくんが会社を継いでくれないからなあ。あーあ、心配事だらけだ」

と具合が悪くなったのが、まるでユリコの夫が会社を継がないからだと取れるような嫌みをいう。それは関係ないでしょうとユリコが怒ると父は、

「彼がうんといってくれれば、すべてが丸く収まる」

と懇願するような目つきで迫ってきた。

ユリコは父を無視して帰ってきた。夫には会社の後継者の話を断られているのに、本当にしつこい。夫にこの話をするのさえもうんざりする。昔の自分だったら父の言葉に胸を痛めるかもしれないが、更年期まっただなかの自分にはそんな気持ちの余裕はなく、心の中で父の希望は握りつぶした。

父の不調は長引き、家での静養も難しくなり、入院して心臓のカテーテル治療をした後は、薬を服用しながら会社と病院を往復する日が続いていた。入院しているときは社員が病院に日参し、そして彼らが帰ると父は、

「どいつもこいつも信用できない。みんな社長の地位を狙っているんだから」

と文句をいう。母もユリコも無視して聞こえないふりをしていた。

「ところであの子の就職はどうするんだ」

父はユリコの長女の就職を気にかけていた。

「いくつか試験を受ける会社は決めたみたいだけど」

「そんなことしなくても、どこでも口を利いてやるから、いってくればいいのに」

「もうそんな世の中じゃないんですよ。昔みたいに縁故、コネの世界じゃないの」

母が父の勘違いをたしなめた。父はまだ世間に自分の力が通用すると考えているようだったが、実際はそうではない。彼はユリコのほうを見ながら、

「そんなことあるか。下の子だってコネでユリコが卒業した学校に入れたんだろう」

と次女の話を持ち出した。ユリコは、娘だってぼーっとしていたわけではなく、がんばって勉強していたのだと反論した。

「でも、それは正規入学じゃなくて裏口みたいなもんだろう、みんなと一緒に受験しても。そういう枠がいまだに残っているんだから、縁故、コネが世の中からなくなることはない」

ユリコは正直、自分が特別枠というコネを使ったものだから、腹は立ったけれどもさらに反論できずに、悔しくて仕方がなかった。

「それでどこを受けるんだ」

ユリコが長女から聞いていた、大手のスポーツメーカーの名前をいくつか出すと、「はあ?」と父は顔をしかめた。長女がサッカー好きなのが理解できない父は、その関連の企業に就職したいという気持ちも同じように理解できないのだった。

「まあ全部落ちたら、こっちにいってくればいいさ。何とかするから」

ユリコは返事をしなかった。

父は強気の発言を繰り返していたが、体調は元には戻らず、病院から出られなくなってい た。母は病院にやってくる父の部下に、今の体調では会社に復帰するのは難しいので、万が一のときのために、次期社長を選んでおいてもらったほうがいいと話していた。父は自分の会社を狙っていると、親戚の人々の名前を出していたが、彼らはまったく父の会社に興味を持っていなかった。父の仕事が全盛期のときは、もしかしたらそうだったのかもしれないが、今は業績も落ちているし、将来性がない面倒な会社を抱えるよりも、自分の商売をちゃんとしようという考えらしい。父が疑心暗鬼になり続ける必要はなかったのだ。

長女が、希望した大手スポーツ用品メーカーに就職したことは、父には報告できなかった。心臓の機能が復活しないまま、ユリコの父は亡くなった。ユリコと母は、

「これでお兄ちゃんと会えるね」

と涙ぐんだ。父の部屋の中を探しても遺言状らしきものは見つからず、父の部下が次期社長と決まったとたん、社長室の父の私物が、段ボール箱に詰められて実家に送られてきた。本、書類にまじって、フォトスタンドに入った、幼いユリコや兄が写っている家族写真、ユリコの長女、次女の写真があり、いろいろと問題のあった父だけれど、何ともいえない気持ちになった。父の年齢を考えれば仕方がないのかもしれないが、葬儀に参列してくれたのは、

ほとんど義理でやってきたような人たちばかりだった。

広い家にひとり暮らしになった母のこれからを、ユリコは夫と相談した。一緒に住めば安心だけれど、この家では母のいるスペースはない。実家は家族で住んでも広すぎるくらいなのだが、それは母が同居を提案してこない限り、こちらからはいい出せない。そんな話をしていたら長女が、

「通勤するのには便利なので、おばあちゃんと一緒に住んでもよい」

といいはじめた。長女はてきぱきとした性格で、サッカーをやめた後も、自分が所属していたクラブの手伝いをし、自主的に炊き出しなどをやったりして、料理を作るのも手早くて上手だし、面倒見もよい。軟弱な同年配の男の子よりもはるかに力も強いので、それはいいかもしれないと、ユリコは母に話した。母も、それはいい考えだと喜んでいた。ついでにちゃっかりとした次女が、

「私も広い家に住みたいなあ」

と甘えてきたが、それはユリコ夫婦が親として断固却下した。

ちゃっかりした次女も、無事に系列大学に進学し、父の三回忌も終え、ユリコは肩の荷が下りた。長女と一緒に暮らすようになった母は、孫娘との生活を楽しみ、長女の休みの日に

は一緒に車でドライブをして、外食や買い物を楽しんでいた。親には何もいわないが、以前、長女には交際しているボーイフレンドがいて、ユリコはその気配を感じていたが、そのうち消えた。休みの日に祖母と一緒に外出しているところを見ると、今は相手は誰もいないらしい。

もたもたしていると、自分がぼーっとしているうちに娘は結婚相手を連れてきて、そうったら結婚式があって、子供が生まれて……と考えると、絶対に子育てに関して自分を頼るのは目に見えている。今のうちに自分のやりたいことをしておかないと、やりたいと思ったときにはすでに高齢になっているとユリコはあせりはじめた。

実家に二人の様子を見に行ったときに、母にその話をすると、

「まあ仕方がないわよね。働くつもりだったのに結婚が決まっちゃったし。新婚のときは外国にいたしねえ。それがあなたの人生なんだから悔やんでもしょうがないし。まあ、これから先、楽しめばいいんじゃない」

とのんびりといわれた。長女には、

「私の結婚とか出産は考えなくていいから」

ときっぱりといわれた。えっと驚きつつ、とりあえず自分のことについて、何をしたらいいかしらと聞いてみると、二人ともまずイメージとして家の内か外かで分けたらという。た

とえば内だったらフラワーアレンジメント、編み物、洋裁、和服の着付け、華道、絵手紙、絵画など。外だったら、エアロビクス、ダンス、水泳、ゴルフ、バードウォッチング、旅行、釣りなどはどうかという。

「えー、そうなの」

ユリコは予想もしなかった趣味の数々を書きとめたメモを見ながら、まず外のものはすべて消した。そして内もひとつずつ消していき、残ったのは和服の着付けだった。和服に興味はあり、成人式のときには豪勢な振袖を着せてもらい、嫁入り支度として母が着物を誂《あつら》えてくれていたが、結婚後渡米したのと、帰国後も置く場所がないのとで、ずっと実家に置いたままになっている。

「そうよ、買わなくてもあれがあるからいいじゃない。練習して着たらいいわ」

母は着物が置いてある部屋に歩いていった。

長女はユリコの母の後を追い、しばらくして畳紙《たとうがみ》が重なった束を抱えて戻ってきた。

「とりあえず手近にあったものだけね。昔、二、三度、虫干しをした記憶があるけれど、最近はほったらかしだったわねえ」

母は畳紙の紐《ひも》をほどいて紙を開いた。中から出てきたのは、薄ピンク色の地に様々な季節の花が手描きされ、ところどころに刺繍《ししゅう》や金彩《きんだみ》があしらわれている訪問着だった。

「合わせて買ったのはこの帯だったわ」

白地に鮮やかな朱や金色が入っている、大きな七宝柄《しっぽうがら》の帯が出てきた。

「この帯はちょっと……」

ユリコがつぶやいた。

「そうよね。年齢的にはあなた向きよね」

母は長女の顔を見たが、彼女は、

「きれいだとは思うけど、全然、興味ないから」

とそっけない。

「やあねえ、もったいない。他にも何枚もあるのよ」

ユリコが他の畳紙を開けてみると、唐織《からおり》の帯やら、総刺繡の半襟《はんえり》やら、すばらしい手仕事のものがたくさん出てきた。着物のすべてに、それぞれ合わせた襦袢《じゅばん》もある。

「いちおうは全部揃えておいたんだけど。全然、着る機会がなかったわね」

母が寂しそうにしているのが、申し訳なかった。若向きと思われる着物や帯が広げられたなかで、一枚だけ柿色の地に若草色の絞りの着物があった。羽織って鏡に映して見ていると、

「それは大丈夫ね。帯は、帯に派手なしっていうから、これでいいんじゃない」

母が着物に見合う白地に明るい緑色の大きな鳥柄の名古屋帯を当ててくれた。

「ああ、それいいね」

長女はえらそうにいった。母がその着物を触りながら、これは京都で誂えて……と説明するのを、ユリコはうなずきながら聞いていた。どちらかというと、着付けの練習をするには、立派なものばかりだったが、これしかないので仕方がない。再び姿を消した母は、クリーム色の草履が入った紙箱と、帯揚げ、帯締めが入った桐箱を持ってきて、色を合わせてくれた後、

「せっかく習うんだから、小物や下着は新しいのを買ったほうがいいわ」

目の前に広がった美しい色を見て、ユリコのテンションはだんだん上がってきた。

近所にも着付け教室はあったが、すべて近くで済ませるのもつまらないので、ユリコはインターネットで評判のいいところを探して、電車で二十分ほどのターミナル駅のそばにある、着付け教室に通うようになった。私みたいに五十を過ぎた人なんているかしらと心配したが、自分よりもはるかに年上の人や、娘と同じ年齢の人もいた。先生はユリコと同年配で、最初に持参したユリコの着物を見て、

「まあ、これは」

と驚いていた。そして他の生徒さんたちに、この着物が手絞りで、いかに手が込んだすばらしいものであるかを説明するので、ユリコは恥ずかしくなった。

ほとんどの人はいい人ばかりだったが、なかにはユリコの着物を見て、

「へええ、初心者なのに浴衣《ゆかた》じゃなくて小紋なんですか」

と嫌みをいうひと回り年下の人もいた。それを聞いた先生が、

「ここは自分の好きな着物を持ってくるシステムだから、それでいいんですよ。十二単《じゅうにひとえ》も持ってきたら教えてあげますよ」

と助け船を出してくれた。みんなで、あははははと笑ってその場は収まったが、ユリコはいつもその人の観察するような視線を感じていた。

着付けのほうは問題が山積みだった。着物の前をきちんと合わせたつもりでも、腰紐を締めようとすると、ずるっと下がってくる。今度は下がらないようにと気をつけると、子供がまた長くてどこをどう扱っていいかわからない。先生に教えてもらいながら、やっと体に着物のようにつんつるてんになる。やっと着物が着られたと、名古屋帯を手にすると、これ巻き、お太鼓を作る段取りになった。しかし両腕を曲げて帯枕を背中の結び目の上に載せるという、ふだんはまったくしない体勢で、ユリコは思わず、

「あー、腕が、腕がつってしまいます」

と叫んだ。先生が、

「無理はしないでね、無理は」

といいながらあわてて飛んできた。

「肩まわりの運動にもなりますからね。やっているうちに、五十肩がよくなった人もいますし。無理しないで少しずつやっていきましょうね」

先生が補助してくれてやっと帯が結べた。生きているうちに、自分で着られるようになるんだろうかと、ユリコは不安になった。

夕食とその後の食器などの片付けも終わると、ユリコは毎日、着付けの復習をしていた。夫と次女は、

「お母さんがこれから楽しめるものが見つかってよかったね」

と喜んでくれた。しかしユリコが汗を流しながら着物を着終わり、夫に感想を求めても、

「いいんじゃない」

としかいわない。帯が曲がってるとか、着物の丈が短いとか長いとか指摘して欲しいのに、いつも「いいんじゃない」なので張り合いがない。

それでも着付け教室に通っている奥さんのなかには、夫に内緒で来ている人もいた。受講料はへそくりから捻出しているのだそうだ。夫は着物はお金がかかると思っているらしく、着物を着るなんて贅沢《ぜいたく》だ、夫の自分がみすぼらしく見えるから着るな、だいたいふだんに着物を着るなんて、水商売の女性しかいないなど、偏見がはなはだしいのだそうだ。

「本当に嫌になります。夫の目を盗まないと自分の好きなものさえ着られないんです」

これを聞いたユリコは、彼女が気の毒になり、それに比べたら自分は何て恵まれているんだろうと家族に感謝した。

ユリコの予習復習の成果か、幸い「生きているうちに」自分で着物が着られるようになり、自信がついた彼女は、訪問着を着て袋帯を締められるまでになった。ぞろりとしたり、つんつるてんだったり、お太鼓が斜めになったりした、最初の着付けから比べると雲泥の差だった。ユリコがうまくいかずに悩んでいると周囲の人たちが、

「こうやるといいですよ」「このときの手の動かし方は、このほうがいいみたいです」

と親切にアドバイスしてくれたり、上手に着られると褒めてくれたり、教室のみんなに支えられた。しかし例の嫌みな女は、ユリコが持ってくる着物にいちいち、

「あら、それ娘さんの？」「きれいな人は若作りしても平気だと思ってるのね」

などと、余計なひとことをいうのを忘れなかった。

教室が終わって、気の合う人たちと喫茶店でお茶を飲んでいると、その嫌みな女の話が出た。

「あの人は教室に来たときからそうなんですよ。きっと自分が幸せじゃないから、人のことをあれこれいいたいんでしょうね」

みんなさばさばした感じで話していた。そうか嫌みをいわれても、にっこり笑って聞き流していればいいんだと、気が楽になった。

次女の大学の卒業式。謝恩会には、自分で着た着物で出席した。着たのは最初に見た、嫁入り支度の薄ピンク色の訪問着だった。そのときは派手だと思ったのだが、洋服と着物では似合う色が違うと着付けの先生から教えられ、あらためて当ててみたら映りがよかったので、帯は抑えたものにして着た。母親として参列している顔なじみの同窓生も何人かいて久しぶりの再会を喜んだ。彼女たちから、

「着物、素敵ね。私も着られるのなら着たかったな」

といわれてうれしかった。

次女は「私は働きたくない」とか「おばあちゃんと一緒に住みたい」とか、甘えてばかりいるので、卒業したら絶対に働くことといい渡し、後は知らんぷりしていたら、自分で小さな旅行会社の就職先を見つけてきた。どうしてそこに決めたのかと聞いたら、

「うーん、何だか楽しそうだったから」

とのんびりしている。母親としては社会人になる娘のこれからが心配だったけれど、まあ何とかやってくれるだろうと、ささやかに期待した。

ユリコの母は八十歳を過ぎても特に体調に問題はなく、元気に過ごしていた。長女との相

性もとてもよいようで、

「高いところの修繕もトンカチを持ってやってくれるし、重い物も持ってくれるし、あそこに行きたいっていったら、すぐに車で連れていってくれるの」

と喜んでいた。長女もいつも祖母に気を遣い、外から様子うかがいの電話を入れたり、会社からの帰りには、

「何か必要なものはある？」

と必ず聞いた。帰りが遅くなる日の前日や、出張が続くときには、祖母は料理を自分で作るものの、日々の栄養がちゃんと取れるように、下ごしらえがしてある肉類の冷凍食品を買ってきて、

「これも食べてね」

と冷凍庫に入れておく。野菜などの配達の手配も事前に済ませておいたり、ぬかりなく祖母をフォローしていた。長女はどんな職業に就いても大丈夫と、ユリコは確信した。

次女は仕事が楽しくて仕方がなく、毎朝元気に家を飛び出していった。緊張とか悩みはないのかと話を聞くと、彼女は、

「最初は誰でもミスをするものだ」

と開き直りともとれる楽天主義で働いていた。

三月十一日、ユリコは母の着ていない着物をもらうために実家にいた。二人で昼食を作って食べた後、母が持っている着物を全部広げて眺めていた。前のときは手近にあったものだけを見せてもらったのだが、今回は長女が事前にすべての着物を居間に出しておいてくれた。

「戦前に親が少しずつ作っておいてくれたものは手が込んでいていいのだけど」

手刺繍がたっぷり入った帯や、京、加賀、東京の友禅の訪問着が一枚ずつ。それぞれ雰囲気が異なっているのがまたいい。

「これはお父さんの仕事関係のパーティでよく着たのよ。外国の人も来るから着物にしろっていわれてね」

母は部屋を出て、アルバムを手に帰ってきた。そして一枚の写真を指さした。

「これね。あと二回くらい着たような気がするわ」

そこにはパーティ会場で、京友禅の訪問着を着、手にグラスを持った若い頃の母の姿があった。きれいだがとてつもなく頭が大きい。

「これ、大きすぎない?」

「昔はね、着物のとき、特にこういった着物のときは髪の毛を大きく結ったものなのよ。この頭も美容院で梳《す》き毛をたくさん入れられてね。そういうもんだと思っていたけど、今から思えば変ね。大きなお釜をかぶっているみたい」

二人で笑っていると、ぐらりと体が揺れた。あらっと天井を見上げると、明らかに部屋が揺れている。いつものようにしばらくすれば収まると思っていたのに、だんだん揺れは強くなるばかりで、ふだんとは違うとユリコは顔色が変わった。

「外に出ましょう」

母を抱えるようにして、着物と帯はほったらかしのまま、靴も履かずに庭に飛び出した。庭木が大きな葉音をたて、電線が揺れ、近所の犬たちの鳴き声がそこここから聞こえてきた。二人は抱き合いながら庭でしゃがみ込み、大きな古い家がぐらりぐらりと揺れるのを、現実とはとらえられず、目の前で映画が上映されているかのように眺めていた。揺れが収まり、ユリコは母に「気をつけて」といわれながら家に入りテレビを点けた。母はおそるおそる庭から室内をのぞき込み、

「震源地はどこ？　大きかったね」

と顔を曇らせて心配していた。

家にはすぐ長女から電話がかかってきた。二人とも無事だと話すと、これから次女と父親のところに連絡を取ってみるという。だんだん電話がつながらなくなり、最後はメールでのやりとりになったが、みな無事でほっとした。長女は徒歩で家に帰るといい、次女は会社に

泊まることになった。テレビの、被害を受けた地域の映像があまりに辛く、ユリコはスイッチを切って、ラジオに切り替えた。

原発事故も起こり、人々の心はざわざわと波立っていた。ユリコと夫は、娘たち、それよりもっと若い将来のある子供たちが、この先どうなるのかと考えると不安でならないと話し合った。娘たちは、声を揃えてびっくりしたとはいっていたが、会社にも被害はなかったので、以前と変わらず出勤していった。ただ次女は、

「旅行をする人が減るんじゃないのかな。うちの会社は小さいからすぐにつぶれそう」

といいながらも気落ちはしていなかった。

その後は流通が滞り、近所の店にも物資が届かないので、ユリコは冷凍庫の中にある食品を分けてもらいに実家に通った。物が捨てられない性分の母が、ティッシュペーパー、トイレットペーパー、缶詰などをどっさり溜め込んでいたのには助けられた。長女が家の中は特に問題はなさそうだけれど、専門家を呼んで調べてもらうといっていた。

ユリコが母と長女との雑談のなかで、楽天主義の次女の話をした。

「そういいながら、元気に通っているんだけどね」

「そりゃあそうでしょう。会社に好きな人がいるんだもの」

長女が笑った。そんな話をはじめて聞いたユリコと母はびっくりした。年頃なので当然あ

りうる話ではあるが、本人からは何も聞いていなかった。

長女によると、相手は同期で一緒に研修を受け、会社での仕事のことや、悩みなどをお互いに話しているうちに、好意を持つようになったという。ユリコが次女から聞いていたのは、同期は彼女を含めて男女二人ずつなので、そのうちの一人と親しくなっていたようだ。

「どんな人？　知ってる？」

ユリコが前のめりになって長女にたずねると、スマホを手に取って指先で画面を何度か擦《こす》った後、水戸黄門の格さんが印籠を出すようにして、画像をユリコに見せた。

スマホの画面には会社の制服を着て、次女と一緒ににっこり笑っている眼鏡をかけた男性の姿があった。『ドラえもん』ののび太くんに似ていた。母も横からのぞき込んで、

「あら、この方なの」

と笑っていた。次女は彼と結婚したいといっていたと長女から聞いた。ユリコは再び画像を見た。

ユリコの夫は父とは違い、娘に対して、好きなときに結婚してしたくなければしなくてよいという主義だった。長女は活発でよろしい、次女は明るくてよろしい、という単純さで彼女たちに愛情を注いでいた。次女が結婚したいといったら、夫もユリコも反対する理由はなかった。自分たちに隠していたのは、ちょっと悲しかったが、いちいち親に自分の恋愛を報

告する子供なんていないだろうと気を取り直した。ユリコが夫に次女の話をすると、彼も驚いてはいたが、

「どうりでいつもにこにこして会社に行っていると思った」

と笑っていた。次女にはまだ何も聞かないことにした。

一年後、次女の結婚話がまとまった。彼女が、おばあちゃんにぜひ結婚式に参列して欲しいといったのがきっかけだった。母は高齢になり、足元がおぼつかなくなってきた。先方のご両親も快諾してくださり、若い二人が中心になってレストランウエディングに決めた。母は洋装にするというので、ユリコは場所を考えて母から引き継いだ訪問着を着ることにした。長女にも着物を着せようとしたら、肩幅が広く、細身で筋肉質の彼女に、

「えーっ、私が着るとお洒落《しゃれ》な新弟子みたいになるからだめだよ」

と拒否された。しかし着物と帯、小物も全部揃えて見せてみたら、

「それじゃ、着てみようかな」

と軟化したので、長女も和装になった。

若い人の結婚式は堅苦しくなく、当人たちとは何の関係もない、父親の仕事関係の人もおらず、なごやかでとてもよかった。夫はとても喜び興奮していたのか、新婦の父なのに、あちらこちらに場所を変え、スマホで様々なアングルから撮影していた。どんなふうに式の様

子が写っているのかと夫婦で見てみたら、和装初チャレンジの長女は、美しい着物を着ているというのに、いつでもどこでも両足が開いて、仁王立ちになっていたのがわかって、ユリコと夫は頭を抱えてしまった。

カツオ

勉強が嫌いなカツオは、なるべく勉強をしなくていい人生を歩もうと考えていた。幸い家が大工だし、学校に行かずに自分も父と同じ仕事で生きていこうと、子供の頃から考えていた。彼の父はカツオの兄が家業を継ぐといっていたので、カツオは勤め人になってもいいとは思っていたが、小学生の次男の気持ちを聞いて、父が喜んだのも事実である。

ある日、友だちと町内でいちばん広い、同級生のヤマダユリコさんの家に、みんなで遊びに行った。外から見ても広い敷地に芝生が敷き詰められ、とてもポチとは呼べない、外国のイヌが三匹、庭を走り回っていた。みんなで広い家の中を歩き回り、きれいなお母さんからケーキを出してもらって、一同はぽーっとしていた。

帰り道、カツオはつい、

「あの家はおれの父ちゃんが建てたんだ」

といってしまった。

「ええっ」

みんなは驚いた。

「すごい、あんな大きな家を建てたの」

口々に褒められてカツオは自分のついた嘘《うそ》が本当のように思えてきて、得意になっていた。

それから二、三日して、学校から帰って家の二階の物干し台で『少年サンデー』を見ていると、

「カツオ！　ちょっとおいで！」

と明らかに怒っている母の声が聞こえた。毎度のことなので、仕方なく階段を降りていくと、手編みのレースの買い物袋を手に帰ってきた母は、鬼の形相だった。

「あんた、何やってんの！　嘘をつくんじゃないよ！」

身長一五〇センチ、体重七五キロの母に首根っこをつかまれ、ずるずると居間に引きずられていき、畳の上に転がされた。たまたまそこにいた、足に怪我《けが》をして仕事ができない、見習いのシンちゃんがびっくりしていた。

「ヤマダさんの家、うちが建てたっていったんだってね。どうしてそんな嘘をつくの！」

母はカツオの左耳をぐいぐいと引っ張った。

「痛い、痛いよう、ちぎれちゃうよお」

「お前のそんなばかな頭にくっついてる耳なんて、ちぎれたっていいんだよ！」

シンちゃんがあわてて這《は》って退避するなか、母はプロレスラーのフリッツ・フォン・エリックの「鉄の爪」さながらに、カツオの頭を握って、ぐいぐいと締めあげた。

母はその日、買い物に行った店で、カツオの同級生の母親に会い、「ヤマダさんのあの大きな家を、お宅が建てたとは知らなかった、すごいわねえ」といわれた。「どこで誰がそんな話を」とたずねたら、カツオくんが息子にそういっていたというのだった。母は即座に、

「ごめんなさい。それは息子が嘘をついたのです」

と謝り、頭のてっぺんから火を噴いて家に戻ってきたのだった。

この大嘘の件はもちろん父にも報告され、カツオはげんこつ三発を頭にくらった。中学を卒業して住み込みで勤めている見習いの青年たちと、カツオの兄は、ちゃぶ台で晩御飯を食べながら、ちらちらと二人の様子を気にしていた。

「お前はどうしてそんな嘘をつくんだ！」

カツオは、

「みんなが褒めるあんな大きな家を、父ちゃんが建ててたらいいなと思って……」

と大泣きしながらいいわけをした。すると父は顔を紅潮させ、

「お前も職人になるんだろ。あのな、職人は嘘をついた時点で全部終わりなんだ。人間とし

て終わりなんだ。わかってるか？　お前のそんな根性じゃ、ろくな大工にならないから、とっととやめちまえ」

と怒鳴った。青年たちはまるで自分が叱られたかのように、首をすくめながら煮魚をつついている。

「ごめんね、まずい晩御飯になっちゃって」

カツオの母は小声で彼らに謝り、食べ終わると兄も含め、みんな二階に避難していった。

カツオは再び泣き、泣きすぎて頭や喉が痛くなってきた。

「いいからあっちに行け」

父は顎《あご》でちゃぶ台を示した。すでにそこには母が調えた一汁二菜の晩御飯が並んでいた。カツオは涙声で「いただきます」と小さな声でいって両手を合わせ、御飯を一口食べた。

一口食べたらお腹がとてもすいていたとわかり、晩御飯をむさぼり食った。

その夜、父は何もいわなかったが、母に、

「お父ちゃんにいわれたことをよく考えなさいよ。そして明日、学校に行ったら嘘をついてごめんってみんなに謝るんだよ」

といわれた。自分のしたことを棚に上げ、そんなことはできないと黙っていると、

「いい加減にしな！」

と母に頭を叩《たた》かれた。

翌日、ヤマダさんの家に一緒に遊びに行った友だちに、父親があの家を建てたというのは嘘だったと謝ると、みんな「ああそうなんだ」と拍子抜けするくらい、あっさりしていた。なかで、「そんな嘘つくの、いけないんだよ」ときっぱりといったのは、カツオの母と体形が似ているマスコちゃんだった。それから学校で体形をからかったりはするものの、マスコちゃんは怖い女の子としてカツオの心の中に印象づけられた。

中学を卒業して大工になると決めていたカツオは、高校には通わなくてもいいと、のんきに中学校に通っていた。テストの点が悪く、宿題をしていかないと両親に、

「最後までちゃんとやれ」

と叱られたが、やっているふりをしてやらなかった。そして学校はもう終わりと思っていたのに、父から、

「お前のような奴は、楽をさせるとどんどんそっちに流れていくから、ちゃんと勉強をしなくちゃだめだ」

と定時制高校に通えといわれた。

同級生は学校に通うだけだが、そうなると自分は昼間は働くうえに、夜は学校に行かなくてはならない。それは不公平だと父に文句をいったら、

「子供のくせに公平も不公平もあるもんか。とにかくお前は親にいわれたことを、おとなしくやればいいんだ」

と叱られた。そして父は、兄弟でどうしてこんなに性格が偏ったんだろうか。二人を団子にして丸めて、二つに分ければちょうどいいのが二人できたのにと嘆いた。

お調子者の次男のカツオと違い、五歳上の長男シュウイチは全日制の高校に通いながら、家業を継ごうと部活をしないで家の仕事を手伝っていた。彼は無口でまじめで両親は彼に怒った記憶がほとんどなかった。しかしカツオのほうはおしゃべりでお調子者で、おまけに学校の成績が悪く、両親には悩みの種だった。中学生のカツオが、定時制高校に通うのをいやがっているのを知った、見習いの青年のうちの一人が、

「行けば？　かわいい女の子がいるかもしれないよ。ずっと現場にいたら、女の子とも知り合えないじゃないか」

といった。すると単純なカツオは、それはそうだと気がついた。現場に女性はまったくいない。だけど学校には間違いなく女の子はいる。カツオは定時制に通うのを決めた。

どんなにかわいい女の子がいるのだろうかと、期待して入学した、家の近くの定時制高校だったが、そこには自分の親と同年配のおじさん、おばさんがいるのにびっくりした。年齢層がとても広かった。もちろん同い年の女の子も何人かはいたが、とにかく働きながら勉強

したいという意欲に満ちていて、下心があるちゃらちゃらしたカツオが寄っていくと、明らかに警戒する目つきになった。学校に通うのをいやがっている、いかにも暴走行為が好きそうな風体《ふうてい》の同年配の男子は、すぐに学校に来なくなった。

両親とほとんど同い年のおじさんやおばさんは、戦争や貧しさのために、勉強をしたくても学校に通えなかったので、やっと通えるようになったとカツオたち若者に喜んで話していた。一日四時間の授業に対してもとても熱心だった。最初、カツオは内心、こんなおじちゃんやおばちゃんが、何しに来ているのだろうと見ていたが、彼らの授業に対するまじめな態度を見て、だんだん気持ちが変わってきた。そして彼らは自分たちにも気軽に声をかけてくれて、

「このところわかる？　いくら考えてもよくわからなくて」

と数学の教科書を持ってきてカツオに見せる。自分も得意ではないのだが、彼らを邪険にするわけにもいかず、

「えーと、えーと、ここと掛けて、係数が……こうなるのだと思いますよ」

と必死に考えて教えてあげる。すると彼らはぱっと顔を輝かせて、

「そうか、そうだね。わかった、わかった。親切にしてくれてどうもありがとう」

お調子者でいつも先生からも親からも叱られていたカツオは、「ありがとう」などといわ

れた記憶がほとんどないので、

「いえ、そんなことは……ないです」

と照れて顔が赤くなってきた。それと同時に「ありがとう」といわれることが、こんなにうれしいのかとはじめてわかった。

夜、十時前に家に帰ると、すでに全日制の高校を卒業して、完全に家業見習いになった無口な兄が、

「どうだ、学校は」

と聞いてきた。

「まあ、楽しくやってるよ。勉強はよくわかんないけどさ」

カツオが答えると、彼は、そうかとひとことだけいって、自分の部屋に入っていった。

カツオは兄から家にある『大工入門』という本を読んでおいたほうがいいと勧められたので、本を開いてみたのはいいが、並んでいる寸法の数字や、細かい組み継ぎ、留め継ぎ、かげ入れ蟻落《ありおと》しの加工(男木)、目違い腰かけかま継手《つぎて》加工、かぶと蟻落しの加工などの図を眺めたり、示されている何方向ものさしがねの位置を見ていたら、急に眠くなってきた。やっぱり本で覚えるより、実地で覚えたほうがいいと、読む気の失《う》せた本のページをぱらぱら

とただめくっていた。

定時制高校を卒業し、大工として父の現場で働きはじめたカツオは以前から、

「べらべらしゃべるんじゃないぞ。調子にのっていると、足場を踏み外して大怪我をするからな」

と父から釘を刺されていた。人を見るとついついしゃべりたくなる性分のカツオは、

「わかった」

と返事をしたが、仕事の用事以外の会話ができないのが、辛くてしょうがなかった。カツオより技術が上の見習いの青年たちが、一生懸命に仕事をしている横に、つつつっと歩いていって、

「きのう出たあの週刊誌のグラビア見た？」

と小声で聞く。一寸一分の狂いもあってはいけないと、黙って仕事に専念しているのに、

「ねえ、見た？」

とまたしつこく聞く。するとそれをめざとく見つけた父に、

「何やってんだ、お前は」

とげんこつをくらうことが多々あった。

二年前に建て替えて四階建てのビルになった家に帰ると青年たちからも、

「カッちゃん、仕事のときはまじめにしないとさ、本当に危ないんだよ」

とやんわりとたしなめられた。カツオは理屈は十分わかっているのだが、ふと気がつくと口が開いてしゃべっている。しかしそういいわけするのも恥ずかしいので、

「ふん」

とだけいってその場を去った。

兄に比べて不器用なカツオは、人の何倍も覚えるのに時間がかかった。みんなに迷惑をかけているのもわかった。ある日、みんなで休んでいると、そこに同級生だったヤヨイちゃんが通りかかった。懐かしくなって思わず、

「おう、ヤヨイ」

と声をかけたら、彼女は緊張した表情のまま、歩いていってしまった。

二十八歳になった兄は、結婚して家を出、新居から現場に通うようになった。まだ現場でカツオは父から叱られっぱなしだったが、夜、近所の飲み屋に連れていってもらえるようになった。父は特に何を話すわけでもなく、店内の有線放送から流れてくる、小林旭、石川さゆり、八代亜紀の曲を冷や酒を飲みながら一緒に口ずさみ、

「いいなあ、演歌は」

と何度もいっていた。お店の女将《おかみ》さんに、

「これから先、楽しみね」

と横にいるカツオを見ながらいわれても、

「さあね、どうなることやらね」

とそっけない。カツオも、本当にどうなることやらだと自分でも感じていた。多少、大人になったので、現場では黙っていられるようにはなったが、いまひとつ不器用でのみこみが悪い。ただ身軽で運動神経がいいので、足場を移動するのはとても得意だった。しかしそれは大工としての絶対条件ではない。

「技能検定を受けろよ。国家資格だぞ」

父がぼそっといった。

「実地だけじゃなくて学科もあるからな」

学科と聞いてカツオは即座に、

「やだよ」

と返事をしてしまった。

「やだとは何だ。仕事に必要な資格なんだから、ちゃんと取らなくちゃだめだ。わかったか。さぼったら承知しないぞ」

また勉強かとカツオはうんざりした。勉強しなくていいと、大工になる決心をしたけれど、これだったら普通に学校を卒業して勤め人になったほうが、よっぽど楽だったと後悔した。

「世の中には楽な仕事なんて、何ひとつないんだ。うちにいる見習いのお兄ちゃんたちを見ろよ。中学を卒業して親元を離れて、他人の家に住み込んで仕事を覚えているんだぞ。お前も見習ってまじめに働け」

たしかに彼らはまじめだった。父に叱られても反抗したりめげたりせず、

「すみません」

と謝って黙々と働いていた。

「楽をすることばかり考えるな。特に若いうちはな」

カツオは内心、楽をしたいと思いつつ、正直にいうと叱られるので、とりあえずうなずいた。それから父はカツオにはひとこともいわず、八代亜紀の『おんな港町』を上機嫌で歌っていた。

兄に子供が生まれ、カツオの両親は孫を溺愛していた。自分にげんこつをくらわせたり、頭をわしづかみにした、あの恐ろしい顔をする両親と同一人物とは思えなかった。特に父の関心が孫に移ったのを、カツオはラッキーと喜んでいた。しかしその分、見習いは卒業して、

一人前になった青年たちが、父のかわりに厳しくカツオを指導した。年齢が近い兄のような立場の他人にいわれると、反抗もできず、素直に頭を下げて仕事をするしかなかった。

梅雨のある日、雨で仕事が休みになったので、一人で電車に乗ってターミナル駅で降り、周辺をぶらぶらしていると、髪の毛をポニーテールにした女性が向こうから歩いてきた。白いブラウスに紺色のスカートを穿《は》いている。カツオにはその女性に後光がさしているように見えた。思わず歩み寄り、

「あのう」

と声をかけた。彼女ははっとして緊張した顔で立ち止まり、持っていた紺色の巾着袋を胸にぎゅっと抱えた。

「あのう、暇ですか。よかったらお茶でも飲みませんか」

「仕事中なので、ごめんなさい」

「仕事が終わった後はどうですか」

「ごめんなさい」

彼女はビルの中に駆け込んだ。カツオは彼女の勤めている会社を確認した。もう一度、どうしても会いたいと、明日も雨が降るようにと念じていたら、それから三日間、大雨が続いた。彼は彼女が会社から出てきそうな、昼食時、退社時を見計らって、ビルの前で待ってい

た。そして会社の人と一緒に出てきた彼女に声をかけ、「ごめんなさい」と逃げられた。そして今日、声をかけてだめだったら、あきらめるしかないと、三日目に大雨のなか傘を差して待っていると、仕事を終えた彼女が出てきた。すると、

「一度、お茶を飲まないと、これからずーっとここで待っているんでしょう」

と苦笑いをして、お茶につき合ってくれた。カツオは飛びはねたくなる気持ちをぐっとこらえて、近くの喫茶店に入った。いろいろと話をしていると、彼女をかわいがっていたおじいちゃんが大工だったとわかり、カツオはテーブルの下でぎゅっと両手の拳を握った。会社の電話番号は教えてくれたものの、『スーパーマン』の映画を観に行こうという誘いは、「嫌です」ときっぱり断られた。

カツオは彼女がはじめてお茶の誘いを受けてくれて、舞い上がっていた。映画の誘いをきっぱりと断られた後も、コーヒーを飲みながら彼女と話をしていると、

「ところであなた、私が住んでるところとか家の職業は聞いたけど、名前は聞いてないし、自分のことも何にも話してないですよ」

と真顔でいわれた。

（おわっ、わ、わ、わ）

彼はあせった。彼女を前にして肝心のことを何ひとつ話していなかった。

「ごめん」

彼がぺこりと頭を下げると、彼女はくちびるの片方をちょっと上げて笑った。

カツオが名前を名乗り、大工見習いで家業を手伝っていると話すと、彼女は自分の名前はシノブだと教えてくれた。

（シノブちゃんかぁ）

カツオは彼女に関することが何であっても、どんな小さなことでも、ひとつひとつわかっていくと、とてもうれしかった。自分よりも四歳年下で、商業高校を首席で卒業して、今の会社に就職したという。

「こういう場合、普通はまず男の人から自己紹介をするものですよね」

「あ、ああ、そうだね」

「私のことばかり聞かれて感じが悪いです」

カツオは冷や汗がどっと流れてきた。

「あのう、そのう、そうだよね。ごめんね。おれ、こういうのってはじめてだから。わけがわかんなくなっちゃって。ごめんね」

ただひたすら謝り続けると、シノブはまたふふっと笑ってコーヒーを飲んだ。その笑い方は愛情を込めて笑ったのではなく、仕方がない奴という雰囲気だったのが、鈍感なカツオにもわかった。

それからのカツオは、言葉をひとつひとつ選び、とにかく目の前のシノブ様のご機嫌を損ねないようにと必死になった。

「お父さんは、えーと、あのう、いつからお鮨《すし》屋さんを、商店街でおやりになっているんですか」

など、今聞いても何にもならないことばかりを口にして、シノブに怪訝《けげん》な顔をされた。さっき、「映画に行こう」と、自分の気持ちを直球で彼女に向かって投げたら、想像もしていなかった剛速球で断られたので、目の前にいる彼女とできるだけ長い時間話していられるように、カツオは直球を投げるのをやめ、変化球でじわじわと攻めていこうとした。

シノブはカツオの問いかけに答えてはくれていたが、どこか落ち着きがなかった。喫茶店に入って三十分ほど経《た》つと、

「うちは母親がいないから、帰って店の手伝いをしなくちゃ。このごろお客さんが多くて忙しいの。それじゃあ」

と腕時計を見て立ち上がった。

「あ、ああ、そうなの。それは大変だね」

出口に向かって歩いていくシノブの後についていて歩きながら、カツオは二人分のコーヒー代

をズボンのポケットの小銭から払い、先に店の外に出た彼女を追いかけた。雨は上がってい
た。

「また会ってくれる？」

さっきコーヒーを飲んだばかりなのに、喉をからからにしながらカツオは聞いた。

「うーん、そうね、暇だったらね」

「ほんと？　ありがとう。じゃ、会社に電話をしてもいいよね」

シノブはカツオの言葉には反応を示さずに、駅とは逆方向に歩いていった。その先にはバスのターミナルがあり、彼女は家からバスで通勤しているようだった。

カツオは家に帰るために電車に乗りながら、昼間は会社に勤めているのに、夜は家業の鮨店を手伝っているなんて、何て働き者なのだろうかと感激していた。シノブは愛嬌《あいきよう》のある顔立ちというよりも美人タイプで、彼女目当ての男も多いに違いない。座席に座りながら、突然、「きーっ」と叫びたくなったが、両手の拳をぐっと握りしめてこらえた。

家のドアを開けたとたん、父から、

「どこに行ってたんだ、お前は。雨が止《や》んだから仕事の変更の段取りを相談してたっていうのに。ぶらぶらしてるんじゃない。外に出たらこまめに電話をかけろ！」

と怒鳴られた。兄や住み込みの大工見習いの青年たちは、図面を前にして集まっていた。

カツオは彼らに、

「すみませんでした」

と頭を下げ、いちばん後ろに行って正座をした。しかしシノブのことで頭がいっぱいになり、彼の頭の中には父や兄たちの仕事の話が入る余地はなかった。正座をして頭を垂れていれば、反省しているようにも、話を聞いているようにも見えるだろうと思っていたら、突然、後頭部《こうべ》を突かれた。びっくりして振り返ると握り拳を作った母が立っていて、

「ちゃんと話を聞きなさいよ！」

と大声で叱られた。

仕事の段取りの確認も終わり、全員で晩御飯を食べていると、大工見習いのなかでいちばん年下のシンちゃんが、このごろカツオが妙におとなしいと指摘した。

「そ、そんなことないよ」

カツオの様子を見た、一本立ちしてもうすぐここから出ていく見習いの青年が、

「彼女でもできたんじゃないの」

とからかった。すると父が、

「こいつに彼女なんかできるわけないじゃないか。いつまでもぴーぴーきゃーきゃーいってるばかりで落ち着きがないんだから」

ときっぱりといった。

「うるさいなあ」

カツオは小さくつぶやいて、メンチカツと御飯をかきこんだ。

自分の部屋に電話帳を持ち込み、シノブが住んでいる町にある鮨店を探したら、何十軒もあった。彼女は最寄り駅は教えてくれたが、屋号も電話番号も教えてくれなかった。間違い電話を装って、片っ端からかけたかったが、そんなことをしたら家のみんなから不審に思われ、公衆電話からかけるにしても、経費がかかりすぎる。カツオはそっと電話帳を閉じて元の場所に戻し、

「あーあ」

と自室の布団の上に仰向《あおむ》けになった。

シノブとは会社の電話でしか連絡が取れず、また日曜以外は雨にならないと休みにならず、納期に間に合わせるために、その日曜日すら仕事をしなくてはならない。なんとか週末の約束を取り付けようと、週の半分が過ぎるとカツオは落ち着きがなくなった。足場から落ちそうになったのを運動神経で回避し、胸をどきどきさせながら、会社に電話をすると、明らかに居留守を使われたとわかることもあった。だから勤め人になったほうがよかったんだと後悔しながら、カツオがめげずに何度も会社に電話をすると、シノブが出てくれるようになっ

た。彼は自分が考える、女性に対していちばん愛情をこめた優しい声で、

「また会ってくれませんか」

と聞いた。すると彼女は、

「今日、何か変ですね」

と笑っている。

「そうですか」

「そうですよ、カツオさんらしくないわ」

はじめて「カツオさん」と呼ばれたカツオは、頭の中がぼーっとしてしまい、思わず耳に当てた受話器を取り落としそうになった。

カツオの熱意が通じたのか、シノブは嫌がらずに会ってくれるようになった。食事をしたり、映画を観たりするようになったある日、いつもは家のふたつ手前の角までしか送らせてもらえなかったのに、

「お父さんに会っていく？」

といわれた。

「えっ」

カツオはあわてて短い髪を撫《な》でつけ、自分の着ている服を見た。いつもシノブとデートを

するときは失礼がないようにと、一張羅《いっちょうら》のシャツを着るのだが、ネクタイはしてないし、普段着でしかない。彼女の父親に会うのは緊張するし、ましてやこんな格好だし……と迷っていると、彼女は、

「スーツなんか着ていたら、余計にびっくりするからそのままで平気よ」

という。それもそうだと思いながら、彼女の後をついていくと、

「いつもは裏から入るんだけどね」

と小声でいった後、店の引き戸を開けた。

「ただいま」

シノブの肩越しにカツオがそっと店内をのぞくと、四人掛けのテーブル席には二組、カウンターには四人の客がいた。

「おう、どうしたんだ」

男性の声がした。

「友だちに送ってもらったから」

シノブはそういってカツオを招き入れた。

「こんばんは」

なるべく印象がよくなるようにと、カツオは満面の笑みを浮かべた。

「娘が送ってもらったそうで。ありがとうございます」

作務衣《さむえ》風白衣を着た目力の強い男性が、カツオの目をじっと見て頭を下げた。

「いえ、あの、そんなことは、ないです」

カツオはしどろもどろになった。

「お腹は？　御礼っていうわけじゃないけど、ちょっと食べていけば。あまりたくさんはネタが残ってないけれど」

「そうね、じゃあここで」

父親とシノブに勧められて、カツオはカウンターの隅に座った。すると目の前には父親が握った、ひらめ、かんぱち、まぐろなどが次々に置かれた。隣に座ったシノブと二人で一貫ずつ分けて食べていると、父親は鮨を握りながらも、じっとカツオの行動を観察しているのがわかった。じわりじわりとカツオの体から汗がにじんできた。

それからのデートはシノブの実家になった。彼女の父親はカツオを気に入り、いつシノブと結婚するんだとけしかけてきたが、まだ一本立ちができない立場としては、胸を張って結婚しますとはいえない。

「職人はこれでいいっていうところがないから、それを考えてたらいつまで経っても結婚なんかできないよ。おれがこの子の亡くなった母親と結婚したのは、二十歳のときだったから」

シノブの父親はそういってくれたが、カツオは自分の父が許さないような気がした。いつまで経ってもだめな奴と認識されている自分は、結婚はしたいけれど、許してもらえないだろうと心配になってきた。しかし相手の父親が乗り気になってくれているのに、このままずるずると引き延ばすわけにもいかない。ある日、意を決して両親にシノブの話をすると父は想像通り、「うーん」とうなって腕組みをしてしまった。カツオは給料をもらっていたが、いちばん年下なのに甘やかすといけないという父の方針から、住み込みの最後の一人になったシンちゃんよりも安い金額だった。

「あと二、三年待ってくれというのも、相手には酷だしなあ」

悩んでいる父に母が、

「だいたいカツオと結婚しようなんて考える女の子は、しっかり者に決まってるから。鮨屋の娘さんだったら、ちゃきちゃきしてるんじゃないの」

と明るくいった。それでも父は、男の責任として住むところをどうするのか、技能検定の件はどうなったのかと鋭く追及してきた。カツオはやはり結婚など口に出せない立場なのではと、体が硬直してきた。

「わかった、よく考えてみる」

父はそういい残して風呂に入ってしまった。兄嫁とうまくいっていない母は、ちょっとはしゃいでいた。

そして三か月後、カツオはシノブと結婚した。住まいは工務店から徒歩十五分のところにあるアパートを借りた。父がシンちゃんと差をつけることはできないと断りながら、ほんの少しだけ給料をあげてくれた。それを聞いたシノブは、

「うちの会社は、経理の私がいなくなると困るから、子供ができてもやめろなんて、絶対にいわないわよ。共働きでいいじゃない」

と励ましてくれた。

カツオの両親とシノブの父親の相性はとてもよく、三人で旅行もしていた。しかし鮨店のカウンターの中にいた男性は、シノブのことが好きだったのか、カツオとの仲がわかった直後にやめてしまい、お義父《とう》さんは、

「いい人が見つからなくて」

とこぼしていた。

六畳、四畳半に四畳半の台所、風呂付きアパートの一階でのカツオたちの新婚生活は楽しかった。お互いに生まれてから結婚するまで、ずっと実家にいたので、そこを離れた生活が

とても新鮮だった。シノブは毎日自分の弁当を作り、仕事がある日のカツオの弁当も作ってくれた。母が作ってくれるものよりも、はるかに色とりどりなので、それを現場で見た大工仲間からは、

「やっぱり新婚さんだねえ」

とからかわれた。

カツオの仕事は天候に左右されるので、休みの日はアパートで留守番だ。九時から五時まで働き、弁当も作ってくれるシノブのために少しでも負担を減らそうと、自分が家にいるときは、朝食後の皿洗いや掃除を担当した。シノブをかわいがっている母が父に内緒で、

「シノブちゃんと一緒に、おいしいものでも食べなさい」

とへそくりからお小遣いをくれたりするので、会社が終わったシノブと待ち合わせて、月に一度は外で食事をした。ラーメン一杯でも二人で一緒に食べると幸せだった。シノブは正直でさっぱりとした性格で、口喧嘩《くちげんか》もしないわけではないが、その後はけろっとしていた。そして自分にしてもらったことに対して、いつも喜んでくれるのが、カツオにはうれしかった。

朝、仕事に出る前、必ず外に出て空を見るのが、昔からのカツオの日課になっていた。天気予報はあてにならないこともあるので、自分で雲の様子を見て天気を確認する癖がついて

いる。そのときアパートの敷地や、前の道路にゴミや落ち葉があるのを見ると、カツオは掃除をせずにはいられなくなった。現場の後始末の掃除をいつも命じられていたので、箒《ほうき》の扱いには慣れているし、明るく話好きということもあって、周辺の住人から感謝され好かれていた。そしてそれが縁で、カツオが工務店の息子で大工と知ると、家のリフォーム、建て替えを頼まれたりもした。あのカツオが仕事をもらってきたと、両親は喜んでいた。

カツオ夫婦は仲よく暮らしていたが、五年経っても六年経っても、子供に恵まれなかった。カツオの両親は孫の誕生を待ち望んでいたし、特にシノブの父親はまだかまだかと、会うたびに二人にプレッシャーをかけていた。夫婦もどうしたものかと悩んだ時期があったけれども、子供は授かり物なので、うちはどうやら神様の抽選にはずれたらしい、それはそれで仕方がないので、二人で仲よくやっていこうと話し合った。当初はプレッシャーをかけていたシノブの父親も、「シノブの母親が若くして亡くなったのも、子供ができないのも、我々にはどうしようもない」というようになった。誰のせいでもないのに、シノブはお父さんがかわいそうと気にしていた。

カツオの両親の家で大工見習いをしていた最後の一人のシンちゃんが、一本立ちして故郷に帰った。家は建てるのではなく、組み立てるような時代になり、昔ながらの大工になりたいとか、住み込んで仕事を覚えたいという若者はいなくなった。四階建てのビルのカツオの実家も、住んでいるのは両親と、迷い込んできた茶縞《ちゃじま》のネコと、白黒ブチのネコだけだった。両親は一匹ずつネコを抱き、孫のように溺愛していた。

自分たちだけでは寂しいのか、仕事帰りに実家に立ち寄ったカツオに、両親が一緒に住まないかと聞いてきたので、カツオは「シノブと相談する」といって実家を出た。帰り道にトンカツを買い、ビールを飲んで待っていると、買い物を済ませたシノブが帰ってきた。「重いからキャベツを買うのを迷ったけれど、買って正解だった」と、シノブはにっこり笑い、慣れた手つきでキャベツを千切りにし、皿にトマトとともにあしらってトンカツを載せて出した。晩御飯を食べながら同居の話をすると、シノブは渋った。

「部屋が多いのはいいんだけれど、台所や水回りが一緒っていうのはねえ」

そしてだいたい兄夫婦が同居するものなのではないかという。

「母ちゃんは義姉《ねえ》さんとうまくいっていないし、シノブのことをかわいがっているので、一緒にいたいのだ」

とカツオが話すと、シノブは、

「うーん、ありがたいけど」

と言葉を濁した。

そのまま両親に話すと、リフォームはお手のものだからといい、これまで住み込みの人用だった三階に、台所と風呂を新たに設置するから、それならいいだろうと食い下がってきた。電話口から二匹のネコの声も聞こえた。

会社にコンピュータを導入することになり、シノブは自分が持っていた簿記検定の資格やそろばんの段位が役に立たなくなると嘆いていた。しかしそんな愚痴ばかりはいっていられないと、彼女は会社に遅くまで残って、まずパソコンのキーボードの打ち方から練習し、経理ソフトを使った財務処理を習得した。

カツオは夜遅くなるシノブを、いつも駅まで迎えに行っていた。晩御飯も食べずに会社で練習していた妻のために、駅前の中華料理店で一緒に食事をして労《ねぎら》った。

「ああ、お腹がすいた」

チャーハンをひと口食べた彼女はほっとした表情で、

「簿記じゃなくて、英文タイプをやっておけばよかったなあ。パソコンはすごいのよ。今までのぶ厚い帳簿とか、学校の先生にうるさく注意された、きれいな数字の書き方とか、いったい何だったのかと思うわ」

と笑った。カツオも昼間の現場での話をしながら、二人でチャーハンと餃子《ギョーザ》を食べ、カツオはビールを飲んでアパートに帰った。

カツオの両親は、息子夫婦との同居を望んで、すぐにリフォームに取りかかると張り切っていたけれど、シノブは、

「それはちょっと待ってもらって」

と冷静だった。シノブが結婚してから、彼女の父親は相変わらず鮨店を切り盛りしながら、一人で暮らしていた。結婚後はシノブが手伝いに行く回数も減ってしまい、人手不足がいちばんの問題だったが、それは知り合いの鮨店の息子が、見習いがてら通いで手伝ってくれて何とか解決した。しかしシノブの父親はカツオの両親よりもひと回り若いとはいえ、長年の仕事の疲れが溜まったのか、腰の具合もあまりよくないという話だった。

カツオの両親は、しょっちゅうシノブの父親の店で食事をしていて、鮨だけではなくサービスで茶碗蒸《ちゃわんむ》しまで出してもらい、まるで自分の家の台所のように使っていた。本当にカツオはいい娘さんと結婚したと、自分たちに都合よく喜んでいた。

あるとき母親から電話をもらったカツオはびっくりした。今の工務店のビルは、一階が事務所と車庫、二階が両親の住居、そして三階、四階が空いていて、ネコたちが走り回っているのだが、三階と四階にそれぞれ風呂場とトイレを設置し、家庭用のエレベーターもつけて、三階にシノブの父親、四階にカツオ夫婦が住むと決めたというのだった。

いつものように店で鮨を食べながら話をしているうちに、カツオの父がシノブの父親に、

「将来はどうするつもりだい？　店を経営してもしなくても、ずっとここで一人で暮らすよりは、うちは部屋が余っているから、自分たちと一緒に住めばいいじゃないか」

と誘った。すると、

「それもいいですね。そうなればうれしい」

と喜んでくれたというのだった。

「えっ、お父さんが？」

電話を横で聞いていたシノブも驚いているので、それは本当にお義父さんが本心でそういったのか、それとも社交辞令でいったのを真に受けているんじゃないかとカツオが念を押すと、母から電話を替わった父が、

「お父さんも納得してくれたんだ。職人のおれたちは嘘はつかん！」

と一喝した。

一人娘のシノブは安心しつつも、その一方で、

「お父さん、それでいいのかしら」

と心配していた。父親は生まれ育った今の鮨店がある土地に愛着を持っていて、ここで生まれてここで死ぬといっていたのに、何百キロも離れている場所に移るわけではないけれど、還暦前に別の場所に引っ越すといい出したのは、心境の変化なのかなあと首を傾《かし》げていた。

シノブが父親に電話で確認すると、

「うん、そう。一緒に住むんだよ」

とけろっとしていた。そして、

「みんな仲よしだからさ、楽しそうじゃない。一つの部屋で顔をつきあわせるわけでもないし。それにネコつきっていうのもいいんだよ。店があるから飼いたくても飼えなかったから。今から楽しみなんだよ」

と声を弾ませていた。

カツオ夫婦があっけにとられているうちに、工務店のビルは改装され、いつでも同居可能の状態になった。シノブの父親は体が動かなくなるまで店をやるといっていて、その間はカツオの両親と同じ建物で生活し、そこから鮨店に通うという。ネコたちと思いっきり遊んでも、店に出る前には必ず風呂に入るので、動物を飼っている家から通勤しても大丈夫というのだった。

カツオ夫婦は親たちがそれでよしといっているので、何も口を挟めなかった。へたに電話をすると、お前たちはいつここに引っ越してくるのかと聞かれるので、なるべく接点を持たないように過ごしていた。

シノブの父親の還暦祝いは、工務店のビルで行われた。カツオ夫婦も呼ばれ、二階の両親の部屋に一同が集まった。驚いたのはそこに八匹のネコも参加していたことだった。テーブルの上に並べられた、肉や魚の匂いをかぎつけて、にゃーにゃーと大声で鳴きながら、そこいらじゅうを走り回っている。

「ずいぶん増えたね」

カツオとシノブがネコたちを目で追っていると、

「お父さんたちが捨てネコがいるって聞くと、すぐにもらってきちゃうからねえ」

とカツオの母はあははと笑った。そして椅子やテーブルに乗ろうとする子を、だめと叱りながら、お裾分けといって八個の食器に、少しずつ刺身を切り分けて、ネコたちにやっていた。ネコたちは、うわあ、うわあとうれしそうに鳴いて、ご馳走にかぶりついていた。

「夜は一緒に寝ているんだよ。あの黒白のと茶色いのと。たまにあの灰色も来るんだ」

シノブの父親は孫の話でもするように、うれしそうにしている。

「ネコも寝る相手が決まっているけど、たまに気分を変えたいらしくて、他の人のところに行って寝るのよね」

「来週からはイヌも参加するからな」

カツオの両親もイヌやネコの話をしはじめると止まらなくなった。父は譲渡会でもらい手がつかないイヌがいるのを見て、家に帰ってもその子の悲しそうな目が忘れられず、引き受けることにしたのだそうだ。大丈夫かと心配するカツオとシノブに対して、親たちは、

「あんたたちはすぐに引っ越してきそうにもないし、ネコたちとなじめなかったら、四階をその子の部屋にしたらいいかなと思って」

などという。カツオとシノブはただただ驚いて、ずいぶん豪勢なイヌやネコだと半分呆《あき》れながらアパートに帰ってきた。

同居話からは見放された形になったカツオ夫婦への実家からの電話は、すべてイヌとネコの話題になった。引き受けたイヌは前の飼い主の家で、ネコと一緒に飼われていたので、ネコがいることに慣れていて、一緒に遊んだりネコ同士が喧嘩をしていると仲裁に入るような仕草を見せたりと、とってもいい子なのだという。

「ふーん、それはよかったね」

カツオとシノブはイヌとネコに囲まれて仲よくやっている親たちを想像しながら、とりあえずはよかったと、胸を撫で下ろした。

カツオの父は七十代半ばを過ぎても仕事を続けていたが、腰の具合がよくなく、母からも説得されて、あと一年で仕事も一段落するので、あとはカツオの兄に工務店をまかせて、自

分は引退するといった。それを聞いたカツオは、我が身を振り返り、

「おれも四捨五入すれば五十だからなあ」

とつぶやいた。カツオの両親と同じ建物で生活しようと誘われている間は、他の住まいに引っ越すのも気が引けていたのだが、シノブの父がやってきたり、イヌ、ネコが増えてきたこともあり、その隙を狙って夫婦は、工務店に近い場所にある、見晴らしのいい賃貸マンションに引っ越した。

相変わらず兄嫁とカツオの母との仲は悪く、現場でカツオと顔を合わせるたびに、

「何とかならないのかなあ」

と兄はため息をついていた。甥《おい》の話を聞くたびに、そんなに大きくなったのかとカツオは驚かされた。自分の身近に子供がいないので、成長を感じ取れるものがない。だからまだ中学二、三年くらいに思っていた子が、そろそろ結婚するかもしれないなどと聞くと、びっくりしてしまうのだった。

「おれたちの周りだけ、時間の経つのが早くないか」

カツオがシノブにたずねると、

「何いってるの。私なんか会社で、若い女の子たちに囲まれて、毎日、感じているわよ。もう立派なお局《つぼね》様なんだから」

と笑った。そうか、あのかわいらしかった女の子が、すでにお局様かとカツオはまじまじと妻の顔を見た。

「ふふっ、皺《しわ》が増えたでしょ」

当たり前だが二十年前の、後光がさしているように見えた出会いのときよりは歳《とし》を取っている。

「まあ、それはお互い様だな」

カツオがそっけなくいうと、シノブは、

「思った通りのことをいうと、おかずが一品減るからね」

と笑った。

「あー、そうそう、それがあるからいえないなあ」

のんびりしたカツオの言葉を聞いたとたん、シノブはげんこつで彼の頭を小突いた。

「痛いなあ。そういうとこ、おれの母ちゃんとそっくりだよ」

カツオは頭をさすりながら、マンションの下にある公園で遊ぶ子供たちに目をやった。

カツオの父の引退に影響されたのか、ひとまわり年下のシノブの父も、毎日開けていた鮨店を、週に三日の営業にするといいはじめた。修業時代の若い頃から、長い間仕事を続けてきたのだから、無理のない範囲で店を開ければいいと思っていたシノブは賛成した。ところがそのうち、以前は勢いで店を開けていたから感じなかったが、いざ休みの日を多くすると、調子が出なくて困る、店を開けるのがしんどくなってきたというようになった。

「体がさ、楽なほうにいっちゃうんだよね」

休み癖がついてしまったと、シノブの父親は嘆いていたが、それでもきちんと週に三日は店を開け、相変わらず繁昌《はんじょう》していた。

カツオの仕事の現場では、父の引退で兄が棟梁《とうりょう》になった。現場にはやる気がなさそうな若い子も来るようになった。学校にも行きたくない、就職もしたくないという子たちで、それならば何か手に職をと親が連れてくるのだが、第一、本人にやる気がないので、どうしようもなかった。いちおう仕事の段取りを説明して、これをやっておけといったのに、ずーっと携帯電話で誰かと話をしていて、いったい何をしに来ているのか理解できない。カツオは、

「お前たちさ、半端な気持ちでやってると、本当に怪我するからな」

と自分がいわれたことをそのまま彼らにぶつけた。彼らもカツオに同じ匂いを感じたのか、

「はあ」といちおう返事をするのだが、携帯電話を手から放さない。そしていかにそれがいけないことかと、きっちりと説教をする兄に対してはとても反抗的だった。

「怒りすぎてこっちの頭が痛くなる」

顔をしかめる兄にカツオは、

「うまくおだてながら、使うしかないんじゃないの」

といってみた。

「おだてるって、奴らのどこをどうやっておだてるんだよ」

「たとえば……、いい携帯持ってるね。落とさないように気をつけなとかさ」

「だいたい職場に携帯はないだろう」

「だから持ってくるのは仕方がないという前提で……」

「だめ、それはだめだ」

厳しくてきっちりとした性格の兄は納得しない。

「やめたきゃ、やめればいいんだ」

兄はため息をついた。

そんな話をシノブにすると、

「うちの会社は制服だから、若い子たちの着てくる私服がすごいわよ」

と教えてくれた。しゃがむとお尻が見えそうな、股上《またがみ》の短いジーンズにヒールの高いミュールを履いてくる。夏場にはその上にへそが出るようなブラウスを着る。この間はそんな格好で駅の階段から転げ落ち、骨折をして二か月休んだ子がいたと嘆いていた。

他にも仕事が比較的暇なときは会社にいるのに、忙しくなると必ず休む女子社員がいること、自分が社内でいちばん年下なのに、電話が鳴っても知らんぷりしているとか、次から次へと、お局様シノブの愚痴は止まらなかった。それを聞きながらカツオは、お前はだめだといわれ続けた若い頃を思い出していた。何をやっても叱られていた。まさかそんな自分が、「最近の若い奴は……」というとは想像もしていなかった。

だめといわれ続けながら、仕事をやめなかったのがよかったのかなとも考えた。もちろん何度もやめたくなったし、辛い出来事も多々あったけれど、おっちょこちょいの割には、仕事の勘はあったし、叱られながらも、結構、周囲の人に助けられていた。親方である父にこっぴどく叱られてくさっていると、見習いの青年たちが、

「一緒に映画に行くか」

と『仁義なき戦い』に連れていってくれたりした。

両親からは、お前は勉強もできないし、おっちょこちょいなのだから、せめていつも明るく大きな声で挨拶《あいさつ》をして、他人様《ひとさま》に感謝をして生きろといわれていて、それは守ってきたつもりだった。シノブに、どうして突然、声をかけてきたおれと結婚したのかとたずねたら、彼女は、

「そんなこと、今さらいわなくてもいいじゃない」

と渋りながらもいった。

「うーん、明るくて正直なところかな。それに他人の悪口をいわないところ」

「ほお、そうか」

カツオがにやにやしていると、

「気持ち悪い」

とシノブにぴしゃりといわれた。カツオはそのお返しに彼女から、自分を気に入ったところはどこかと聞かれるだろうと、妻の好きなところをいくつも心に浮かべて準備をしていたが、残念ながら何もいわれなかった。


シノブの父は週三日開けていた鮨店を完全に閉めて、カツオの両親と共に悠々自適の生活を送るようになった。高齢者夫婦と高齢者になりたての男性一人の生活で、ふだんは三人とも、あっちが痛い、こっちが痛いといっているのに、国内、国外の旅行の話が出たとたん、体の痛みはどこかに消えるのか、楽しそうに出かけていた。長期の場合はペットシッターさんに頼むようにしていたが、カツオ夫婦が休みの日はイヌやネコの面倒を見に行くきまりになってしまった。見に行くたびに、一匹、また一匹とイヌやネコが増えていて、イヌやネコの家に人間が間借りしているかのようだった。

カツオたちが実家に行き、両親の住居になっている二階のドアの前に立つと、ドアの向こ

うから、イヌとネコの鳴き声が聞こえる。そして鍵を開けたとたん、イヌがはしゃいで飛びついてくる。二人が、

「わかった、わかったよ」

といいながら室内に入ると、部屋の中はキャットタワーやキャットハウス、ケージなどでいっぱいになっていた。部屋の隅にはネズミやヘビなどのおもちゃが入った大きな箱が置いてある。廊下にはずらっとトイレが並べられていた。

イヌはわんわん、ネコはにゃあにゃあとまとわりついてくるので、二人は「わかった、わかった」としかいえなかった。それぞれの器に御飯を入れてやり、ずらっと並んで食べているのを見て、やっと二人は、

「はあ」

とため息をついて畳の上にへたり込んだ。自分の器にまだ御飯があるのに、他の子の御飯を横取りしようとする子には、

「こらこら、自分のがまだあるでしょう」

と交通整理をしなくてはならない。そしてお腹がいっぱいになった子は、満足そうに前足で顔を撫で回していたが、それが終わるとおもちゃ箱からねこじゃらしをくわえてきて、ぽとんとカツオの前に落とした。

「はい、わかったよ」

目の前で揺らしてやると、お尻を振って身構えて狩りの体勢になり、ぱっと飛びつく。またそれを見た他のネコがやってきて参加し、イヌはその間にも二人の顔をべろべろと舐《な》めまくる。決して嫌な状況ではなく、二人にとっても楽しいひとときなのだが、濃厚な彼らの態度に圧倒された。そして夜になるまでそこで過ごし、幸せな気分で家に帰った。

鮨店も閉め、カツオの両親と一緒に、毎日、イヌやネコと楽しく過ごしている父親を訪ねた娘のシノブは、

「お父さん、楽しそうなのはいいけど、ずっとそれでいいの？　お家賃や生活費は払ってるんでしょうね」

と釘を刺した。

「カツオくんのお父さんたちはいらないっていってくれたけどな、家賃も生活費も、毎月ちゃんと払ってるさ」

彼は当たり前のことを聞くなという表情で娘を見た。

シノブはカツオと朝食を食べながら、

「うちの父はお義父さんたちのおかげで、何とか今後の暮らしも安心になったけれど、私は

いつまで勤めようかって考えてるのよ」

といった。シノブも五十代になり、年功序列でそれなりの給料をもらっている。しかし仕事は部下がパソコンで財務処理をしたものを、ミスがないかチェックするのみになっていた。楽でいいじゃないとカツオが笑うと、

「私がやっている仕事は、数字の打ち間違いとか、勘定科目に金額が打ち込まれてないとかの指摘で、注意力があれば誰でもできるの。専門的な経理の問題に関しては、税理士さんがついているわけだし」

と真顔になった。話をよく聞くと会社からは、「早くやめてくれないかな」という雰囲気が感じられるというのだ。シノブを頼りにしてくれた上司たちはみな定年退職し、自分と同年配の社員は、何かあったときに役職の肩書きで動くのみの、補佐的な役目でしかなくなった。パソコンが導入されると、経理の人員削減が可能になり、そこでまず給料が高い自分に、やめてもらいたいと思っている人がいるようだという。

「気にしすぎじゃないの?」

「次期社長って噂《うわさ》されているやり手の管理職なんか、私の部下のところに来て、『すごいね、パソコン一台あれば、経理なんて一人で全部できちゃうね』っていった後、私のほうをちらっと見るのよ」

「それはひどい」

妻をそんな目に遭わせる男に腹が立ってきたカツオが、そいつの給料から天引きされるはずの税金や社会保険の類の額をこっそり多くしてやれとか、住んでいる家がわかるんだったら、床下にもぐり込んで大引《おおび》きや床束《ゆかづか》にのこぎりを入れてやると息巻いているのを見て、シノブはやっと笑ってくれた。

愚痴をいいながらも、シノブは会社に勤め、カツオも現場に通っていた。仕事はリノベーションやリフォームが主で、一から木造で家を建てるという施主はとても少なくなった。また親にいわれて、いやいや大工見習いをしていた青年たちは、一人、また一人とやめていった。彼らは仕事中、カツオのそばに寄ってきて耳打ちした。

「カツオさんだけにいいますけど、おれ、やめますんで」

「えっ、本当か？　だめだよ。もうちょっとがんばれよ。何か問題があるんだったら、棟梁にはおれからも話すからさ」

カツオが執《と》りなそうとするものの、彼らは、

「もう、だめっす」

と小声でいって、すぐに自分の持ち場に戻っていった。

あまりに続くので、なかには仕事終わりにファミレスに誘い、カツオが説得を試みた青年

もいた。彼はコーラとハンバーグとカツ丼とチョコレート・パフェを食べた後、「周囲に女の子がいない、屋外の仕事は暑かったり寒かったりで嫌だ。これからはエアコンがある場所で仕事をする」といった。現場は青年のいう通りなので、カツオは何もいえなかった。ただ、「筋を通して、棟梁にきちんとことわってからやめろ」と忠告したのに、みな逃げるように現場からいなくなった。

「いったい、どういうつもりなんだ」

怒る兄を横目で見ながら、カツオは、

（やりやがったな）

と呆れ果てた。

むりやり見習いをさせられていた青年は、五人のうち四人やめてしまったが、なかでいちばん華奢《きやしや》で小柄な青年だけが残って、黙々と仕事をしていた。無口で余計なことは一切いわず、まじめな態度なので棟梁も目をかけていた。人がいるとつい話しかけてしまうカツオより、無口な棟梁とのほうが気が合うようだった。とりあえず、一人でもがんばってくれている青年がいるので、兄も少しは安心できるだろうと、カツオは胸を撫で下ろした。

三月十一日、カツオは二世帯住宅にするための建て替えの現場にいた。それは父が昔建てた家で、父もリフォームの話を聞いて喜んでいた。シノブが作ってくれた弁当を食べて午後の仕事をはじめ、もう少しで三時の休憩と思っていたら、乗っていた脚立がぐらりと揺れた。床が落ちたのかとあわてると、ものすごい勢いで家全体が揺れはじめた。

庭から「外に出ろ」と棟梁の声が聞こえ、カツオたちは前の道路に出た。隣の呉服店の年配の奥さんが、胸の前で両手を組んで、不安そうに古い木造二階建ての店舗を見上げていた。瓦が落ちるかもしれないと、棟梁は自分の背後に彼女を立たせてかばった。電線も今まで見たことがないくらいに揺れ、周囲の家からは人が外に出てきたり、近くのマンションでは不安そうな顔をした人たちが、窓を開けて外の様子をうかがっていた。

しばらくしてやっと揺れが収まると、近所の男性が家に入ってテレビを点《つ》け、また外に出てきてカツオたちに状況を教えてくれた。すぐに父から電話がかかってきた。自分が建てた家は倒れない自信があるが、念のための確認と、今日は仕事を中断したほうがよいという連絡だった。家は大丈夫と棟梁が返事をすると安心し、これから施主のお客さんに連絡をするといっていた。「大変な事態になりそうだ」と、情報を教えてくれた近所の男性も心配そうだった。そうしているうちにも、何度も大きな余震がやってきて、そのたびに電線が大きく揺れた。

渋滞がはじまる前に、素早くカツオたちはそれぞれの家を車で巡って帰れたが、シノブが心配だった。室内には目立った損害はなかった。彼女からの携帯のメールには、住まいが遠方の者は会社に泊まり、近くの者はすぐに帰れといわれたので、これから帰るとあった。その後、車で通勤している人が、同じ方向なので送ってもらうようにしたけれど、途中で渋滞して車が動かなくなったら、そこから歩くというメールが届いた。カツオがその車が通るであろう幹線道路を見に行くと、まだ渋滞にはなっていなかったが、走っているタクシーにすでに空車はなく、拾おうとしている人たちは歩道で右往左往していた。

一時間後、三駅前で渋滞に巻き込まれたとシノブからメールがきて、カツオは彼女が帰る道順を確認して迎えに行った。歩いているとまた余震が起こり、そのたびにどこからかきゃーっと叫び声が聞こえた。すれちがう人々の表情は一様に硬い。天変地異はどうしようもないけれど、地面だけではなく生きている自分を包んでいるものすべてが、こんなに不安定になってしまうものなのかと、カツオははじめてわかった。歩きはじめて三十分ほどして、向こうからシノブが歩いてきた。そして彼女はカツオの姿を見たとたんに右手を高く挙げ、にっこり笑ってかけ寄ってきた。

カツオも元気で、住んでいる部屋も特に問題がないとわかって、シノブはほっとしていた。

「東北は大変なことになっているみたい。会社のテレビが点いていたけど、痛ましくて観ていられなかったわ。話を聞くだけで涙が出てくる」

シノブの目には涙があふれた。食欲も湧かない二人は、冷蔵庫にあるもので、簡単に晩御飯を済ませ、窓から眼下の景色を眺めた。

「あの家も、この家もこの時間だったら、ふだんは灯《あか》りが点いているのに、まだ点いていないね。帰れないのかな」

二人はため息をついてカーテンを閉めた。

お互いの両親が住んでいる建物も被害はなかった。しかし一部の犬やネコがびっくりしたらしく、特に犬は食欲がなくなってしまい、病院に連れていったり夜は添い寝をして慰め続けたりと、精神的なケアが大変という話だった。

原発事故が発生したのがわかると、シノブの会社は、緊急の用事がない者は自宅待機。カツオの現場は納期が延長できないので、地震の翌日から仕事に取りかかっていた。

「部下からは『どうぞ休んでください』ってメールが来たけれど、休んだらますます仕事を横取りされそうだから行こうかしら」

カツオの弁当を詰めながら、シノブはつぶやいた。まだ余震も続いていて、電車の運行状況も不規則だったし、流通にも影響が出て、スーパーマーケットに商品は並んでいなかった。先日と同じくらいの大きさの余震が来ないとも限らず、彼はまた妻が帰れなくなると心配なので、

「もうちょっと自宅待機でもいいんじゃないの」

といった。シノブは、そうねえといいながら、迷っているようだ。

「嫌な思いまでして、勤め続けなくてもいいよ」

三升柄《みますがら》の手ぬぐいにカツオの弁当箱を包んでいるシノブに声をかけると、彼女は黙ってうなずいた。

地震を機にシノブは会社をやめ、早期退職扱いで、多少上乗せ分がある退職金をもらい家にいるようになった。これから何が起こるかわからない世の中になったと自覚したカツオは、

「今まで働きづめだったのだから、ゆっくり休んだらいい」

と妻に声をかけた。

マスコ

マスコは小さい頃から太っていた。生まれたときに三八〇〇グラムもあって、赤ん坊や幼児の頃は、ころころとしていて、見た人全員が、健康優良児と褒めてくれた。赤ん坊というものは、横に太った後は成長するにつれて、縦に伸びるものだといわれていたが、たしかに縦にも伸びたが、マスコはそれ以上に横への成長が大きかった。

幼稚園のときも太っているとからかわれ、小学校に入学したら、男子よりも背が高くクラスでいちばん体格がよかったので、からかわれる度合いが増えてしまった。学校では、「でかい」「太っている」とからかわれても笑っていたが、家の戸を開けたとたん、学校で投げかけられた言葉を思い出し、急に悲しくなった。ランドセルを背負ったまま、

「どうして私はこんなに太ってるの」

とちゃぶ台が置いてある居間の畳の上に突っ伏して泣いた。すると二歳の弟をおんぶして、ちゃぶ台の前に座った母は、困惑した表情でため息をつき、

「仕方ないよ。うちは家族、親戚じゅう、みーんな太っているんだから」

といった。

「わあぁ」

救いがなくなったマスコが泣き続けている間、母は何もいわず、自分の湯飲み茶碗《ぢやわん》の緑茶を静かに飲んでいた。

ひとしきり泣いて少し気分が落ち着いたマスコが、起き上がろうと頭を上げると、後頭部に衝撃が走った。ちゃぶ台の端が頭に当たり、またマスコは悲しくなって泣いた。こんなに泣いたのだから、少しは痩せたのではと期待したが、そんな気配はまったくなかったのでがっくりした。

家族で晩御飯を食べていると、母が父にマスコが泣いた話をした。すると父は、

「そうか？　マスコは太っていないぞ、普通だ」

という。父は一般企業の会社員で柔道の有段者。町内で一、二を争う巨体だった。母も体格がよく、娘時代は郷里で開催される女相撲大会で、いつも決勝戦の最後の二人に必ず入るほどの力持ちだったと、祖母から聞いた。そして弟もころころとよく太り、腕や足は輪ゴムで留めたようにあちらこちらがくびれていた。マスコは父に慰められてもちっともうれしくなかった。マスコの父がいう「太っている」という感覚は、普通の人のものとは明らかに違

っていた。

マスコの両親は、太っていると嘆く彼女に、

「世の中には様々な体格、容姿の人がいる。それはたいした問題ではない。いちばん人として問題なのは、友だちがいないことだ。お前は学校でからかわれているらしいが、友だちはいる。あれこれいう奴は相手にせずに、仲のいい友だちを大事にすればいい」

と諭《さと》した。たしかに男子からはからかわれるけれど、それに対して女子は、

「どうしてそんなことというの？」

とマスコのかわりに文句をいってくれたりする。そして、

「あんなガキ、気にすることないわよ」

と慰めてくれた。

誰がいいはじめたのかはわからないが、いつの間にか自分のあだ名が「横綱」になっているのも、母親も女相撲大会の常連だったし、仕方がないかとあきらめていた。それを知った両親は、

「『横綱』とはすばらしい。ふんどしかつぎじゃなくてよかった。横綱は角界の最高位なのだから胸を張れ」

と変な褒め方をした。男子にならともかく、女子にそんなふうにいうものかと、マスコは

納得し難かったが、そのあだ名には敬意があると両親からいわれて、そんなものかなあと思い直した。

しかし東京オリンピックを機に、あだ名は「横綱」から、オリンピックの投てき競技、金メダリストの「タマラ」に変わった。それでも両親は、

「タマラ・プレスも世界で一番。すばらしいではないか」

とマスコを慰めもしなかった。

中学生になったら、自分よりももっと大きな女子が、他の小学校からやってくるのではとマスコは期待していた。期待どおりに体格のいい女子がいたが、いつも周囲に友だちが集まってくるマスコと違い、「若秩父《わかちちぶ》」とあだ名をつけられたその子はとても無愛想で、友だちもいないようだった。一部の男子が調子にのって、「タマラと若秩父で対決してみろ」とからかう。そんなことをいってくるのは、彼女たちよりも小柄な男子ばかりだった。マスコは、ああまたはじまったと、姉的な立場でまだ子供の彼らに対して苦笑するしかなかったが、「若秩父」は笑いもせず怒りもしなかった。そしてはやし立てる男子に対して、突然、暴力を使って復讐《ふくしゅう》したりして、まるで悪役のロボットのようだった。

友だちはマスコに、「そばにいると安心する」とか「学校にお母さんがいるみたい」とい

ってくれた。辛い思いをしている子がいると、何かしてあげなくてはと思い、声をかけてあげると、抱きついてきて泣かれたりする。それを大きな体で受け止めていると、だんだんマスコと女子たちの間に信頼関係が生まれてきた。マスコの優しさに救われた女子たちは、彼女がいやな思いをしそうになると、まっさきに男子たちに反撃してくれた。しかしそういう女子ばかりではなく、彼女が太っていることを笑いものにして、

「あんなんじゃ、何を着ても似合わないわよね」

と陰口をたたく子もいた。スタイルがよく、自分たちはお洒落《しゃれ》と自負している女子のグループで、彼女たちはとにかく、他の女子に対して目を光らせていた。彼女たちよりももっと外見のいい女子に対しては、あらさがしをして嫌みをいい、そうではない子に対しては馬鹿にする。

「あの人たち、どうしようもないよね」

多くの女子たちの感想は一致していたが、学校に行くたびに彼女たちが教室にいるのは、気持ちのいいものではなかった。

中学生になったマスコはこっそりダイエットをしはじめた。それまでは、バレーボール部に在籍してとにかくお腹がすくので、一日五食は食べていた。晩御飯を三杯おかわりしたのに、寝る前にはお腹がすいてしまい、あんぱんを食べたりした。やっぱり「横綱」や「タマ

ラ」は嫌だと一日四食にしようとしたのだが、食事を抜くとお腹がすいてたまらず、たしかに体重は減るのだけれど、宿題もできないほどの空腹感に襲われた。母からは、

「大人になる前は体を作らなくちゃいけない時期なのに、そんなくだらないことはしないの。食べたいんだったらちゃんと食べて、運動しなさい」

と叱られた。そして元のように一日五回に食事の回数を戻すと、元気は出たがあっという間に体重も戻った。バレーボールの部活でトレーニングとしてランニングは必ずやるのだが、相当きつく、これ以上、運動をするのは難しかった。それを聞いた母が、「せめて寝る前のあんぱんはやめたらどうか」というので、楽しみをひとつ減らしたが、あまりにお腹がすきすぎて、夜中に目が覚めてしまう。自分の底なしの食欲に、マスコは悲しくなってきた。

マスコには、他の女の子にも人気が高い、制服が素敵な、憧れている高校があった。人気なのにみんなが受験を避けるのは、学費と偏差値がやや高いのと、上に短大も大学もなかったのが理由だった。どうせ私立に入るのならばと付属高校を選ぶ女子が多いのだが、その高校を受験する女子たちは、付属でなくても入学したいという熱意が強かった。マスコはその高校のワンピースにボレロスタイルの制服をじっと眺め、この制服を着たいためにダイエットをがんばったのだった。

ダイエットが成功して痩せたとしても、勉強しないと入れないのである。今のところ自分の成績は中の上だったが、クラスの女子二十三人のなかで、せめて成績が五番目くらいじゃないと安心できそうもなかった。ダイエットをしたら空腹すぎて、まったく頭が働かなくなった現実を考えると、食べて勉強したほうが、よっぽどいいような気がしてきた。

マスコは両親にこの高校に入りたいと、理由はいわずに入試要項を見せた。するとのんきな母親は、娘の関心が勉強ではなく、制服にあるのに気がつかず、

「そう、じゃあ、がんばりなさい」

と彼女を励ました。父親も、

「うちは子供にたいしたことはしてやれないが、教育だけはちゃんと受けさせてあげる。マスコも一生懸命に勉強しなさい」

とうなずいてくれた。とりあえず両親の承諾を得て、マスコは高校の制服を目の前のニンジンにして、それからがむしゃらに勉強した。授業でわからないところは、先生に聞きに行ったりもするようになった。

その結果、学校の成績はどんどん上がっていき、同級生から一目置かれるようになった。どこにでも他人の足を引っ張ろうとする子はいるものだが、マスコの場合は、太っていることをからかわれたりはするが、基本的にクラスのみんなから好かれていたので、嫌みをいわ

れたりはしなかった。校内、校外のテストの成績が上がるたびに、あの制服が自分に近づいてくるような気がした。自分が制服を着てにっこり笑っている夢を見たりもした。

「まさか、太っているから入学させてもらえないっていうことはないよね」

あまりに思い通りにいくと不安になるもので、マスコはこんなにがんばったのに、もしも入れなかったらどうしようと、また別のプレッシャーを感じてしまい、ついもう一枚と、おやつの板チョコに手を伸ばしてしまった。

がんばった結果、マスコは希望した制服の高校に入学できた。娘の本意を知らない両親は、高校で何を勉強するつもりだろうかと期待していたが、娘のほうはこれで大事業を終えたような気分になっていた。同級生の女子にも、あのマスコちゃんがあの制服をと驚かれ、

「いいなあ。私の通う高校なんて、ふつうのブレザーなのよ」

とうらやましがられた。マスコは自慢もせず、ただにこにこと笑っているだけだった。

入学前、高校が指定した業者のところに制服を誂《あつら》えに行った。人のよさそうな中年女性の担当者は、マスコと母親を見たとたん、

「申し訳ございません。お嬢様のサイズはお作りしていなくて。特別料金になりますが、よろしいでしょうか。お背が高くていらっしゃるから……」

と横幅の問題には一切触れずに、何度も詫《わ》びた。

「ああ、そのつもりですから大丈夫ですよ。うちの子は太ってますからね。うちの家系はね、全員、太ってるんですよ。あっはっは」

あっけらかんとしている母親に、マスコは少し腹を立てたものの、採寸をしてもらいながら、顔がゆるむのを止められなかった。母親がその間、はじめての場所で物珍しそうに周囲を見回していると、採寸している最中の娘を見て、明らかに好意的な意味合いではなく笑っている母娘がいた。それを見た母親は、うちの娘のどこが悪いといわんばかりに、二人をにらみつけてやった。

制服が出来上がり、家族の前でそれを着て見せると、

「どこかのお嬢様みたい。友だちが遊びに来たらこんな家でびっくりするね、きっと」

と両親は笑っていた。すると小学校高学年の弟が、

「お姉ちゃん、クマがお洒落な服を着たみたいだよ」

と笑った。

「これ、そんなことをいうもんじゃないよ」

母親がたしなめると、弟は、

「だって、そっくりだよ。ほら」

と大昔からタンスの上に飾ってある、クマのぬいぐるみを指さした。たしかに縦横の比率

の感じがそっくりだった。

「ああ、そういえば。あははは」

家族三人に笑われても、自分の望んだものを手に入れたマスコは、おおらかな気持ちで彼らの言葉を受け止めていた。


入学したとたん、マスコは学年主任の、いつもスーツを着ている女性の先生に目をつけられた。

「どういう食生活をしていらっしゃるか教えてくださる？　ちょっとこちらへ」

と小部屋に呼ばれ、どんなものを食べているのかと聞かれた。家で母が作ってくれる食事に関しては、「すばらしいですね」と褒めてくれたが、つい食べたくなるラーメン、今もやめられないおやつ、御飯のおかわりの話を正直にすると、

「はあ」

とため息をつかれてしまった。

先生には「ほぼ毎日ラーメン」はやめて月に二回くらいにすること。おやつも量を考えて一日に板チョコ二枚なんて食べてはいけない。御飯のおかわりも二杯までにしたらといわれた。そして運動は続けたほうがいいので、高校でもバレーボール部に入ることを勧められた。

「学校の食堂はカロリー計算がされているし、下校時に飲食店への立ち寄りをしたら退学ですから、前よりは節制できると思いますけれど。食べ過ぎの食習慣は断ち切らないとね」

先生は真顔でじっとマスコの目を見つめた。

「少しずつやれば効果が出ますからね。そういう私も以前は八五キロありましたから」

見せてもらった先生の昔の写真は、顔が二重三重にぜい肉で包まれていて、別人のようだった。

「やはり体にもよくないので、健康的な適正体重に落としていきましょう」

勉強ではなく、まず食事を注意されて、マスコはちょっと驚いたが、経験者のアドバイスは心に響いた。勧められたとおりにバレーボール部にも入部した。学校の食堂のランチは二種類で、高校生女子に適したカロリー計算はされているといっても、マスコにとっては前菜みたいなものだった。またそんな食事でも、

「もう、お腹いっぱい」

と残す女子がいて、これも驚いた。昼食は食べたのに、お腹がすいたなあと思いながら、授業が終わると部活をする。一年生はランニングとボール拾い、道具の準備、片づけばかりである。家に帰って母の作った晩御飯を食べ、つい三杯目のおかわりに手を出そうとしたとき、先生の顔が頭に浮かんだ。そして差し出そうとした茶碗を持った左手を、ぐっとこらえ

て引っ込め、「ごちそうさま」といって箸を置いた。

運動をし、食習慣も落ち着いてくると、自制がきかないほどの食欲が収まってきて、体重も徐々に減り体が細くなってきた。誂えた制服もぶかぶかになってきて、明らかにほっそりしてきた。すると近所の人たちが、

「マスコちゃんは最近きれいになった」

といってくれるようになり、親馬鹿の父は、

「前にも増してきれいになった」

と眼を細めていた。

結局、三年生になる頃には、入学時より二〇キロ減っていた。もともとかわいらしい顔立ちだったのが目立ち、スタイルのいい女子高校生になった。通学時に男子学生の目を感じるようになり、はっきりと交際を申し込まれたり、じとっと後をついてくる学生もいた。これまでは何となくうつむいて歩いていたのが、堂々と前を向いて歩けるようになった。最初にマスコにアドバイスしてくれた先生は、

「よくがんばりました。辛かったでしょう。とっても健康的になりましたね」

と声をかけてくれた。

この先生に出会わなかったら、自分の欲望のまま、ラーメン、板チョコ、焼き芋、大福餅、

ケーキなどを、際限なく食べていたに違いない。同級生や別の学年の女子からも、

「きれいになったね。どうやって痩せたの？」

と聞かれた。私も痩せたいという子のほとんどが、まったくその必要がないのに、痩せたがっていた。あなたは痩せなくてもいいのにというと、彼女たちは、マスコが知っている痩せるテクニックを、教えてくれないのかと拗《す》ねたりした。マスコが先生にいわれたことをその通り話すと、なるほどねと深くうなずいて、ますます食べなくなったりした。

女子高生にとっては、外見は重要な問題だったが、卒業後の進路も重要だった。がんばって入った高校で、マスコの成績は中程度だが、学校名の威力があったので、それなりの企業への就職率は百パーセントだった。公務員試験を受ける子もいた。これまでは自分に自信が持てなくて、なるべく人の後ろに一歩引いていたが、最近は人前に出るのもいやではなくなってきた。先生たちにも、

「将来はあなたの感じのよさが活《い》かせる仕事がいいような気がする」

といわれ、接客業に就こうと何となく目星をつけた。短大への進学を決め、先生に勧められた短大を三校受験した。そしてそのうち二校に合格し、周囲に緑が多い環境の短大に入学した。

短大に入学したマスコは、周囲から目立つ存在になった。背が高く体重も健康的に減らしたので、スタイルがいい人として認識されるようになった。また私服になったとたん、学生だけではなく社会人の男性からも声をかけられるようになった。マスコはそんな状況にとてもとまどった。痩せるまでは異性から好きになられるどころか、からかわれてばかりいた。気に入ってくれる男子は、お母さんみたいだからといっていた。しかし今は、男性が異性として自分を見ている。それにまだ慣れなかった。

父親はマスコの服装を見て、

「もうちょっとスカートの丈が長いほうがいいんじゃないか」「色も派手すぎるのでは」というようになった。これまではなるべく体形が目立たないように、紺色のものばかり着ていたが、痩せてからは明るい色も着たくなったので、店員から勧められた、ピンク色のセーターに明るい緑色のスカートを穿《は》いていたのだった。

「あーら、若い娘なんだから、このくらい着て当たり前よ。マスコは今まで地味すぎたのよ」

母親は喜んでいたが、弟には「金平糖《こんぺいとう》のようだ」といわれた。

マスコが家で着ていた、黒、グレー、紺のトレーナーやジャージを処分しようとしたら、母親と弟が「もったいないから着る」といいはじめた。

「こんなに大きいのを着てたんだね」

マスコは二人にいわれて、それらのぶかぶかの服が自分の抜け殻のように見えた。

短大では何を勉強したいという目的はなく、高校を卒業してすぐに社会に出る自信がなかったので、勉強よりもその間のクッションとして進学したといったほうがよかった。いちばん入りやすかった国文科に入学し、テーマとして提示された文学作品のうち、消去法で『枕草子』を選んだ。勉強はきちんとしなくてはと考えていたので、授業は無欠席、レポートも毎回きちんと提出した。いわれたことは全部やっていたが、これが自分のやりたいことかといわれたら、そうではなかった。短大の友だちの紹介で、二歳上の大学生と交際しはじめ、太っていた高校入学直後の写真を見せたら、彼は絶句した。そして、

「別人だね」

とつぶやき、当時の私だったら、つき合った？　と聞いたら、彼は「ご遠慮申し上げたいと思う」と、もう一度写真を見つめた。

短大での一年半はあっという間に過ぎ、就職を考えなくてはならなくなった。接客に慣れようと、夏休み、冬休みには、大型食料品店などでアルバイトをしてみたけれど、販売は向かないような気がしてきた。

短大からの帰り道、どうしようかと悩みながら歩いていると、背後から、

「ほら、早く歩いて。遅れちゃうでしょっ」

と怒鳴り声が聞こえた。その大声に驚いて振り返ると、そこには髪の毛をひとつに結んだ体格のいい女性が、赤ん坊を背負い、手をつないだ男児を叱りつけていた。

（あら？　あの人……）

よく見るとそれは、中学生のときにマスコと巨体を争っていた「若秩父」だった。彼女は中学校を卒業してすぐに結婚し、すでに二人の子持ちになっていたのだ。その場に立ち止まっているマスコにも気づかず、「若秩父」は泣き出した男児を、がみがみと叱りつけながら引っ張っていった。マスコは同い年なのに違う人生を歩んでいる彼女の、赤ん坊がへばりついた広い背中を見送った。

就職は教授から銀行を勧められ、試験を受けたら合格してしまった。交際していた男子学生は、就職なんて国家の犬になることだから自分はしないといって、自主的に留年した。

マスコは研修を受けた後、先輩の女性行員と一緒に、店内の案内業務に就いた。フロアで、お客様が来ると「いらっしゃいませ」と声をかけ、書類の書き方がわからなくてお客様から大声で呼ばれると、足音をたてずかつ急いで走る。順番待ちをしているお客様へのフォローとご案内、随時、行内が平穏であるように努力しなくてはならない。

「フロアには警備員もいるけれど、お客様を置いて自分がまっさきに、きゃーっと逃げ出したらどうしようもないでしょう。あなたはそれができない人だと見込んだから」

上司にいわれたら断ることもできず、マスコはフロアに毎日立っていた。顔見知りのお客様が気軽に声をかけてくれたり、子供から自分で折った折り紙の鶴をもらったりと、それなりに喜びもあった。しかし取引先からの振り込みが遅れていると、

「いったい何やってんだよ。この銀行は」

と怒鳴られたりした。心の中で、文句は先方にいって欲しいと思いながらも、

「申し訳ございません」

と頭を下げなくてはならないのと、仕事が終わる頃足がぱんぱんに腫《は》れるのが辛かった。

交際中の彼は大学にはほとんど通わず、短期のアルバイトをしてはやめるのを繰り返しているので、デートのときの食事代はすべてマスコが払っていた。彼を紹介してくれた友だちにさえ、

「まさかあんな人だとは思わなかった。紹介した私が悪かったけれど、つき合うのはやめたほうがいいわ」

といわれた。彼は世の中に対して文句をいっているが、学費は親が払い続けていて、その甘えぶりにマスコも疑問を持っていた。しかしそれをはっきりと彼に伝えられなかった。

職場の友だちに相談したことがあったので、彼の話はばれていた。たまにある飲み会で、

「マスコちゃんには変なのがくっついているから。とっととやめたほうがいいわよ」

と同僚が酔った勢いで忠告してくる。すると知らない人たちからは、それはいったい何だという話になり、結局、職場の全員にばれてしまった。困ったのと恥ずかしいのと、ごっちゃになった気持ちを抱えて毎日通勤していたら、朝、「おはようございます」と声をかけられた。声がしたほうを見ると、先輩の男性が隣を歩いていた。

「おはようございます」

マスコが頭を下げると彼が、仕事には慣れたのか、フロアにいるのは大変だから疲れるだろうと労《ねぎら》ってくれた。

「はい。お客様もいろいろといらっしゃるので……」

先輩はうなずきながらマスコの話を聞いてくれた。彼はマスコのひと回り年上で、融資担当だった。彼の身長は一八〇センチ以上あり、大柄の彼女が見上げて話すような人はあまりいなかったので、とても新鮮だった。彼は仕事ができ人柄もよいと行内でも評判だったが、頭髪が薄くてとても実年齢には見えなかった。お客様にも、

「あら、あなた、そんなに若いの？　大きな子供が二、三人いるように見えるけど」

と大声でいわれて、顔を赤くして頭を掻いているような人だった。同僚の女性は「彼に毛

さえあれば、結婚相手として考えられるのに」などといっていたが、マスコには男性の毛髪の有無は関係なかった。大人で落ち着いた先輩に比べて、今、自分が交際している学生は、口では一人前のことをいいながら、実際は何て幼稚なんだろうかとの思いが強くなっていた。しかしまだそのときは、その薄毛の男性が自分の夫になるとは、マスコは想像もしていなかった。

マスコが理不尽に客に文句をいわれたり、疲れが溜まったりしているとき、銀行の先輩は優しく声をかけてくれた。休みの日には大学生の彼と会ってはいたが、自分は何もせずに世の中に対して愚痴ばかりの彼に対して嫌気がさしてきた。喫茶店でコーヒーが運ばれてきて、店員が彼の前に伝票を置いたとたん、それを彼がマスコの目の前に置きなおしたのを見て、今まで我慢していたものが爆発した。

「何なの、その態度。もうあなたとは会わないから」

マスコは席を立って店の出入り口まで大股《おおまた》で歩いていった。背後からは、

「おい、これ、これ」

と声がする。振り返ると彼は伝票をひらひらさせていた。マスコは再び怒りがこみ上げてきて、大股で彼に近づいていき、千円札を彼の顔面に投げつけて帰ってきた。彼を紹介してくれた友だちに事の顚末《てんまつ》を話すと、

「本当にごめんね」

と平謝りだった。

心にひっかかっていた彼とは縁が切れたので、そうなったら先輩のほうに一気に気持ちが動いていった。二人の仲は銀行内でも有名になり、上司からは、

「あいつはいい奴だから、よろしく頼むよ」

とまでいわれてしまった。そしてマスコは二十三歳のときに先輩と結婚して退職した。結婚式のときに親戚一同が揃ったら、母親がいったとおりみんな体格がよく壮観だった。久しぶりに会った叔母たちからは、

「マスコちゃん、きれいになったわあ。まるでモデルさんみたい」

と褒めちぎられた。式の間中、父親はまるでクマが吠《ほ》えているような声で大泣きし続け、列席者一同がびっくりするアクシデントもあった。

マスコ夫婦は、夫の両親が所有する土地に、小さな家を建てた。投資用といわれて義父が購入したものの、その土地がどんどん値下がりしたので売るわけにもいかず、もてあましていたのである。マスコは家を建てるときに、ふとカツオくんという大工の息子を思い出したが、連絡を取ることはせずに、義父が懇意にしている業者に建ててもらった。

二十五歳、二十六歳のときにマスコは男の子を産み、二十八歳のときにまた男の子を産ん

だ。みんな三九〇〇グラム超えの大きな子で、三歳児、二歳児、〇歳児を抱えたマスコの毎日は、地獄のような忙しさだった。

どうしても三男の赤ん坊優先になってしまうので彼をかまっていると、上の二人はマスコの気を惹《ひ》こうとぐずりだす。明らかに甘え泣きをしているのがわかるので、ちょっと待っててねと優しく声をかけると、

「ぎゃああー」

とまず三歳の長男が絶叫する。それを真似《まね》して二歳の次男も絶叫し、それにびっくりした赤ん坊がまた泣き出すといった修羅場が続いていた。勤めから帰った夫が、子供の面倒を見てくれている暇に、ふと鏡を見ると、二十代後半とは思えないくらいに老けていた。連日睡眠不足だし、三つの大きなこぶはどこにでもまとわりついてくる。夫も子供の面倒は見てくれたし、掃除、料理もしてくれたけれど、仕事で帰宅が遅くなることも多く、毎日は手伝ってもらえない。体の大きい男児三人の破壊力はすさまじかった。

遠方にいる義父母は、近くに住む夫の妹の子育てを手伝っているので、頼れるのはマスコの母親だけだった。大学院生の弟もたまに来て子供たちと近所の公園で遊んでくれたが、

「子供たちの大声が耳に残っていて、遊んだ後はしばらく耳鳴りが治らない」

と苦笑いしていた。マスコの母親が、

「どうしてあんたたちは、お母さんのいうことが聞けないの？　弟はまだ赤ちゃんなんだから仕方がないでしょう」

と孫たちを叱ると、「やだー、やだー」の連発になる。お兄ちゃんがいうと、すべて弟が真似をする。そのために長男に厳しくすると、幼いながらもそれに反発して、余計素直に話を聞かなくなる。

「うちの一族は太ってはいるけれど、みんな素直な性格の人ばかりなのに、どうしてこんなふうになったのかねえ。あちらのお宅もみんないい方ばかりなのに。どうしてこんなふうになっちゃったのか……」

母親は孫たちに聞こえないように、マスコの耳にささやいた。

「さあねえ。私にもわかりませんよ」

抱っこしている赤ん坊は泣き、上の二人は仲よく遊んでいると思ったら、いつの間にか大《おお》喧嘩《げんか》をはじめて大泣きしながらおもちゃをお互いにぶつけ合っている。最初は仲裁をしていたが、そのうち放っておくようになった。自分たちのことは自分たちで収めて欲しいんだけどと思っていたら、子供もそれなりに考えるようになり、兄弟なりに喧嘩の収め方を学びつつあった。

三男が赤ん坊の間は、自分の体にくくりつけておけるのでよかったのだが、歩きはじめる

ようになったら、目が離せなくなった。外出の際、長男、次男もまだ注意深いとはいい難い年齢なので、マスコは、

「仲よく手をつないでね」

といい、「わかった」と彼らはいうのだが、自分の興味を引くものがあると、ものすごい勢いでだーっと走っていってしまう。おまけに上の二人は別々の方向に走り、よちよち歩きの三男はすぐに転びそうになるので、マスコは三男を抱きかかえ、息を切らせて上の二人それぞれを追いかけるといった始末だった。

長男、次男の「やだー」の絶叫もどうなることかと思ったが、幼稚園に入るとそれが収まった。女の子の家族がいないからか、女の子に興味を持ち、彼女たちに嫌われたくないと考えたらしい。女の子にはとても優しいので好かれています、そう幼稚園の先生から聞かされたマスコは、家での腕白な態度からは想像がつかず、大笑いしてしまった。女の子たちは厳しいので、

「そんなことしちゃだめ」

と男の子を叱る。そうすると長男、次男は、わかったと素直にいうことを聞くという。

「あら、うちでは反抗するのにねえ」

その話を夫にすると彼も、

「弱いものがあるのはいいことだ」

と大笑いしていた。

いったいどうなるかと心配した三兄弟は、幼稚園、小学校でそれぞれ人間関係を学んだのか、むやみに叫んだり反抗したりしなくなった。マスコと夫が頭から叱りつけるのをやめ、諭すようにしたことも大きかったかもしれない。男子三つどもえの大喧嘩の際は、親が仲裁に入るけれども、それ以外は三人に仲直りをする方法を考えさせて、夫婦は傍観していた。

どういうわけか三男は卒園が近づくと、兄たちが通っている公立の小学校に行くのを嫌がった。どうしてと聞いても理由はいわない。そして、じゃあどこに通いたいのと聞いたら、「つつじ幼稚園」と自分が通っている幼稚園の名前をいう。マスコと夫が、そこは小さい子が通うところで、あなたはお兄ちゃんになったのだから、小学校に通わなくちゃだめだよと話すと、しくしくと泣きだした。三男の宿命で喧嘩をすると一方的に兄たちにやられてしまうので、小学校に入ってもそこでまたやられるのではないかと、彼は嫌がっていた。

マスコ夫婦が、

「お兄ちゃんたちはちゃんとあなたのことを、いじめっ子からかばってくれたりしたのだから、心配しなくても大丈夫」

といい続けると、やっと三男は納得した。しかしいざ入学となると、毎朝ぐずってマスコを困らせた。

　長男と次男は体育の成績がよく野球が大好きで、二人とも商店街の鮮魚店のおじさんが世話をしている少年野球チームに入っていた。兄弟はドーム球場ができたことに興奮していて、その話ばかりをしていたが、三男は体が大きいのは同じだが、外では遊ばずに、家で祖父母に買ってもらった図鑑シリーズをいつも読んでいるような子になった。夫には、

「上の二人はお母さんに似て、下の子はぼくに似たんだな」

などといわれた。そして子供が女の子なら気にしなかったのに、自分の薄毛が息子たちに遺伝するのではないかという。

「今から気にしたって仕方がないでしょう。大事なのは人間性よ。私だってお父さんと結婚したんだから、女の人から見放されるわけじゃないし。まあ、薄毛で相手が見つからなかったら、仕方ないんじゃないの」

　マスコがさらっというと、夫は、

「でもやっぱり結婚はしたほうがいいから。大丈夫かなあ。女の人に好かれるといいんだけれど」

　と小学生の男の子にはする必要がない心配をしていた。

「毛よりも人間性！　外見より内面！　私はそういう教育方針よ」

きっぱりといったマスコに夫は、

「それはそうだけどねえ」

と小声でいって、勤めに出ていった。

十歳になった長男と九歳になった次男は、双方の祖父から買ってもらったバット、グローブを手から放さず、それをつけたまま少年野球の練習に行った。七歳の三男は、おとなしく家で図鑑を眺めている。

その日は動物図鑑だった。外に一緒に行こうと誘っても、嫌だと首を横に振る。そして、

「お母さん、スカンクってね、巣穴で暮らしてるんだよ。そしてお尻から臭い液を出して、敵をやっつけるんだ」

と写真を指さしながら、目を輝かせて話しはじめた。「すごいね」とマスコが興味を示すと、それから彼は図鑑に載っているすべてのスカンクについて話し、

「それでもタカにはやられてしまうんだよ」

と悲しそうな顔をした。

長男は地域の公立中学校に進学したが、そこには野球部がない。規則で必ず部活はしなくてはいけなかったので、部員が三年生の二人しかいない陸上部に入った。マスコ夫婦が理由

をたずねると、

「顧問の先生がずっとランニングやトレーニングをしてていいといったから」

という。先生は将棋部と兼務していて、自分が好きな将棋に力を入れているため、陸上部は生徒の自主性にまかせているという。

「三年生は受験があるから部活はしてないし。毎日、ぼく一人だけで野球のためにランニングしているんだ」

すべてが少年野球のためだった。それを聞いた次男は、最初は、

「同じ部活だと、いつもお兄ちゃんが上にいる」

と嫌がっていたが、自由にできると聞いて、彼も翌年同じ陸上部に入った。

マスコにとってはどんな部活でも、本人が気に入ればいいと思っていたが、土汚れのついた洗濯物が山ほど出て、それをきれいにするのには、ほとほと疲れた。家の洗濯機を何度も回し、天気が悪い日は洗濯物の乾きが遅いので、自転車に洗濯物を積んで近所のコインランドリーに行き、乾燥機に入れる。朝から晩まで家事に追われていて、ほっとできるのはトイレの中と終《しま》い風呂のときだけだった。

ほとんど化粧をしなくなった顔を風呂場の洗面器で洗い、ふと鏡を見ると、

「これ、誰？」

といいたくなるような女がいた。まだ三十代なのに、こんなに疲れた顔でいいのだろうか。夫には毛よりも人間性といったが、やっぱり見かけも大事だった。マスコから見てみな一様に身ぎれいにしている、息子と同学年の娘がいるお母さんたちに聞くと、

「うちの娘は私が着るものに、すぐけちをつけるのよ。お母さん、センスがないとか、ばばくさいとか。まるで小姑《こじゅうと》みたいなの」

マスコはそんなことは、夫にも息子たちにもいわれた記憶はなかった。一度、みんなで出かけるとき、肩の長さの髪を巻いてみたら、夫を含めた男子全員に、

「お母さん、きれい」

とうっとりとした目で見られたことはあったが、そのときだけだった。マスコはこれではいけない、何も気にしないで適当に服を着続け、化粧もしないでいたら、この先、とんでもないおばさんになってしまうのではと、恐ろしくなってきた。

息子たちは、母親の着るものに対して、娘ほど辛辣《しんらつ》にはいわない。母としては腹が立つときもあるだろうが、娘の言葉によって、女性としてある程度の基準が保たれることは間違いないだろう。息子たちから、お母さんは元気で、御飯を作ってくれて、洗濯をしてくれて、にこにこして自分をかわいがってくれればいいとだけ思われ、女性としての部分に何もいわれない毎日にどっぷり浸かっていたら、何年後かにはとんでもないことになりそうだった。

マスコはコインランドリーに行くついでに図書館に寄って、ファッション雑誌を借りてきた。太っているときは体が入れば何でもいいと思っていたし、洋裁が苦手な母が一生懸命に作ってくれた貫頭衣《かんとうい》のような服を、仕方なく着ていた。子供用の既製服が大々的に売り出されるようになっても、マスコのサイズはなかった。ところが痩せたとたんに着られる服の選択肢が増えた。それまでは特注の制服と、普段着は男性用か、おばちゃん、おばあちゃん向きのあっぱっぱみたいなものしかなかったのに、いちばんお洒落ができる時期に、多くの女性が着る服が着られるようになった。しかし結婚してからは家事、育児に追われ、自分の身の回りを構う時間はなかった。

夫はマスコが寝る前に雑誌のページをめくっているのを見て驚いた。

「これからはね、私も外見を気にすることにしたの」

「えーっ、この間、ぼくがそういったら、人間性が大事とかいっていたくせに」

夫は、

「家の中で女性一人なんだし、そうじゃないよりきれいなほうがいいけれど、とにかく女の人はお金がかかるから……」

とぶつぶついいはじめた。夫の給料は一般的な企業よりもはるかによかったが、彼の趣味が貯金だと結婚後にわかった。妻に家計を握らせると自分の思うようにならないと判断したのか、毎月、夫から生活費をもらう状態になっていた。息子たちの誕生日プレゼントも、価格が高いものは祖父母に頼み、それほど家計にひびかないもののみ買うという状況だった。

マスコは最初はそんなものかと思っていたのだが、毎月、給料の一部を夫からもらい、突発的にお金が必要になったときには、毎回、頼んでその分をもらうのが、腑《ふ》に落ちなくなってきた。お付き合いの冠婚葬祭の費用なども夫にいうと、明らかに不満そうな態度で手渡される。それがとても嫌だった。

子供たちが小さかったときはまだしも、長男は野球部のある高校に入学し、三男も兄たちと同じ中学に入学して、動物の生態を研究する動物部に入った。マスコも四十歳になり、

「あなたから生活費をもらうような立場は嫌なの。家計はまかせてくれないかしら」

と夫に頼んでみた。すると彼は、

「足りないのか」

と自分の財布から一万円札を二枚出して、マスコに渡そうとする。マスコは、

「そうじゃなくて……」

と説得しはじめた。息子たちも大きくなったので、かかるお金も大きくなってきたこと。

そのつどお小遣いのように、あなたからもらうのではなく、自分の手元で家計を管理したいといった。すると夫はしばらく黙っていたが、

「それじゃ、渡す金額をひと月二万円増やそう。それくらいあれば対応できるでしょ。余ったとしても、次の月には同額をあげるから、余った分をずっと貯め続けておけばいいんじゃない」

といい、家計をまかせるとはいわない。

「このままでは私はずっと銀行口座から家のお金を引き出せないことになるわよね」

「うん、でも足りない分はあげてるし。渡した金額の中でやりくりしろともいっていないし」

何か問題でもあるの」

そのときの、あなたの態度が嫌なのよといいたかったが、それをいったら大喧嘩になりそうだったので、マスコは口をつぐんだ。

「じゃあ、通帳を見せてくれる？　私、今、家にどれくらいお金があるのか、全然知らないんだもの」

彼は一瞬、躊躇《ちゅうちょ》したが、通帳を見せてくれた。

「ずいぶんあるだろう」

彼はうれしそうに笑った。

「そうね」

マスコはそのままキッチンに行って、やる必要がないシンク磨きをはじめた。

マスコが勤め人時代から使っている口座には、当時の貯金と、結婚のときに両親が、何かあったときのためにと持たせてくれた金額が、そのまま残してある。その話をしたら、いくらもらったのかと、夫がしつこく知りたがっていたのを思い出した。見せてもらった通帳には結構な金額が記載されていたが、その通帳の名義は夫であって自分ではない。この家にはマスコが自由にできるお金はないのだった。

次男は長男とは別の男子校に入学した。三兄弟、そのうち二人が高校の野球部となると、洗濯物、食べる御飯の量も半端ではない。三男は動物好きな文科系なので運動部とは関係がないが、動物園、水族館、博物館巡りが趣味なので、そちらも結構、お金がかかる。夫に直訴したにもかかわらず、マスコには夫から生活費をもらう毎日が続いていた。お金をもらうたびに自分に家計をまかせてくれない夫への不満が小爆発を起こした。

財布から長男、次男の部活の遠征費、三男の入場料を出すとそれを補塡《ほてん》するために、夫に「お金をください」といわなくてはならない。子供に関する出金に嫌な顔をしないのだけは幸いだが、それでも三男の出費に対して、

「出かける回数が多すぎるんじゃないか。そんなに博物館のイベントは多いのか」

と首を傾《かし》げる。お父さんがそういってたよと彼に話すと、

「常設展示だったらいいけど、特別展示はそのとき見ないと、次にいつ見られるかわからないし」

という。その通りだとマスコも思った。子供たちの行動範囲が拡《ひろ》がるにつれて、ますます出費が多くなったが、その割に夫の給与は上がらないらしい。バブルも崩壊し、景気は悪くなっているけれど、バブル期には相当、お金を貯めているはずなのだ。預金通帳も一冊は見せてもらったが、それは妻に見せていい通帳であり、他にはないとはいえず、夫の隠し貯金はまだありそうだった。

夫はひとことといいながらも、家計の不足分を出さないことはないが、そんなに何回も遠征費が必要なのかとか、この間、靴を買ったばかりなのではと、出費に関してはとても細かいところまで覚えていて、マスコをうんざりさせた。

「いちいちお金をもらう役目は嫌になったから、これからは直接お父さんにいってちょうだい」

子供たちにいい渡すと三兄弟は、

「困ったなあ。お父さんといちいち話すのは面倒くさいんだよ」

と声を揃えた。

「お母さんはお金に関しては、何の権限もないの。すべてお父さんが握っているから」

子供たちは不満そうな表情で、困ったを連発していた。マスコは子供を巻き込んで、これで夫が家計をまかせてくれるようになればと期待していた。

日々、三兄弟の世話に追われているうちに、マスコは長男と三男から、

「おれたち来年受験だよ」

といわれて、そういえばそうだったと愕然《がくぜん》とした。子供たちはお金が必要になると、直接父親に頼むようになったが、長男が、

「お母さんに家のお金については、まかせてあげてくれないかな。おれたちもやりにくくてしょうがないんだよ」

といってくれた。それを聞いたマスコは、詳しく話さなくても、長男はわかっていてくれたのだと涙が出そうになった。しかし夫は、

「必要ない。お前たち二人は来年揃って受験だろう。また受験や入学でお金がかかるんだから、それはお父さんが管理する。変なことを心配しないで少しは勉強しろ」

といった。マスコは、

（変なことって何よ）

　とむっとしながら、山のような洗濯物をたたんでいた。

　実家の両親に愚痴をいうと、

「マスコがやりにくいっていうのはよくわかるわ。でも浮気をするわけでもなし、貯金しているんでしょう。それだったらまあいいんじゃないのかしら」

　という。

「えーっ、そんなものなの。子供みたいにいちいちお金をもらうのって、とても嫌なんだけど」

　と訴えた。

「それはそうよねえ。でも私たちが立ち入るような話でもないし」

　母は困ったねえといいつつも、解決策は出なかった。

　三兄弟が成長するにつれて、それほど広くもない家は、ぎっちぎちといった感じになっていった。マスコ夫婦が背が高いので、家を建てるときに天井を高めに、ドアも特注で一般的なものに比べて高さのあるものを設置してもらったのだが、上背もあり運動部のがっしり体形の息子二人、体はがっしりはしていないが上背のある息子一人の三人と、中年男性ではあるが背の高い夫が家の中で歩き回っていると、マスコは、

(ああ、家に余白がない)

と息苦しさを感じた。家計が自分の思い通りにならない鬱陶しさが影響していたかもしれない。子供が成長してくれるのは喜ばしいが、現実問題として家の中の人口密度は、限界に達しているような気がした。

長男は大学でも野球を続けたいと希望していたが、活躍が目立つ選手でもなく、強豪大学への野球での推薦入学は望めない。マスコは誰にもいわなかったが、野球部の寮がある大学に入って家を出て欲しかった。実家に居続けて母親に何でもしてもらう生活は、彼のためにもよくない。しかし当の本人は、

「どこかの大学が拾ってくれないかなあ」

とのんきなことをいってばかりで、

「他人からしてもらうのを待っているんじゃない」

とマスコは諭した。

まじめで勉強好きな三男は、第一志望の共学の大学付属高校に、合格判定のAランク評価をもらっていて、親としては安心していた。本人も気持ちに余裕があるのか、自分とは正反対の長男を見て、

「大丈夫かな。食べて寝てばかりいるけど」

と気にしていた。

「そうなのよ。起きているときは、ずっと庭でバットを振ってるしね」

マスコがうなずくと、まだ受験に一年の余裕がある次男が、

「みんな大変だね。おれは一人、気楽な身分だよ」

といいながら、ドジャースの野茂英雄《のもひでお》がノーヒット・ノーランを達成した話を、延々と長男として盛り上がっていた。

三男はともかく長男はこんなことでいいのかと、マスコ夫婦が案じていたら、その不安の通りに志望校全部が不合格だった。二月中にすべての合否が判明し、担任の先生を含めてそれから受験できる野球部のある大学を調べていたら、偏差値的にも可能性があって寮のある大学が見つかった。マスコは内心、やったと喜んだ。もしここに入学できなければ、長男も私もあと一年、暗澹《あんたん》たる思いで過ごさなくてはいけなくなると必死だったが、ここも落ちて通える大学がなくなってしまった。

「やっちゃったなあ」

長男は笑いながら頭を搔いていたが、マスコははらわたが煮えくりかえった。子供の自主性にまかせようと、勉強しろとは特にいわなかったけれど、本人がろくに勉強をしなかった

のだから当たり前だった。

「何を考えてるのよ、まったく」

ふだんは温厚な母親が激怒したので、関係のない次男、三男も驚いていた。夫に対する日頃の鬱憤も溜まっていたマスコは、長男の態度に対してきっちりと説教をした。

大学入試に失敗した長男は予備校に通いはじめ、次男は大学では野球はしないと決めた。

「おれは現役で入るからね」

弟にそう宣言された長男は憤慨していたが、自分がさぼった結果としてこうなったのだから仕方がない。マスコは放任主義もほどほどにしないとだめだと思い知り、長男には「素振りは一日十回まで」と申し渡した。彼は「ひどい」とショックを受けていたが、弟からは煽《あお》られているし、どうしても来年は合格しなくてはならないので、納得した。

三男は問題なく第一志望の大学付属高校に進学して生物部に入り、部員たちと興味深い話ができると、楽しそうに通学していた。夕食のときに「同級生の女子や同じ部の女子といろいろな話をしている」と、高校での出来事を話すと、高校は男子校で部活が命、そして今は受験生の長男、次男は暗い目をしながら御飯を食べていた。

「今度、お友だちを連れてきたら？」

マスコが提案すると、

「うん、そうする」

三男は明るく返事をした。

「いいねー、楽しそうだねー」

食事を済ませた長男は力なくそういって席を立ち、自分の部屋に入っていった。

「ああ、おれたちには楽しいことなんて、ひとつもない。付属高校に行けばよかった」

次男もため息をつきながら部屋を出ていった。マスコは二人の小さな嘆きを聞きながら、

「野球部がある共学の大学付属高校を受けるには、あんたの偏差値が大幅に足りなかったじゃないか」と呆《あき》れ、まあ、これも子供たちにとっては勉強だと思った。

翌年、無事二人は寮のある遠方の大学に引っかかってくれた。問題は長男は北、次男は南の地方の大学に決まったことだった。寮生活は喜ばしいが、どうせなら同じ方角のほうがと願っていた両親の希望は、残念ながら叶《かな》わなかった。受験生の息子たちの様子を見ながら体調管理だけに気をつけていたマスコは、ほっとして肩の荷を降ろした。夫のほうは息子三人の学費を、とてつもない勢いで電卓を叩《たた》いて計算し、

「うー」

とうめいた後、食卓の椅子に座ったまま、脱力していた。もちろんこれはマスコがもらう生活費には関係ない金額である。

「うー」

もう一度うめいて夫は頭を抱えた。

上の二人の息子は家を出て大学の寮生活となり、三男だけが家に残ったので、マスコは働きたいと夫に話した。十分な生活費を渡しているのにと驚く夫に、マスコは金額の問題ではなく、これからは自分の楽しみを見つけたい。そのためにはお金も必要なので、その分くらいは自分で稼ぎたいと話した。夫は妻が生活にも困っていないのに、働きたいと思う気持ちが理解できないようで、しまいには、

「妻を働かせていたら夫の自分が恥をかく」

などといいはじめた。そして月々二万円までだったら小遣いとして認めるし、洋服が欲しかったら買ってあげるという。

「また自分が決めた枠のなかでやれっていうこと？」

むっとしたマスコに夫は、

「働くなんてろくなことじゃないよ。ほら、ずいぶん前にいっていたじゃないか。同級生の母親が、パート先の店員と駆け落ちしたらしいって」

夫はマスコの同級生だったヤヨイちゃんのお母さんの噂話《うわさばなし》を覚えていた。妙に記憶力がい

いところが嫌だわと、マスコが呆れていると、夫は早速財布から二万円を出して、彼女の手に握らせた。

　それからもマスコは条件が合う働き口が見つからず、前と同じく夫から生活費をもらう毎日を続けていた。そんななかで長男、次男が生活している寮を訪ねるのも楽しみだったし、三男が学校や部の男女の友だちを連れてくるのも楽しみになっていた。今さら仕方がないが、女の子が一人くらいいればよかったなと思った。

　長男が大学の地元で就職を決めた矢先、交際していた地元出身の同級生の彼女が妊娠したと告げられた。何ということをと夫婦ともども気が動転した。先方も結婚する意思があるとわかってほっとしたものの、急いで先方のお宅に夫婦、長男揃ってお詫びに出向いた。ご両親に笑顔で、

「息子さんが私たちと同居してくれるというので、みな喜んでおります」

といわれてマスコ夫婦は仰天した。まさかその場で問いただすわけにもいかず、彼女の家を出てから、

「どうなっているんだ」

　と夫がたずねると息子は、

「だってそのほうが楽だから」

と平気な顔をしている。マスコは息子がそういう選択をしたのだからと考えるようにしたが、夫はふがいないと怒っていた。

お腹の大きなお嫁さんと長男の、地元での結婚式も終わり、結果的にはめでたいのだからとマスコ夫婦が自分たちを納得させていると、就職して実家に戻っていた次男までが、「結婚する」といい出した。夫婦はびっくりして、就職してまだ間もないのにと説得すると、学生のときにアルバイトをしていた鮮魚店の一人娘と結婚して店を継ぐといいはじめた。彼女と将来結婚したいと店主である彼女の父親に話したら、それだったら婿養子になって店を継いで欲しいといわれたという。

「はああ」

マスコ夫婦はそういったまま、二の句が継げなかった。マスコは長男のときと同じように、驚きつつも息子の意思を尊重したいと思ったが、夫のほうは「何で婿養子にならないといけないのだ」と怒った。長男は妻の両親と同居はしているが、姓はそのままだ。納得できない夫がその話をすると、

「籍とか、そういうの面倒くさいんだよね。どっちだっていいじゃない。夫婦が仲よく暮らしていれば」

と次男はまったく気にしていない。

「あのな、それはお前が向こうの人間になるということだぞ」

「でもおれがお父さんとお母さんの子供なのは変わりがないんだし」

そうよねえとつぶやいたマスコは夫に、お母さんが甘やかすからだと叱られた。その鮮魚店は何代も続いている、地元で有名な店だった。次男の学生寮に遊びに行ったとき、たまにアルバイトをしているから、帰りにはここで土産を買って欲しいといわれたのを、マスコは思い出した。

「あのとき買った干物、とてもおいしかったわ」

それを聞いた次男はうれしそうな顔をした。

「またお母さんは食べ物につられて。冷静になりなさいよ！」

夫には叱られたが、息子がそれでいいのならいいんじゃないかというマスコの気持ちは変わらなかった。夫はいつまでもぶつくさいっていたが、最後には「勝手にしろ」状態で引き下がるしかなかった。次男も結婚して鮮魚店の跡取りとして家を出ていき、家に残ったのは大学生の三男一人になったが、こちらはまだ女性よりも動物のほうに興味があるようで、大学の仲間たちと勉強したり遊んだり、楽しくやっていた。

三男は大学を卒業しても就職せずに、動物行動学で大学院に進んだ。オーストラリアやアフリカに研究に行くため、家にいるのはマスコ夫婦だけという日が多くなった。長男、次男にはそれぞれ男児が生まれ、マスコよりもひと回り年上の夫は退職を目前にしていた。これまで趣味も持たず預金通帳の残高が増えることばかりを楽しみにしていた夫は、これから何を生き甲斐《いがい》にするのだろうかと、マスコは考えていた。

退職した日、マスコがちまちまと生活費の余剰を貯めたお金で、

「二人でお疲れさまの食事会をしましょう」

と話すと、夫は「もったいない」と一度は断ってきたものの、説得して近所でいちばん高級といわれている懐石料理店で食事をした。夫はスーツ、マスコも大きな花柄のワンピースを着て出かけた。個室に案内されると「テーブル席でよかったのに」と夫はまた文句をいった。そして料理が運ばれると、こんなに量が少ないのに、値段が高いといいはじめた。

「ねえ、文句はやめてくれない。せっかくの退職祝いの席なんだから」

マスコがたしなめると、彼は「そうだな」と黙って料理を食べていた。

結婚した息子たちや孫たちの話、女性の影がなく、とにかく女性よりも動物を追い続けている三男については、あの子は結婚は無理ではないか、など子供関連の会話は続いた。しかしそれ以外の話は続かなかった。夫の両親は元気だが二人とも八十代半ばを超えた。今後、体調が悪くなることも考えられるから、介護の問題も出てくるとマスコが話すと、夫はそんな縁起が悪い話はしたくないという。

「縁起が悪いんじゃなくて、みんなに起こりうるでしょう。高齢になったら当たり前のことじゃないかしら」

「現実に起こってないのに、いうなよ」

「でも前もって話し合っておくのは大事じゃないかしら。そうなった場合に、誰が介護するのか。施設に入ってもらうんだったら費用のこととか、いちおう考えておかないと」

夫は黙り続けてその問題から逃げようとしているようだった。

「私は子供の世話、親の世話で一生を終える気はありませんから」

マスコが笑いながらいうと、夫はびっくりした顔で彼女の顔を見つめた。

マスコの夫は絶句した後、しばらくして、

「まあ、お母さんもこれまで大変だったから……。うーん、まあ、それはそうなんだけど。うーん、まあ、そうだな。ちょっとトイレ」

とひとりでぶつぶついいながら、部屋を出ていってしまった。マスコの「子供の世話、親の世話で一生を終える気はない」という言葉にも、面と向かって反対しなかったところをみると、少しは同意してくれているのかもしれないと、彼女は好意的に考えた。

その話をアフリカでのフィールドワークから帰ってきた三男に話すと、

「それはそうだよ。昔と違って今はそういう時代じゃないんだからさ。お母さんはずっと家のことをちゃんとやってきてくれたんだから、これからは自分のことを中心に考えればいいよ」

といってくれた。図鑑を見ながら、スカンクがどうのこうのといっていたあの末っ子が、こんな言葉をいってくれるようになったとはと、胸が熱くなってきた。

退職した夫はよほどマスコの言葉が心に刺さったのか、老いた両親のために介護老人福祉施設のパンフレットをやたらと集めるようになった。特養老人ホームのなかには、何百人待ちというところもあるらしいとか、安いといわれているけれども、実際はそうではないところもあるとか、民間ではマンションが買えるくらいの資金が必要だとか、マスコに話して聞かせた。マスコはふんふんと聞きながら、いくらパンフレットを集めたとしても、それが必要になったときに、夫が適切な判断をくだせるかを考えていた。

結婚して三十年近く、貯金額が増えていくのだけが趣味で、妻にも家計をまかせなかった夫が、万が一、親が施設に入所する必要が出てきたときに、資金を提供するだろうか。マスコの義理の妹である弟の妻は、すでにマスコの両親とは相談済みで、必要な場合は施設に入ると、双方納得したと聞いていた。マスコは義理の両親とそんな話はしていないし、彼らは自分が介護するのを期待しているかもしれない。彼らは高齢とはいえまだ元気で、マスコが自分から老人施設の話を持ち出すのはためらわれた。

「あれだけ施設のパンフレットや情報を集めたのだから、私に話す前に両親に話せばいいのに」

マスコはちょっとずれている夫の態度にため息をついた。

再会

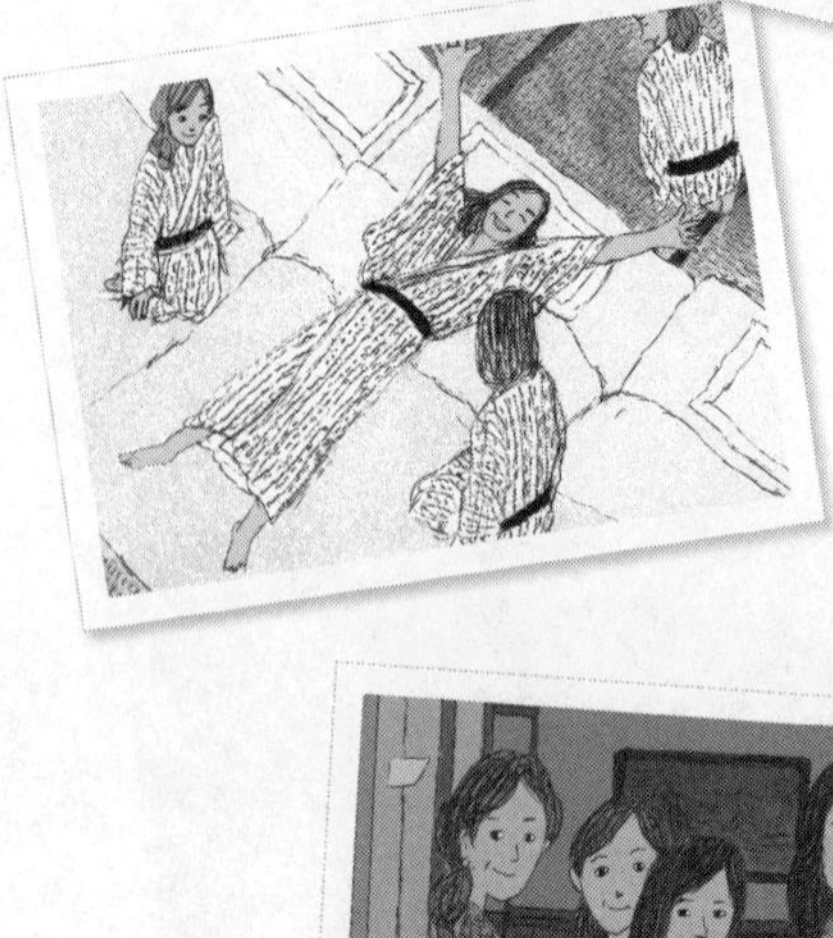

「タカハシさん」「サエキくん」とお互いに声をかけ合った二人は、唐突な再会に驚いて、しばらく声が出なかった。

「どうしたの、戻ってきたの」

タカユキが声をかけた。

「そうなの。父が亡くなってね、住む人がいなくなったから」

「えっ、いつ？　知らなかった、ごめんね。おれ、あっちこっちを旅行してて、今、帰ってきたから」

「いいのよ、突然だったんだもの」

「そうだったのか。おじさん、元気そうだったのに。もっと気をつけてあげればよかったなあ。それはご愁傷さまでした」

彼が頭を下げると、ヤヨイも同じように頭を下げた。

それから二人は生け垣を挟んで、老人介護施設に入所しているタカユキの母の話や、ヤヨイのこれまでの仕事の話をした。早期退職をして、気楽に過ごしているという彼は、歳はそれなりに取ったものの、子供の頃の面影がたしかに残っていた。そしてタカユキもヤヨイの顔を見ながら、同じことを考えていた。ヤヨイは彼の妻や子供の話が出ないのを感じながらも、それについては聞かなかった。

「何十年ぶりかで、生まれた場所に帰ってきたら、まるで浦島太郎になったような気分なのよ」

「このあたりもずいぶん変わったよ。昔は平屋ばかりだったじゃない。今はマンションや三階建ての家も多くなったから」

「そうそう。向こうのほうにあった電波塔だったかな、高い塔も見えたし」

「ああ、そうだったな」

タカユキは子供の頃はどちらかというと無口なほうだったのが、とてもよく話すようになっていた。

十分ほど立ち話をしたヤヨイは、

「帰ってきたばかりで疲れているのに。立ったまま余計な話ばかりをしてごめんなさい」

と謝った。

「いやいや、成長したタカハシさんが急に目の前に現れて驚きましたよ。それじゃ」

彼は小さく頭を下げて、家の中に入っていった。洗濯物を干し終えたヤヨイは、ふう〜と小さくため息をついて、陽当《ひあ》たりのいい畳の部屋に座った。サエキくんは立派なおじさんになっていたけれど、昔よりはずっと話しやすくなったのがうれしかった。

家に入ったタカユキは、こちらもふうっと息を吐いて、食卓の椅子の上に背負っていたリュックを置き、洗面所に行ってうがいをして手を洗った。これは幼い頃からの習慣で、母親にとてもうるさくいわれていた。当時は、面倒くさくて嫌だったが、六十歳になって、何も考えなくても体が覚えていて続けられているのが不思議だった。ついでに顔も洗い、しばらく椅子に座ってぼーっとすると、リュックを開けて、旅行中に着替えた衣類をつかんで取り出し、それと着ていた服も脱いで、全自動洗濯機に放り込んだ。そしてスイッチを入れて、自分はシャワーを浴びる。デジタルカメラや手帳類を食卓の上に置き、空になったリュックを庭の物干し場にひっかけて陽に当てた。

いつもの手順を終えると、また食卓の椅子に座り、冷蔵庫から缶ビールを取り出して開けた。そしてまた立ち上がって食器棚をごそごそ探すと、旅行に行く前に買って、半分残った柿ピーの袋が出てきた。彼はそれをつまみながら、ビールを飲み、ときおり、「はあ〜」

と息を吐いた。旅をしているときはテンションが上がって楽しいが、家に帰ったとたん、どっと疲れが出る。少しは年齢を考えなくてはと思うのだが、ついあっちこっちと出歩いて、体力を消耗してしまうようだ。

「そうか、そうなのか」

小さな声で彼はつぶやいた。幼なじみが突然、隣に戻ってくるとは想像もしていなかった。小学校低学年の頃、隣同士というだけで、「お前たち、結婚するんだろう」とからかわれたが、タカユキもそんな気持ちはなかったし、ヤヨイもそうだったはずだ。懐かしくはあったが胸はときめかなかった。

「あまり仲よくすると問題だな。近所で何をいわれるかわからない」

還暦を過ぎた独身の男女が、それも幼なじみが隣同士なのである。しかし近所の住人はほとんど入れ替わっているので、タカユキとヤヨイが幼なじみということすら知らない。いかにも親密な態度さえ取らなければ、変な噂《うわさ》は立たないはずとタカユキはうなずきつつ、こんなことを考えている自分に呆《あき》れた。普通に隣人としてつき合えばいいのに、変に意識してしまっている。そして洗い上がった洗濯物も、ふだんは適当にハンガーにかけたり、ピンチで留めたりするのに、隣人にだらしないところを見られるのは嫌なので、ふだんより丁寧に干した。

ヤヨイは家事がひととおり終わったので、食卓でコーヒーを淹《い》れて飲んでいた。昔はそうではない造りだったのに、建て替えてからは、台所のガラス窓からサエキくんの家の物干し場が見えるようになってしまった。何気なくそちらに目をやると、サエキくんがTシャツや、チェック柄のシャツや、チノパンツを干しているところだった。「意外に丁寧に干しているのね。几帳面《きちょうめん》なんだ」と感心しながら、元の職場から厚意で送られてきた、婦人服のカタログをめくった。

そしてふと、彼は家族がいないのかなと疑問に思った。亡くなった父から隣の様子を詳しく聞くことはなかったが、住んでいるのは一人のようだった。彼が結婚して家を出たという話は聞いた記憶があるので、一度は結婚したのだろうが、今は家族の影はなく、家はひっそりとしている。だいたい気ままにあっちこっちに旅行するなんて、妻がいたら難しいだろう。

「離婚したのかしら」

彼には恋愛感情を持ったことはないが、特に問題のある性格でもないし、同じクラスの女生徒に対しても、どちらかというと親切で優しかった。彼と同じバレー部で比較的仲がよかった女生徒は、彼は「家族のなかで女性が母親一人なので、自分と年が近い女の子と、どうやって話をしていいのかわからない。とにかく怒らせないようにしているのだ」といっていたと教えてくれたことがあった。そんな気遣いができる彼でも、結婚生活は破綻するんだなあと、ヤヨイはぼんやりと考えた。しかし彼がバツイチであろうとバツニであろうと、それは自分には関係ない。ただ気ままに旅行をしているなんて、とてもうらやましかった。ヤヨイは自分もこれから楽しめるものを見つけなくちゃと思った。

サエキくんと再会したことで、芋づる式に記憶が蘇《よみがえ》り、ユリコちゃんに手紙を書いてこの話を教えようと、会社に勤めているときから持ち続けているレターセットを取り出した。やや端っこが薄く茶色に変色していた最初の二、三枚の便箋は、買い物に行くときのメモに使うことにして、その下の白い便箋に向かい合った。父親の死や勤め先に近いアパートから実家に戻るための引っ越しのばたばたで、手紙を書くこと自体、久しぶりだった。字がとても下手になっていたのにびっくりして、何度も何度も書き直した。

便箋を何枚も無駄にし、書いている文字が比較的ましで、誤字もないユリコちゃんへの手紙がやっと書けた。どっと疲れてひと仕事を終えた気分だった。父親が急死して実家に戻ってきたこと、偶然、旅行から帰ってきたサエキくんと再会したこと、どうも一人暮らしらしいことを書いて、買い物がてらに駅前のポストに投函《とうかん》した。

この一週間は何も考えずに、スーパーマーケットで買い物をしていたが、子供のときと同じように、サエキくんと会ったらどうしようと考えるようになった。無視するのは明らかに変だし、かといって立ち話をするような話題もない。もし会ってしまったら……。にっこり笑って「こんにちは」っていえばいいかと思い、うん、それでいいと自分で返事をした。彼への対応が決まったとたんに、どこで会っても大丈夫という気持ちになり、野菜売り場であれこれ野菜を選んでいた。

ヤヨイのそんな姿を、タカユキはそっと同じスーパーマーケットの柱の陰から見ていた。旅行前に冷蔵庫の中をほとんどからっぽにしていたものだから、今晩食べるものがない。外食ばかりで胃が疲れているので、豆腐でも買おうとスーパーマーケットに来たら、そこに彼女がいた。彼もこれから彼女と顔を合わせたら、どうしようかと悩んでいた。失礼ではなく、それでいて拒絶しているとも思われない態度とは何かと考え、ヤヨイと同じように、「にっこり笑って、こんにちは」作戦がいちばんよいと決めていた。しかしできることなら、顔を合わせるのは避けたいので、彼はカゴに豆腐パック二丁と納豆三パックを入れたまま、ヤヨイと目が合わないように店内をうろうろして時間を潰していた。

そんな状況などまったく気がついていないヤヨイは、なるべく安くて状態のいい野菜をと、商品を丁寧に見て回っていた。ヤヨイの買い物が長引きそうだと感じ取ったタカユキは、空いているレジを確認して、急いで走っていった。ついでに進路の途中で安売りのワゴンに山積みになっていたチョコレートもカゴに入れた。精算中も彼女が来ないのを確認し、さっさと支払いを済ませて店を出た。これで今日は彼女と顔を合わせることはないとほっとした。しかしどうしてそんなに気にしなくてはいけないのか、胸がときめくような人でもないのにと思い、あわてて「ごめん、申し訳ない」と心の中で、まだ店で買い物をしているであろうヤヨイに謝った。

ヤヨイからの手紙を受け取ったユリコが、何度も繰り返して読み、夕食の後片づけもすべて済ませて、とっておきのレターセットを取り出して返事を書いていると、居間から長女と夫の口論が聞こえてきた。長女が家に戻ってきてからはいつもの状況だが、母、妻としてはいい加減にうんざりしていた。

ユリコの母親が亡くなったのが発端だった。長女はその家に住み続けたいといったのだが、夫は古い家で耐震に関しても不安だし、警備会社とも契約はしているが、広い家で三十代半ばの女性が一人暮らしをするのは、セキュリティの面でも不安があると説明した。しかし長女は地震のときも特に問題はなかったので大丈夫。また自分は体力に自信があるから、防犯面も大丈夫と、大丈夫を連発して夫を説得し続けていた。

しかし夫は、この間の地震の際に何もなかったとしても、どこかに問題はあるかもしれないので、あの家に住むのは避けた方がいい。土地家屋に関しては妻のユリコが相続人になるけれど、再雇用のサラリーマン家庭なので、多額の相続税がかかると払えない。結果的にはあの土地家屋は処分しなくてはならないだろうと話した。自分の思い出の家がなくなるのは辛い部分もあるが、ユリコは仕方がないと納得していた。しかし長女は、あの広い家が大好きなものだから、自分の気持ちの問題だけで、家を残して住み続けたいというのだ。

現実的ではない長女のわがままを聞いたユリコも、夫と一緒に説得したが、彼女は妙に頑固で、思い出とかおばあちゃんがかわいそうとか、それればかりを繰り返して埒《らち》があかない。この家はそれほど広くはなく、彼女の自室は六畳ほどだ。それがユリコの実家にいれば、広い庭、広い家でのびのび過ごせる。おまけに会社にも近い。

「ここから会社まで一時間以上かかるのよ。通勤だけで疲れちゃうわ」

文句をいわれたユリコ夫婦は、

「それじゃ、家を出て会社から近いところで一人暮らしをしたら」

と提案した。するともごもごと口ごもりながら、「お金がかかる」などといいはじめた。

そんな長女に対して、

「すべてお前の都合のいいようにいくか！　いったい何を考えているんだ」

と、しまいには温厚な夫が声を荒らげるようになり、父と娘の堂々巡りの喧嘩《けんか》の収束は見えなかった。

ヤヨイがユリコちゃん宛ての手紙を投函した一週間後に、美しい和紙の便箋と封筒で返事が来た。古い便箋の中のましな紙を使って手紙を書いた自分が恥ずかしくなった。

それにはずいぶん前にお父さんが、そして最近、お母さんが亡くなったこと、彼女が住んでいた大きな家をどうしようかと考えていること、お母さんとその家で同居していた長女が家に戻ってきて、毎日、夫と口喧嘩をして揉《も》めていること、次女はすでに結婚したこと、お兄さんの五十回忌を無事に終えたいなどと書いてあった。

以前、ヤヨイが手紙をもらったときは、まだ彼女の子供たちは学生だったけれども、そんなに大きくなったのかと感慨深かったが、あの優しくてきれいなお母さんが亡くなられたと知り、ヤヨイは家を出たきりの自分の母親も亡くなったような気がした。もしかしたら母の死よりユリコの母の死が悲しかった。

しかしいちばん気になったのは、「お兄さんの五十回忌」のくだりだった。五十年前なんてヤヨイがまだ十代のときの話である。当時、そんな話は聞いた記憶がなかった。親しい自分にも話さなかった、話せなかったユリコちゃんの悲しさを想像すると胸が痛んだ。手紙でもご両親については病状などを教えてくれているのに、お兄さんについては詳細をほとんど書いていなかった。それほど思い出したくないのだろう。親しくても人には伝えられない物事はあるのだ。ヤヨイも家を出ていった母のことは、ユリコちゃんはもちろん、誰にも知らせないままだ。しかしあの優しい性格の彼女が、ヤヨイの母親について、様子伺い等を書いていないのは、すでにその話は知っているからかもしれない。

「サエキくんもそれなりのおじさんになったのでしょうね」

彼女がそう書いているのを読んで、ユリコちゃんは自分たちとは住む世界が違う人といった印象があったけれど、子供時代の一時期を共に過ごした同級生に、まだ関心を持っていてくれたのがうれしかった。

ヤヨイはサエキくんには愛情は感じていないが、同級生だった人が他の同級生の記憶に残っていないと少し悲しくなる。ヤヨイが知っている限り、彼と彼女はそれほど親しくしていなかったはずだが、ヤヨイの隣家の男の子をちゃんと覚えていてくれた。サエキくんが「いない人」扱いになっていなくてよかったとほっとした。

隣に幼なじみの独身男性、サエキくんが住んでいることにも慣れたヤヨイは、特に彼と親しくするわけでもなく、ふだん通りに過ごしていた。もっと彼と顔を合わせるかと思っていたが、意外に会わないのにほっとしたり、台所から見える物干し場に、長い間洗濯物を干した形跡がないと、どうかしたのかしらと心配にもなったりした。

仕事はやめてしまったので、ヤヨイは家事を済ませたら特にすることがない。家にこもって三食食べ続けていると、体重が増えるばかりのような気がしたので、たまには華やかな場所にでも行ってみようかと、かつて勤めていた会社の、通販でいちばん評判がよかったワンピースを着て、デパートに出かけた。日焼け止めを塗るだけの日が続いていたので、どうやって化粧をするのかも忘れてしまった。そして気に入っていて、似合っていたはずの口紅の色が似合わなくなっていた。こんなはずじゃないのにと思いながら、今日の買い物の目的がひとつできたとうれしくなった。

前の記憶がないくらいに久しぶりのデパートの化粧品売り場は、あまりの色数の多さに目がくらむようだった。使ってきた口紅のメーカーのカウンターに行くと、きれいな若い女性が応対してくれた。

「久しぶりにこの色をつけたら、どういうわけか似合わなくなっていて」

ヤヨイが口紅を見せると、彼女は消えかかった色番号に目を近づけて確認した。

「これはずいぶん前に廃番になっていますね。どのようなお色がよろしいですか」

「もう自分でどの色を選んでいいのかわからなくなってきているので、似合いそうなものを選んでもらえますか」

うなずいた彼女は、三本の口紅を選んでヤヨイの唇に塗ってくれた。一本はなじみのある色で抵抗がなかったが、他の二本は自分には赤すぎると選ばない色だった。

「こちらはふだんにも使えて、顔が明るく見えます。赤みの強いほうはちょっとしたパーティにもいいかもしれませんね」

ヤヨイはちょっとしたパーティなんかないしと心の中でつぶやきながら、ふだんとは違う鏡の中の自分を眺めていた。

「お客様が見慣れていらっしゃらないだけで、とてもお似合いだと思いますけれど」

ヤヨイは彼女のその言葉に推されて、顔が明るく見える赤い色目の口紅を買い、ちょっとだけうきうきした気持ちでデパートを出た。

ヤヨイは塗ってもらった、はじめての赤い色目の口紅がうれしくて、帰り道を歩きながら自分の姿が映るところで顔を確認してみると、だんだん自分に似合っているような気がしてきた。この口紅を塗っても実年齢が若くなるわけでも、スタイルがよくなるわけでもないのだが、家を出たときとはちょっと気分が違うのは間違いなかった。

駅前のスーパーで食材を買い、気分がいいのでちょっと遠回りをしようかと、ふだんとは違う道を歩いていて、ふっと気がついた。母が姿を消したとき、彼女がパート勤めをしていたスーパーマーケットに話を聞きに行ったその帰り、知り合いに会いたくなくて遠回りした道だった。あのときは気が滅入っていたが、今日は違う。母については気にならないわけではないが、自分のなかではあきらめていた。母は自分の人生を歩もうとしたのだ。親戚からは「子供を捨てて」などといわれたが、自分が捨てられたと考えると余計に悲しいので、そう思わないようにしてきた。

新しい口紅と、蘇った当時の記憶で、複雑な気持ちになりながら歩いていると、同級生のカツオの工務店の前に近づいた。店の前では男性三人と女性二人がワゴン車の前に立っていて、大声で笑っていた。そのうちの一人の男性がこちらを振り返った。そしてじっとヤヨイの顔を見て、

「おう、ヤヨイ、ヤヨイじゃないか」

と声をかけてきた。四十年ぶりで会ったはずなのに、まるで昨日も会ったかのような口ぶりだった。

(わっ、カツオだ)

今では短髪が白髪になった彼が、見覚えのある顔で笑っている。

「こんにちは。お久しぶりです」

「おう、どうしたんだよ」

カツオは隣にいた女性に、

「この人、ヤヨイさん、小、中学校の同級生」

と紹介してくれた。するとその細身で小綺麗《こぎれい》な女性は、

「えっ、同級生なんですか？　お若くみえますね」

といってくれた。ヤヨイは新しい口紅の威力かなとうれしくなった。

「この人、おれのかあちゃんで、シノブっていうんだ。これから親たちが、ドライブがてら旅行をするっていうから、おれたちはその見送り」

親御さんたちもにこにこ笑っていた。

ヤヨイは就職してからの話を手短にして、退職を機に実家に戻ってきたといった。カツオのお母さんはとても懐かしがってくれて、

「こいつはちょこまかして落ち着きがないし、忘れ物が多くて、ヤヨイちゃんには迷惑をかけたでしょう。いろいろとあったよねえ、きっと。ごめんね」

と謝ってくれた。ヤヨイは彼にしつこく消しゴムを貸してくれといわれたのを思い出した。

「やだ、そうだったの」

シノブが顔をしかめると、カツオはあわてて、

「昔々の話だから」

とごまかそうとした。

ヤヨイはカツオ夫婦と一緒に手を振って、親御さんたちを見送った。

「おれたち、みんなでこの上に住んでるんだよ。イヌやネコもたくさんいてさ。ごっちゃごちゃなんだけど、遊びに来てくれよ」

まさかカツオにそんなふうにいわれるとは思わなかったので、内心驚いていると、シノブも隣で、

「そうですよ。せっかく同じ町内に戻ってきたんだから」

と急いで一階の事務所に入り、連絡先が書いてある名刺をヤヨイに渡してくれた。

「ありがとうございます。またご連絡しますね」

ヤヨイが礼をいうと、

「そんな丁寧にいわれると恐縮しちゃうよ。おれたち子供のときから知ってるんだからさ。気楽にさ、気楽に」

とカツオが笑った。二人と別れた帰り道、ヤヨイは「あのカツオがねえ」と何度も心の中で繰り返した。

一方、シノブの父親が運転している車の中では、カツオの母親がヤヨイについて話していた。母親がパート先の若い男性と駆け落ちして行方《ゆくえ》がわからないこと、知り合いからは、母親らしき人がヤヨイの家の前に立っていたという話を何度か聞いたけれど、その人が本当に母親かどうかはわからないことなど。

「ヤヨイちゃん、独身だっていってたでしょう。一人でずっと悩んだり苦労していたんじゃないのかな。お父さんが亡くなって本当に一人になっちゃって。あんなにいい子なのに……」

カツオの母親は涙ぐんだ。

「お母さんのことはわからないけど、これから何か助けてあげられればいいけどなあ」

車内の父親たちも神妙な顔をしていた。

カツオ一家と再会してから四日後、掃除をしていると庭のほうから、

「こんにちは、タカハシさん」

と女性の声がした。最近、表札を見てから、親しげに名字で呼びかけてくるセールスの人もいるので、警戒しながら生け垣のほうを見ると、カツオ夫婦が立っていた。複数のイヌの鳴き声も聞こえる。

「先日はどうも……」

あわててヤヨイが庭に出ると、

「ああ、こちらこそ」

とカツオがにこにこ笑っていた。

「どうして私の家がわかったの」

「そんなの、子供のときに町内を遊びまわっていると、だいたい誰がどこに住んでいるか覚えたし。そのときの道順を思い出しながら歩いていたら、ちゃんと着いたよ」

あの成績が悪かった彼が、こんなにしっかりしているとは思わなかった。

「うちの親がヤヨイさんにお土産って。こんなところからすみません」

シノブは垣根ごしに、包装紙に名物干物と書いてある大きな包みを渡してくれた。

「あら、どうもありがとう。親御さんたちにくれぐれもよろしくお伝えください」

包みはどっしりと重かった。カツオ夫婦はそれぞれ二匹ずつのイヌを連れていて、シノブが連れている二匹はおとなしく座っていたが、カツオが連れている二匹は、わんわんと鳴き続けている。

「義母《はは》がとても懐かしがってました」

「みなさんお元気でよかったわ」

「うちの親たちは遊びにばかり行っていて、私たちはイヌとネコの世話係なんです」

それもまた幸せよねと、シノブと話しながら、ヤヨイは、

「どうぞ、家でお茶でも」

と誘った。

「ありがとうございます。でもイヌの散歩の途中なので」

シノブは頭を下げた。女同士で話している間に、カツオはイヌを引っ張って、隣の門の中をのぞきに行って戻ってきた。

「ここってサエキくんの家だよね。町内なのに全然、顔を合わせないんだな。よろしくいっといて」

夫婦は手を振って仲よく歩いていった。自分の散歩のペースに戻って安心したのか、イヌたちは鳴きやみ、うれしそうに彼らに飛びつくようにしてついていった。

お土産にいただいた干物は、ゆうに三家族分くらいあった。親世代は足らないと困ると思うのか、少人数の家族でもものすごい量の物をくれたりする。その気持ちがありがたいのと同時に、どうやって消費しようかと悩むのもまた事実なのである。この大量の干物は、親御さんたちの気持ちとありがたく受け取って、どこにお裾分けをしようかと考えた。いくら干物でもユリコちゃんの家に送るのは衛生的に問題がありそうだし、やはりご近所に配るしかない。

まず父親が倒れたときに、お世話になった三軒先の奥さんにちょっと多めに持っていくのは決まったが、他に近所で親しくしている人はおらず、突然、干物をあげますといわれても困るだろう。

「隣にあげるしかないか」

自分が買ったわけではなくて、カツオからといえば、サエキくんも受け取るだろう。隣の庭を見ると洗濯物は干されていなかった。また彼は気楽に旅行をしているのかもしれない。ヤヨイはふだんはなるべく彼には家にいてもらいたくないのに、今日だけはとにかく早く帰ってきてくれないかと勝手に気を揉んでいた。夜になって隣家の灯《あか》りが点《つ》いた。

それを見たヤヨイは、三分の一よりもちょっと多めの干物を、大型の密封式ビニール袋に入れて、隣家のチャイムを鳴らした。すぐにドアが開いた。

「あー、こんばんは」

のんきな声で挨拶《あいさつ》をしながら、サエキくんが姿を現した。

「こんばんは、これ、カツオくんから」

彼はぽかんとしてしばらくヤヨイの顔を見ていた。

「カツオくんって、あのカツオ？　工務店の息子の」

「彼の親御さんたちからいただいたの」

「えっ、何で？」

ヤヨイは偶然に工務店の前で再会し、何やかんやとあって、その結果ここに干物があるのだと話した。

「そうだったんだ。立派な干物だね」

うれしそうに干物を受け取りながら、彼は、

「フェスに行ってたんだよ」

といった。フェスなんて若い人が行くものじゃないのとヤヨイが黙って聞いていると、

「ライブは楽しいんだけどさ、最近は会場にたどりつくまでに疲れちゃうんだよ」

と彼は苦笑していた。

三軒先の奥さんにも干物を喜んでもらい、ヤヨイはお土産のお裾分けができてほっとした。早速、晩御飯に焼いて食べたら、身がふっくらとしてとてもおいしい。今度、何かあったら御礼をしなくてはと、口をもぐもぐさせながら考えた。

タカユキは、ヤヨイからもらった干物を焼いてみると、あまりのおいしさにびっくりして、ビールが進んでしまった。

「カツオかあ。懐かしいな」

ふう～っとため息をついた後、彼はつぶやいた。小、中学校のときの彼の姿が目に浮かんできた。おっちょこちょいでおしゃべりで落ち着きがないので、先生にいつも怒られていたっけ。高校に進学せずに家業を継ぐという話を聞いて、親から進学についてお尻を叩《たた》かれていた自分は、彼がうらやましかった。しかし高校に進学しないで大丈夫なのかという思いも

あった。そのときは職人という仕事についてもわからなかったし、進学してきちんとした会社に勤めるのが、当たり前だと考えていたので、それからはずれる人生って、どうなのだろう、いくら家業を継ぐといっても、彼には不安はないのかなと、自分のことを棚に上げて考えていた。

しかしヤヨイの話だと、小綺麗ないい奥さんと結婚して双方の親と同居して、イヌやネコもたくさん飼って幸せに暮らしている。だいたい、小、中学校のときにそれほど親しくもしていなかったのに、町内とはいえわざわざ家を探し当てて、お土産を持ってきてくれるなんて、何て優しい奴なんだ。イヌの散歩の途中だっていってたらしいけれど、本当はお土産を渡すのが第一目的で、そのついでにイヌの散歩があったんじゃないのか。

次に焼酎《しようちゆう》を飲みはじめたタカユキは、記憶がぐるぐると頭の中で巡り、

「それに比べて、このおれは」

と考えはじめた。酒の量が多くなるといつもこうなると自分でもわかっているのに、たまに自制が利かなくなる。親のいうことをきく、いい息子だったのが文系に進路を変更し、そして浪人して父親から愛想をつかされるようになった。自分の人生なんだからそれでいいんだと納得して、それなりに大学生活も楽しんで、同級生がうらやましがるような会社に就職もした。しかし自分の浮気で離婚をいい渡され、娘からも呆れられ、飼いイヌの三兄弟から

も吠《ほ》えられた。今の時点で自分は明らかにカツオに負けていた。

タカユキがフェスやライブに行くと、若者たちが声をかけてくれたりする。自分から声をかけることもある。最近の若い子はみな気がいいので、あれこれ話ができて楽しい。タカユキが会社をやめて好きなことをやっていると話すと、

「そういう人生って最高ですね」

といわれることも多い。嫌な気持ちはしないが、一人家の中で酒を飲んでいると、「本当にそうなのかな」と首を傾《かし》げる。妻と娘とイヌに家を追い出され、実家に戻ってきただけではないか。昔は意地悪な姑《しゅうとめ》にいびり出されて、泣く泣く実家に戻ってきた嫁の話がたくさんあったが、それと自分は似たようなものだ。

「でもその嫁さんは浮気はしなかっただろうけどな」

ふふっと笑って、焼酎の瓶に手を伸ばしたがやめておいた。これまでの人生については、予想外の事柄も多かったが、自分の罪はそれなりに償ってきたつもりだし、親にも心配はかけたけれども、面会に行くと母親は老人介護施設で楽しくやっているようだ。人生はやり直せないのだし、いろいろとあって今の自分がある。しかし成長しているのかと聞かれたら、胸を張って「はい」とは答えられない。

まだ本人には会っていないけれど、カツオは明らかに成長しているではないか。小、中学

校のあいつは、嫌われてはいないものの、同級生のみんなから、

「あいつは大丈夫か」

と心配されていた。それが今は立派なものだ。

広告代理店に就職したときに、上司が、

「人生は勝つか負けるかどっちかだ」

といっていたのを聞いて、「なるほど」と感心したが、男同士だとそんなふうに見る癖がついてしまったのかもしれないと自嘲《じちょう》した。

ヤヨイについては、女の人だし自分とは比べることはできない。そして女性の人生としても、彼女を「負け」といってしまうのは、あまりに酷だった。性格のいい人なのに、突然、姿を消したお母さんのことがあって、お父さんと二人で精神的に苦労をしただろう。母親は自分の娘のようにヤヨイを気にしていて、彼女の話もよくしていた。今度久しぶりに施設に面会に行くときに、

「ヤヨイちゃんは隣に戻ってきたよ」

といって喜ばせようと、半分眠りながらぼんやりとタカユキは考えた。

認知症の母親が入所している老人介護施設に、久々に面会に行ったタカユキは、ヤヨイが

隣の家に戻ってきたと話した。

「ヤヨイちゃんが？　そうなの。よかった、よかった。今は三十歳くらいになったのかしら」

母は年齢の感覚が、すでになくなっているらしい。

「何いってるの。おれと同学年だったじゃないか」

「そうだったっけ。ところであんたはいくつになったの」

「もう六十過ぎたよ」

「えーっ、いつの間にそんなおじさんになっちゃったの。やだあ」

やだあっていわれても、本当なんだからしょうがないじゃないかと呆れながら、信じられないといった表情をしている母の顔を見た。

「ヤヨイちゃんはかわいらしくてね。いつもお母さん手作りの服を着てた。そうそう、そのお母さんが、ずいぶん前だけど家の前に立ってたんだよ、タカユキ。知ってる？」

いつものように母の話はあちらこちらにとんでいるが、これまでにも何度も同じ話をするところをみると、本当に彼女のお母さんの姿を見たのかもしれない。しかし自分の口からは軽々しくはいえないと、タカユキはヤヨイから聞かれるまで何もいうまいとあらためて思った。

一方、ヤヨイはこのまま家で、何もしないで過ごすのもいけないなあと思い、習い事でもしようかと考えていた。ユリコちゃんにはこちらの電話番号もスマホのメールアドレスも教えているが、着付けの先生になって忙しいらしく、彼女から連絡をしてくることはない。ヤヨイからもすることはなかった。お互いに連絡先を知っているだけでいいのだ。

ほとんど外部からの接触がないヤヨイの家の固定電話が鳴った。またセールスかと身構えて受話器を取った。

「はい」

すると相手の男性が、ヤヨイが勤めていた会社名、次に自分の名前を名乗った。

「あら、お久しぶりですね」

彼は同期入社の男性だった。現在は会社の役員をしているという。

「タカハシさんは、みんながいやがることをやらされていたから、本当に大変だったね」

彼は社交辞令ではなく、心の底からそう思っている口ぶりで、ヤヨイを労《ねぎら》ってくれた。勤めているときはヤヨイにも不満があったが、それはすべて終わった話だった。

「実は……、銀行に勤めていたマスコさんって知ってるかな」

彼は切り出した。彼は偶然、ヤヨイと同じ地区の出身で、ヤヨイが通った学校とは逆の方向にある小、中学校に通っていた。二人はお互いの出身中学も、どこの駅の近くにあるかも知っていた。

「マスコさんという名前の人は知っているけど、結婚してどんな名字になったのかは知らないわ」

「今度シニア用のショップを出すことになって、アルバイト店員を募集したなかに、彼女がいたんだよ。前にショップを出したときに、その女性店長が友だちと結託して、万引き被害を装って、何着も盗んだことがあってね。それから審査を厳しくしていて、彼女が最終選考に残っているんだけど。たまたま彼女の小学校が、タカハシさんと同じだったから、聞いてみようと思って」

よくそんなことを覚えていたとヤヨイは感心し、彼女はみんなからお母さんみたいといわれて、とても信頼されていたと話した。

「それはいいね」

「マスコさんは体格がいいでしょう」

「いや、背は高いけれど、ほっそりしているよ」

「小、中学校のときにはタマラ・プレスの、タマラっていうあだ名だったのよ」

「ひどいなあ、それは」

久しぶりにマスコちゃんの名前を聞いてうれしかったが、なぜファッション関係のショップのアルバイトに応募したのかわからなかった。当時は、私、着る服を選ぶのが大変なのと笑っていたし、たしかにそうだろうとみんなも納得していた。

ヤヨイが勤めていた会社はサイズ展開が豊富だったが、ヤヨイの記憶にあるマスコちゃんの体形では、いちばん大きなサイズでも、入るかどうか微妙だった。でもそういった体形の店員さんがいたほうが親しみが湧くし、お客さんも店に入りやすいから、いいかもしれない。そして何よりマスコちゃんの優しい性格で、多くのお客さんに好かれるだろう。念のためと彼が口にしたマスコちゃんの履歴書に書かれた高校名も、ヤヨイの記憶にあった制服がかわいい学校だった。四十数年会っていないけれど、その人は同級生のマスコちゃんだと確信した。

マスコ夫婦は重々しい雰囲気で向かい合っていた。二人の手元にはマスコが淹れたコーヒーが置かれていたが、夫はそれを飲んでは、

「うーん」

とうなっていた。マスコはシニア向け洋服ショップのアルバイト店員に応募して、採用の返事をもらったところだった。夫には何も相談をせず、突然、マスコが採用通知を見せて、

「これから働きます」

と宣言したので、夫は混乱したようだった。

マスコはもっと早く働きたかったのだが、義理の両親がたてつづけに倒れ、二人とも状態が深刻だったうえに、別々の病院に入院したため、マスコは家と病院二か所を結んだ三角形をぐるぐると回り、病院を出されて二人が自宅に戻ると、今度は家での介護の日々になった。孤軍奮闘したあげく、三年の間に二人を次々に見送った。そんなこんなで、マスコは働く予定を引き延ばさざるを得なくなったのだった。夫は両親が亡くなった後、残された実家をどのように資産運用しようかと、とても楽しそうにしていた。儲《もう》け話を持ってくる人たちを家に招き入れては熱心に話を聞いていた。

「たとえば、ぼくの朝御飯とか、昼御飯はどうなるのかな」

自分の御飯のことかとマスコは呆れた。そんな小さなことと自分が働くという大問題を天《てん》秤《びん》にかけられていたのかと思うと腹が立ってきた。

「作ればいいんでしょ、作れば」

むっとすると、夫は、

「あ、そうなのね。それだったらまあ、いいけど……」

と小声になった。

「お金に困っているわけでもないのに……何が不満なのかなあ。今さら働くなんて……この歳《とし》になって奥さんを働かせるなんて、甲斐性《かいしよう》なしに思われる……」

とマスコの目を見ず、斜め下のほうを見ながらぶつぶつと文句をいった。

「お父さんにはわからないでしょうけどね。私ももう歳なので、これからは自分の好きにしたいのよ。今まで妻、母親なのに家計すらまかせてもらえなかったんだから」

「それをずっと根に持っていたのか」

「そういう問題じゃないの。お金を貯めることばかり考えているお父さんと私とは、根本的に考え方が違うのよ」

マスコはいつになく大声でいい放った。

不満そうな夫にマスコが、人事担当の人から、そのショップを運営する会社には、お母さんが行方不明になったヤヨイちゃんが勤めていたと話した。するとどういうわけか夫はそれで少し安心したらしい。

「仕方がない、許してやろう」

(許してやろう?)

マスコは夫の年齢がひと回り上ということは別にして、どうして妻の自分が立場的に夫の下に置かれているのか理解できなかった。そして理解できないまま、原因を突き詰めずに何十年も経《た》ってしまったのだった。

マスコは会社から採用の電話をもらってヤヨイの名前を聞いたとき、

「ヤヨイちゃんが勤めていたんですか」

と叫んでしまった。

「タカハシさんもあなたのことをよく覚えていたと、連絡をした役員がいっていましたよ」

人事担当者から聞かされてとてもうれしかった。ヤヨイちゃんは小学校低学年のときはとても小柄だったのが、だんだん背が伸びてきた。まじめで曲がったことが嫌いな優しい女の子だった。彼女とは特に仲がいいわけではなかったけれど、世の中にはたくさん会社があるのに、縁があったのが不思議だった。

マスコの勤務は一日八時間、平日に週に二日の休みをもらえた。ショップの店長は本社から派遣された五十代の女性で、髪の毛をぴったりと撫《な》でつけていて、宝塚の男役のようだった。彼女とは最終面接のときに顔を合わせていたが、

「私、ひと目見たときから、マスコさんがいいなと思っていたんです」

といわれた。えっ、そうですかとマスコが聞き返すと、

「こんな人がいてくれたらいいなと思っていたら、マスコさんに決まって、やったあって喜んだんですよ。役員が反対しても絶対に採用するって思っていたけれど、みんなが同意見だ

ったからよかったです」

マスコは、ありがとうございますと頭を下げた。自分がそんなに会社に求められていたなんてと、じーんとしてきた。

「うちの服を着て、ちょっとでも幸せな気持ちになれる人がいればいいなって思うんですよ。売り上げもなくては困るけど、似合わないのに似合うって売りつけるのは嫌なんです。自分がされて嫌なことはやめましょうね」

マスコはこの会社に採用してもらってよかったとうれしくなった。

店長に私服が地味すぎるとNGを出され、マスコは接客用の服を会社支給の形で選んでもらった。えっ、これを着るのと驚くようなデザインや色柄に最初は躊躇《ちゅうちょ》した。しかし一緒に鏡を見ながら、店長は、

「マスコさんは背が高くてスタイルがいいんだから、地味すぎるのはもったいないわ。でも立場上、親しみやすいほうがいいから、ちょっとおとなしめにしました」

といった。しかしマスコにとっては、白地にオレンジ、イエロー、グリーンの大きな花のプリント柄で、脇に深いスリットが開いたロングブラウス、白い細身のパンツは大冒険だった。

マスコが気恥ずかしさを感じながら着ている姿を見たお客様たちは、

「あなた、素敵ね」

と口々に褒めてくれた。そしてブラウスやパンツの着心地を詳しく聞かれる。感想を正直に話し、細身のパンツが苦手な人には、柔らかい雰囲気のワイドパンツを勧めた。最初は抵抗があっても、試着すると意外に似合ったりするので、みんな新しい自分の姿が発見できたと喜んでいる。ほとんどのお客様が何かしら購入して帰っていった。

「やっぱり」

店長は笑った。

「マスコさんは人を引き寄せる力があるのよ。どんなに美人でもスタイルがよくても、人が寄って来ない人っているの。若いときはいいんだけど、歳を取るとだめなのよね」

接客の面では、銀行のフロア担当をしていたときに、たたき込まれたことが身についていたのかもしれない。当時は厳しくて嫌だったけれども、いつ役に立つかわからないものだとマスコは思った。

夫は朝御飯はマスコが作ってくれたものを一緒に食べ、昼御飯も用意されている。晩御飯も仕事から帰ってきた彼女が作るので、不満は口にしなかった。しかしオーストラリアのフィールドワークから戻ってきた三男は、母親が作っておいた昼御飯を、資産運用のパンフレ

ットを見ながら食べている父親の姿を見て、

「働きはじめたお母さんにまだ三食作らせているわけ？　他にやることがないんだから、自分の飯くらい自分で作りなよ」

と顔をしかめた。三男はこれまでの両親のやりとりを聞いていて、父親の母親に対する態度が変わらないことに怒っていた。

母親に協力する気がないのかと、三男から非難されたマスコの夫は、

「うるさい」

といった後、もごもごと口ごもりながら、昼御飯をかき込んで自分の部屋に入ってしまった。その話を晩御飯の後に聞いたマスコは、

「お父さんには何をいってもだめよ。今さら直らないんだから」

とため息をついた。どうりで晩御飯の食卓で、夫と息子の会話がなかったのかと思い当たった。三男は家にいるときは、食後に皿洗いをしてくれるようになった。子供たちが家にいるとき、彼らが食器洗浄機が家にあったら、お母さんが少し楽になるねといってくれたのに、夫はそれを無視し続けていまだに買ってくれていなかった。

「料理は作れなくても、自分が食べた分の皿を洗っておくくらいはできるでしょう。御飯だって、自分が外に食べに行くか、買ってくればいいだけのことじゃないか」

三男の言葉はありがたかったけれど、突然、食事の支度をやめるわけにもいかず、息子の力も借りて、徐々に変えていくしかなかった。

ヤヨイは電話をくれた役員から、マスコちゃんが採用されて、週に五日は店にいると教えてもらった。今回は販売経験のあるシニア女性の応募が多く、あの子供の頃からお母さんのようだったマスコちゃんが、難関を乗り越えて採用されたのは、我がことのようにうれしかった。

「マスコちゃん、どんなふうになっているのかな。服、入るかな。大丈夫かな」

ヤヨイはまだ彼女のサイズを気にしていた。

店が開店してからひと月ほど経って、ヤヨイはデパートで購入した、赤い口紅をつけて、マスコちゃんが働いている店に行ってみた。店長の女性はヤヨイが受注センターにいたときの中途採用で面識はない。教えてもらった駅に降りると、お洒落《しゃれ》な店が並んだ大きな商店街があった。その一角に店はあった。店の中をのぞくと、すでに二人のお客様がいて、頭ひとつ分、背が高い女性がハンガーに掛かった服を両手に持ち、にこやかに応対していた。

（マスコちゃん、痩せてる！）

中学生のときは肉に埋もれてよくわからなかった目鼻立ちも、顔がすっきりしたものだから、目も大きくなって鼻もすっと高くなったようにみえる。

（マスコちゃん、美人！）

ヤヨイは店に入った。

「いらっしゃいませ」

先客に応対しながら、マスコちゃんは声をかけてきた。そして店に入ってきたヤヨイの顔を、あらっという表情でじっと見た。

「こんにちは、お久しぶりです。タカハシです」

「あっ、タカハシ、ヤヨイさん？」

ヤヨイがうなずくと、マスコちゃんは、

「あーっ、懐かしい、あらー、来てくれたんですか」

と小走りに走ってきてハグしてくれた。先客はきょとんとしていたが、マスコちゃんが状況を説明すると、

「あらー、それは偶然ねえ」

と女性五人で懐かしい人との再会の話がはじまった。三十分くらいみんなで笑ったり、亡くなった親友を思い出してもらい泣きした後、先客はそれぞれ買い物して帰っていった。

中高年の女性は、見ず知らずの人であっても、いったん話し出すとまるで旧知の間柄のように話が盛り上がるのが不思議である。しかしその仲が、その後もずっとつながっていくか

というとそうではない。それっきりになっても気にしないのも不思議だった。

「マスコちゃん、痩せたねえ」

ヤヨイの言葉を聞いて、店長が怪訝《けげん》な顔をしていたのを見て、マスコちゃん自身が、自分が太っていたときの話、高校に入って先生の指導を受けて痩せた話をした。

「もう地獄のような毎日で、先生を恨んだこともあったのよ」

「でもリバウンドしないのは立派だわ」

店長が感心していた。それから、中高年になると、食後どうしてこんなに胃が出るのかとか、一見、肉が落ちて痩せた気がしたのに、体脂肪は増えているとか、またそんな話で三十分経過した。

口紅の色目が気に入ったので、ちょっと明るめの色を身につける自信もつき、明るい色の服が欲しいとヤヨイが相談すると、店長とマスコちゃんは、薄いピンク色のブラウスとシルバーグレーのパンツを勧めてくれた。

「こんな色、大人になってから着たことがないわ。ちょっと恥ずかしい気がする」

ヤヨイはお尻が隠れる丈の、ふんわりとしたデザインのブラウスを胸に当てて鏡を見た。

「あなたの名前と同じ春の色だから、絶対に似合うようになっていると思うわ」

マスコちゃんはベテラン販売員のようにヤヨイにアドバイスしてくれた。

マスコちゃんとの久々の再会で興奮したヤヨイは、おすすめのブラウスとパンツを買い、ふだんはそんなことはしないのに、ユリコちゃんの携帯に電話をかけてしまった。留守電になっていたので、メッセージを残した。すると三十分後、

「どうしたの？　何かあったの？」

とヤヨイの頭の中にあるユリコちゃん像からは信じられないほどのあせった様子で、電話がかかってきた。

「ううん、ごめんね。どうしても知らせたいことがあって」

ヤヨイが笑うと、

「ああ、びっくりした。あなたが電話をくれるなんて、よっぽどのことだと思って。ああ、そうなの、よかったわ。悪い知らせじゃなくて」

と彼女が電話の向こうで胸を撫で下ろしている様子が、手に取るようにわかった。

ヤヨイはマスコちゃんと再会したと話した。

「懐かしいわあ、マスコちゃん。体が大きくて優しい人だったわよね。へえ、そんなお仕事をしているの。おまけに痩せてスタイルがよくなったんでしょう。うらやましいわ。私なんか二、三キロ太るのはあっという間なのに、三か月ダイエットしても、まだ一キロしか減らないのよ。どうやってそんなに痩せたのかしら、知りたいわ」

お隣のサエキくんやカツオの話もした。

「やだー、カツオくん、結婚できたんだ。あっ、ごめんなさい、あなたへの当てつけじゃないのよ。へえ、あの落ち着きがなくていつも先生に叱られていた子がねえ。みんなちゃんと大人になるものなのねえ」

その他、マスコちゃんと巨体を争っていて、中学校を卒業してすぐに結婚した「若秩父《わかちちぶ》」の話など、話題は尽きなかった。

「ヤヨイちゃんは地元のみんなと、いつも会えるんでしょう。いいなあ。私は結婚して離れた場所に住んじゃったから。ねえ、今度みんなで会えないかしら」

ユリコちゃんからの予想外の提案に驚きつつ、ヤヨイは、

「五十年ぶりとはいわないけれど、それに近いものね。じゃ、マスコちゃんと相談してみるわね」

と勝手にマスコちゃんを巻き込んだ。そして彼女が働く店で迷ったあげくに買うのをやめたカーディガンを買いに行き、そのときに彼女とも相談し、誘ってみようと考えた。

マスコちゃんが働く店に行ってカーディガンを買い、ミニ同窓会の話をすると、

「ユリコちゃんがそういってたの？　ユリコちゃんはきれいで品があって、別世界の人みた

いだったわねえ。サエキくんは優しい子だったし、カツオくんに会いたいかどうかはちょっと微妙だけど楽しみだわ」

といってくれた。

することがなかったヤヨイは、することができて張り切った。男性たちにもこの話を伝えなくてはならないが、どうしようかと家に帰って考えた。今は話しやすいのはカツオで、彼からお隣のサエキくんに伝えてもらう方法もあるが、それは住んでいる距離からいって、不自然なような気がする。しかしカツオとサエキくんはまだ再会していないので、その段取りでいいかと、ヤヨイは買い物の帰りにカツオの家を訪れた。

各階のインターフォンが並んでいるのを間違えないようにして、カツオ宅のボタンを押すと、シノブが出た。そしてしばらくすると、「おーい」と頭上から声がした。見上げると部屋の窓から、ネコを抱っこしたカツオと、イヌを抱っこしたシノブが手を振っていた。

「そのまま階段を上がってきてよ。イヌやネコは大丈夫だろ」

「うん、平気」

ヤヨイがカツオ宅のドアに近づくと、室内から複数のイヌの鳴き声が聞こえた。この家は絶対に泥棒には入られないだろう。ドアチャイムを押すと、

「どうぞ、鍵、開いてるから」

とカツオの声がしたので、おそるおそる開けると、腰高のイヌネコ脱出防止の柵がはずされていた。

「こんな具合で、すみませんね」

カツオ夫婦は謝った。ヤヨイを見たイヌ四匹は尻尾をちぎれんばかりに振って飛びつき、熱烈歓迎してくれた。三匹のネコたちはタンスの上に寝転んでヤヨイを見ていたり、我関せずでクッションの上で寝ていたり、尻尾をぴんと立ててイヌにまじって近寄ってくる子もいた。動物はとても好きだが、一度にこんなにイヌやネコにすり寄られることはなかった。

「はいはい、こんにちは。かわいいわねえ」

彼らに声をかけて撫でながら、ヤヨイはシノブにすすめられたソファに座った。するとちゃっかりと両側に雑種二匹が座り、最後にチワワ二匹が膝の上に乗ってきた。

お土産のイチゴをシノブに渡すと、ヤヨイの周囲に陣取っていたイヌたちが急に体を伸ばして鼻をひくひくさせた。

「あなたたちは食べられないのよ」

シノブにいわれたイヌたちは、しゅんとしておとなしくなった。ヤヨイがカツオに、ユリコちゃんからの、みんなで集まりたいという提案を話すと、

「それはいいねえ」

と喜んだ。

「みんなおやじ、おばさんなんだろうな」

「それはそうよ。平等に歳を取っているんだもの」

カツオはヤヨイが話した、マスコちゃんの変貌ぶりに興味津々のようだった。

「本当にきれいになったのよ。背が高かったからモデルさんみたいなの」

「痩せたっていっても、前があれだから、普通になったってことだろ」

まあ、それはそうなんだけどとヤヨイがいおうとすると、

「ちょっと、どうして女の人に対してそういうことをいうの？　嫌よねえ、男兄弟だけだとデリカシーがなくなるから」

とシノブがカツオをたしなめた。

「そ、そんなことないよ。みんなマスコちゃんが好きだったんだから。あのな、本当に体が大きかったんだよ」

「実はそうなんです」

ヤヨイも同意すると、

「へえ、そうなんですか」

といいながらシノブがお茶を出してくれた。

カツオは自分がサエキくんの家に行って驚かせるという。

「でもあっちこっちに旅行して、家にいないことも多いみたい」

「へえ、いいご身分だねえ。おれなんか、まあ、ありがたいことだけど、まだ細々と働いているからなあ」

「働けるうちは働いたほうがいいのよ」

「そうそう、楽な生活は頭にも体にもよくないよ、といって還暦過ぎても働いているおれは、自分を正当化しているのです」

ヤヨイはあのカツオが、正当化などという単語を口にするとは想像もしていなかった。あらためてカツオも立派になったものだと、姉のような気持ちになった。

イヌたちに顔や手を舐《な》められ、ネコたちには体をこすりつけられ、ヤヨイは全身から動物臭を発しながら家に戻った。

これまで同じ町内に住んでいたのに、大人になってからは顔を合わせることがなかった、かつての同級生が、急にぐっと近づいてきた。考えてみればずっと地元にいるのはカツオだけで、ユリコちゃんとマスコちゃんは結婚して地元を離れ、自分とサエキくんは何やかんやとあった出戻り組だ。カツオに聞いたら、同じクラスで地元に住んでいる人も何人かいたが、みんな商店街で商売をしている店の子供たちだった。しかし商店街が廃《すた》れて閉店すると、親はそのまま住んでいるようだが、就職した同級生は引っ越していったという。

自分がサエキくんの隣に住んでいるのに、わざわざ足を運んでくれるカツオに悪いと思いつつ、毎日、隣の洗濯物が干されているかチェックしていた。幸い、ここのところずっと、洗濯物が干してあるので、彼は在宅のようだった。タイミングが合いますようにと願っていると、ある日の夕方、インターフォンが鳴った。出てみるとカツオだった。

「あら、どうしたの」

「これから隣に行くんだよ。あんたも来るだろ」

「えっ、私も」

「そうだよ、いい出しっぺの一味じゃないのか」

いい出しっぺなんていう言葉を、何十年ぶりで聞いたかしらと笑いをこらえながら、

「わかった、じゃあ、一緒に」

とヤヨイは丸いものが、五、六個入ったレジ袋をぶら下げているカツオについていった。

カツオは突然、振り返り、

「これ、デコポン。サエキへの土産。おれ、大好きなんだ」

とにっこり笑った。

「あら、気を遣ってもらって悪かったわね」

「おう」

カツオは大股《おおまた》でサエキくん宅のドアの前まで行き、力を込めてドアチャイムを勢いよく何度も押した。すぐにドアが開いた。

「お久しぶりです！」

カツオがそういって、デコポンが入ったレジ袋を目の前に突き出した。

「わっ」

サエキくんは目をまん丸くしてのけぞった。しばらくして、

「カツオ、カツオか？　どうしたんだ？　あれ、タカハシさんも？」

とぽかんとしていた。カツオとヤヨイは二人並んで笑いながら立っていた。

「まずは、これ」

サエキくんはあっけにとられた様子で、目の前にぶら下がっている、デコポンが入ったレジ袋を受け取り、

「ああ、どうも、ありがとう」

と袋の中をのぞいた。

「あっ、ちょっと二個返して」

カツオはサエキくんが持っている袋の中からデコポンを二個取り出し、

「ごめん、さっき渡すの忘れちゃった」

とヤヨイに手渡した。えっ、ここでとヤヨイは驚き、手の上の二個のデコポンに目を落としながら、とりあえず、

「ありがとう」

と礼をいった。

サエキくんは、「いったいどうしたのか」を連発して、突然やってきた二人の顔を交互に見た。

「サエキもほどよくおじさんになったな」

「当たり前だよ、カツオと同じだよ」

「あははは、ところでね、みんなで会うことになったんだよ。おれとこの人と、マスコちゃんとユリコちゃんと、お前で」

「えっ」

サエキくんはまだ事情がのみ込めないらしく、ぽかんとした顔で突っ立っている。

「ああ、あの、よかったら中にどうぞ」

「ああそう、悪いね」

　そういいながらカツオがずんずん中に入ってしまったので、ヤヨイが玄関先で躊躇していると、

「何やってんだよ、ほら」

　と彼に手招きされた。

「お邪魔します」

　とヤヨイも家の中に入った。

　意外にも室内はきれいに整えられ、二人は明らかにふだんは使われている気配がない居間に通された。小さな仏壇の前の花瓶に、庭の花が三輪、活《い》けてあるのにヤヨイは目を留めた。一方、カツオは天井を見上げたり、柱を叩いたり、そこここの建具を開閉したりして落ち着かない。

(こういうところは昔と変わってないのね)

　ヤヨイが心の中でつぶやくと、彼は、

「ちゃんと仕事してるな」

　といって座布団の上に座った。

「何もなくて申し訳ない」

　サエキくんはグラス三個とペットボトルに入ったお茶と、柿ピーを器に入れて持ってきた。

ヤヨイが事の次第を説明する前に、カツオが全部話してしまった。

「間違ってる?」

いちおうヤヨイの顔を見て確認してきたので、彼女は、

「いいえ、その通りです」

というしかなかった。サエキくんはお茶を飲みながら、

「へええ、今まで何のつながりもなかったのに、急接近したんだねえ」

と感心していた。カツオは柿ピーを食べながら、

「別にクラス会みたいに大人数じゃないから、大げさじゃなくていいじゃない。場所もいい店があるし」

という。

「あら、そうなの」

そんな話は事前に聞いていなかったので、ヤヨイはつい大きな声を出してしまった。

「うちの奥さんのお父さんの友だちが、割烹《かっぽう》料理店をやってるんだよ。個室もあるから、そこがいいと思うんだ。料金も格安で頼むっていっといた」

「えっ、いっといたって、もうお願いしちゃったの」

「うん」

カツオはすまして柿ピーを食べている。せっかちというか何というかと、ヤヨイが困っていると、

「それじゃ、みんなの都合のいい日を聞いて、早めに会おう」

とサエキくんが二つ返事でうなずいた。

「マスコちゃんとユリコちゃんは、変な野郎から連絡があると、旦那さんが心配するだろうから、二人にはあんたから電話しておいてよ」

いつの間にか、カツオから「あんた」と呼ばれるようになったヤヨイは、

「はい、わかりました」

と返事をした。

サエキくんに無事報告が終わり、ヤヨイとカツオの二人は家を出た。

「デコポンありがとう」

「それ結構、うまいんだ。じゃあ二人への連絡、よろしく」

カツオは手を振って帰っていった。家に帰ってデコポンを見ながら、「あんた」と呼ばれてびっくりし、ちょっとむっとしたけれど、それは彼が自分を仲間だと思ってくれているのだろうと考えることにした。

二人が帰ってからタカユキは、

「へえ、そうなんだ、そうなのか」

と何度も繰り返しながら、そこいらへんをぐるぐると歩き回った。ちょっと気分が高揚してきて、お茶だと物足りなくなったので、冷蔵庫から缶ビールを出し、さっきお茶請けに出した柿ピーをつまみに飲みはじめた。ふだんは使わない居間の座布団に座り、また、

「へえ、そうなんだ」

とつぶやいた。

カツオは昔のはしっこい感じは残しつつ、それなりにしゃっきりとした男になっていた。ふだんは照れくさいこともあり、あまり関わりを持たないようにしている隣のタカハシさんは、当時からきゃあきゃあと騒ぐタイプではなく、自分が自分がと前に出るタイプでもない。控えめだがたまにきっちりと物をいう。子供ながらに、あなた、ちゃんとやってるのといわれているような気がしていた。さっきもカツオがしゃべっているときの彼を見る目が、小学生のときそのままだった。

お腹がすいてきたので、冷凍御飯を電子レンジに入れて解凍し、鍋に湯を沸かしてカレーのレトルトパックを入れた。その間にレタス、キャベツ、プチトマト、缶入りコーンで、簡単にサラダを作った。これが今日の晩御飯だ。

「カレーは本当に食べ飽きないな」

今日のものは、ふだんのレトルトではなく、グレードアップしたものなので、よりおいしく感じる。タカユキは頭の中で価格を比較して、今後はこれを買おうと決めた。

会う人たちのなかに、ユリコちゃんが入っていると聞いて、タカユキはちょっと興奮していた。近寄りがたいくらいにきれいで、品があって頭がよかった彼女。好きだったけれど何でもないふうを装って、他の女子と同じように応対していた。その彼女と何十年ぶりかで再会できるのだ。

昔のアイドルが年を経て姿を現したとき、その変化の大きさに、こんなことならば現実は知りたくなかったとがっかりした覚えが何度もある。ユリコちゃんはどうなっているのだろうか。当時のままか愕然《がくぜん》とするか。

「おれだっておやじなんだから、女性に対してそんなふうに考えるのは失礼だよな」

タカユキは反省し、カツオからもらったおみやげのデコポンを食後に食べながら、

「ふふっ」

と笑った。

マスコはヤヨイからミニ同窓会の詳細な連絡をもらって、とても楽しみにしていた。夫婦

と三男の食事のとき、

「今週の土曜日、同窓会があるんだけど」

と話すと、夫は、

「ああ、そう、どこで？　行ってくれば」

といった。場所と時間をいうと、どうして夜なのかと顔をしかめた。同窓会といっても五人の小さな集まりなのだというと、男も来るのかと聞いた。

「小、中学校の同級生なんだから、男だっているよ」

三男が面倒くさそうに夫に向かっていい放っても、夫は、どういうメンバーで集まるのか教えろという。

隠す必要もないので、正直に話すと、

「ふーん」

といったっきり黙ってしまった。

「出かけるのにいちいち許可をもらう必要なんかないんじゃないの」

三男が呆れた顔でマスコを見た。

「出かけるなっていわれても、行きますけどね。黙って家を出るわけにはいかないから、とりあえずいっただけよ」

するとと黙っていた夫が、やっと口を開いたと思ったら、

「それじゃ、ぼくの晩御飯はどうなるの。作っておいてくれるのかな」

と聞いてきた。心底呆れた表情の三男に見つめられているのに気づいているのかいないのか、夫は、もう一度、三男と同じ心境のマスコに、

「晩御飯はどうなるのかな」

と念を押した。ふだんはおとなしい三男が、

「勝手に自分で食えばいいだろう。すぐそこの角にコンビニがあるし、駅前にいくらでも食べるところがあるだろうが」

怒りをあらわにして夫にくってかかった。

「な、何だお前は」

「この前もいっただろう。いくらいってもわかんないんだね。もう本当に呆れるよ」

「何だ、何がだ。親に対してそんな口のきき方はないだろう」

「とにかくよく考えなよ。今どき奥さんにそんなことをいうなんて恥ずかしいよ」

三男は明らかに父親を軽蔑する目で見た。関係が悪化した男たち二人を目の前にして、マスコは心の中で息子に感謝しつつ、

(それでも私は行くからね)

と週末を楽しみにしていた。

ヤヨイからミニ同窓会の連絡をもらったユリコも、最近にないくらいに胸がわくわくしていた。夫に週末の夜に出かけるというと、

「ああ、そうなの。じゃあ、映画でも観てこようかな」

などといっていた。ミニ同窓会出席者の地元にあるユリコの実家は、相続税対策もあって土地を売却し、そこにマンションが完成した際には、一室を自分たちの分としてもらうと話が決まっていた。その話を娘、特に長女に伝えると、絶対にその部屋を使わせて欲しいといい出すに決まっているので、夫婦は娘たちには黙っていた。

結婚した次女は、夫とともによく遊びに来た。といっても食費を浮かすためなのであるが、それもわかったうえで、ユリコ夫婦は四人で過ごすのを楽しみにしていた。しかしユリコの実家を売却するのに猛反対して、こじれた父娘喧嘩の末に家を出ていった長女は、まったく寄りつかなくなった。次女のところには時折、連絡があり、その話を総合すると、どうも知り合いの男性の部屋に転がり込んでいるらしいとのことだった。

それを聞かされたユリコと夫は、ただただ驚くしかなかった。

「部屋の持ち主はどういう人なの」

ユリコは唯一の情報源の次女にたずねた。

「サッカークラブのときの知り合いみたいよ。会社に近い場所に住んでいるから、通勤もとても便利っていってた。その人は彼氏でも何でもなくて、たまたま振り分けの2DKのアパートに住んでいて、その一部屋に住まわせてもらっているみたい。向こうも出張が多いから、部屋にいてもほとんど顔を合わせないんだって。それに隣がスーパー銭湯だから、お風呂もそこで入って、御飯は適当にコンビニやファミレスで済ませているから平気らしいよ」

両親が困惑しているのに、次女が平然としているのも腑《ふ》に落ちない。

「こういうことって、普通なの？」

ユリコはどうにも納得できない。すると次女夫婦は、

「今は男女のシェアハウスも多いしね。平気なんじゃない」

という。

「はあ」

ユリコ夫婦は顔を見合わせた。

「とても信じられない」

夫は首を横に振った。

ユリコ夫婦は若い頃、海外で生活していたので、中心部の都会の若者たちが男女に関係な

く、シェアハウスで生活しているのを知っていた。彼らはそれぞれに恋人がいるのに、家賃を節約するためにアパートの部屋を振り分けて同居していた。当時は異性が同居というところに少しひっかかったが、外国人の彼らは精神的に自立しているから可能なのだろうと思った。しかし自分の娘が恋人でもない男性と同居しているとなると、親としては心配になる。

だいたい娘が押しかけたような状態になっていて、相手の男性にも申し訳ない。次女は長女からは詳しい住所を教えてもらっていないので、場所はわからないという。

「まったく、あいつは何をやっているんだ。他人様《ひとさま》にも迷惑をかけて」

夫は怒っていた。いくら部屋にあまり帰ってこないといっても、その男性も隣室に女性がいるとなったら、気を遣うに違いないのだ。ユリコもいい歳をした娘が、どうして自分のために他人を巻き込むのかと、怒りがこみ上げてきた。

両親が怒っているのを見た次女は、

「お姉ちゃん、男みたいで色っぽくも何ともないし。きっと相手の男の人も、男友だちを泊めているような感じなのよ。あまり気にしなくてもいいんじゃないの」

という。次女の夫も隣でうなずいている。

「それはそうかもしれないけど、相手の男の人にご迷惑だっていっているのよ。男女の話は別にしても、住居スペースの一部を占領しているのは間違いないいんだから」

ユリコが説明しても、

「でもその分、家賃は払っているみたいだから、相手の人もいいんじゃない」

と次女はあっけらかんとしている。

「そういう問題じゃないの」

夫婦は同時に同じ言葉を吐いた。

「うふー、仲がいいねえ」

まじめに話しているのに、次女に茶化されて、夫婦が精神的に振り上げた拳は見事に空振りをして、力なく下に降ろすしかなかった。

夫婦は顔を見合わせてぶつぶつと文句をいいながら、今度、長女から電話があったら、一度こちらに電話をするように伝えなさいと、次女に申し渡した。

「はあい」

のんきな彼女の返事に、夫婦はまた一段階、力が抜けていった。

土曜日の夕方、五人はカツオが予約をいれてくれた店に集まった。ヤヨイが店に入ると、畳敷きの個室にすでにカツオが来ていた。

「おう、早いじゃないか」

「カツオくんこそ、早いじゃないの」

「おれが予約担当だからさ、一番乗りじゃないと悪いと思ってさ」

彼がジャケットを着ているのをはじめて見た。

「私、外で見てくるわ」

ヤヨイは座っているのが待ちきれずに、店の前で立っていた。

するとサエキくんが、ぼーっとやってきた。

「何やってんの」

「案内係よ」

「ああそう、それはご苦労様です」

彼はそのまま中に入っていった。しばらくすると白っぽいワンピースを着た女性が近づいてきた。その歩き方を見て、直感的にヤヨイは走り寄っていた。

「ユリコちゃん！」

声をかけると、そのワンピースの女性が大きく手を振り、小走りに駆けてきた。

「あっ、ヤヨイちゃん！」

二人とも笑いながら近づいているのに、いつの間にか涙が流れていた。

「ヤヨイちゃん、元気だった？」

「うん、ありがとう。ユリコちゃんも元気そうでよかった」

二人は路上で体を寄せて、手のひらで涙を拭いた。それを見た通行人は、どうしたのかといった表情で、二人に目をやりながら通り過ぎていった。

「変わらないわね」

お互いにそういいながら、

「変わらないわけないよね。あれから何十年も経っているのに」

と笑った。

「マスコちゃんがまだなの。私、外で待っているから、先に中に入ってて」

ヤヨイに促されてユリコは店内に入っていった。やっぱりあのユリコちゃんは、何十年経っても雰囲気が変わっていなかった。皺《しわ》があっても相変わらずきれいで品がいい。身内でもないのに、何だか誇らしく思えてきた。そしてそれから五分後、きっとみんなが見たらびっくりするであろう、変貌したマスコが、紙袋を提げてこちらに向かって走ってくるのが見えた。

「遅れるかと思っちゃった。うちの夫が出かけるぎりぎりまで、ぶつくさいっていて。鬱陶しいったらありゃしない」

マスコは息を弾ませていた。

「大丈夫。みんないるから中に入って」

「ああ、やっぱり私が最後だったのね。ごめんなさい」

マスコは背をかがめるようにして、ヤヨイに謝った。

個室に入ってきたマスコを見て、一同は相談したわけでもなく、

「痩せたあ」

と声を上げた。まるで別人と男性二人は目を丸くし、女性たちは、

「どうやって痩せたの？　リバウンドはしないの？　うらやましいわ」

と理由を聞き出そうとしていた。

ひとしきり痩せた、痩せたと盛り上がった後、カツオの音頭で飲める人はビール、そうでない人はウーロン茶で乾杯した。

「カツオくん、立派になったわあ」

「本当、あのままどうなるんだろうって、子供心に心配していたのよ」

「そうそう、お前を雇ってくれるようなところなんかないだろうなって思っていたから、お父さんの工務店を手伝うって聞いて、ああなるほどって思ったんだ」

口々にあれこれいわれたカツオは、

「おれ、そんなにひどかった？」

と真顔になった。

「うん、ひどかった」

ヤヨイが大きくうなずいた。

「たしかにあんたには迷惑をかけたよな。忘れ物をして、あれ貸して、これ貸してって」

「それだけならいいのよ。借りたのを忘れちゃうのか、それをちゃっかり自分の筆箱に入れて持って帰っちゃうんだもの。そして次の日、学校に来るとまるで自分のものみたいに使ってるの」

それを聞いてカツオ以外は大声で笑った。

「そういうこともあったな。返そうと思ってるんだけど、家に帰れるほうがうれしくて、そのまま持っていっちゃったんだよなあ」

カツオは短髪の白髪頭を掻きながら、

「いやー、本当に、申し訳なかった」

とヤヨイに頭を下げた。そしてはっとした顔でユリコのほうを見て、

「ヤマダさんにも、本当に申し訳ないことをしちゃって」

と正座に座り直して頭を下げた。

「え、何？」

事情がのみ込めないユリコがきょとんとしていると、

「おれ、ヤマダさんの家を、うちの父ちゃんが建てたって、みんなに嘘《うそ》をついたんだよ。子供の頃の話とはいえ、ヤマダさんにちゃんと詫びたことがなかったから。本当に申し訳なかった」

とカツオはもう一度、頭を下げた。

「そうだったの。知らなかったわ」

ユリコはおっとりといって首を横に傾けた。

「私、覚えてる。後で怒ったんだもの」

マスコが笑った。

「そうそう、あんただけがおれを怒ったんだよな。よく覚えてるよ。こいつだけは騙《だま》せないなと思った」

「何よ、それ。やあねえ」

そして、よく考えてみれば、あんなに古い建物なのだから、カツオくんのお父さんが建てられるはずがないのに、それを真に受けた自分たちは、本当に子供だったんだねとみんなで笑った。

その他、朝礼がはじまる前に、カツオ一人があっちに行ったりこっちに行ったりと跳ね回っていて、校長先生自らが朝礼台に上がって彼を叱りつけたとか、教室の大掃除のときに、先生から禁止されているのを無視して、カツオはワックスを塗って滑る床を走り回り、ものすごい勢いで転んで後頭部を打ったとか、カツオの話ばかりが次々と出てきた。

「すごいな、エピソードの宝庫だな」

タカユキが感心したようにいいながら、ビールを飲んだ。

「みんなくだらないことをよく覚えてるな。転んだとき痛くて泣きそうだったんだけど、ぐっとこらえて家に帰ったんだよ。そうしたら母ちゃんが『これで少しはゆるんだ頭のネジが、締まってくれるかね』っていってさ。手当てもしないで笑ってるんだよ。それからもっと頭が悪くなった気がするんだよなあ」

ユリコは楽しそうに笑っていた。

「私、銀行に勤めていたんだけど、フロアを騒ぎながら走り回る子供がいたのよ。そういう子を見るたびに、あなたを思い出したわ」

そういったマスコにカツオは、

「おお、そうか。それはうれしいな」

と喜んでいた。それを見てまたみんなは笑った。カツオのおかげで大量のおいしい料理が次々と運ばれてきたが、みんな還暦過ぎとは思えない食欲で、次々と平らげた。

昔のカツオ話が続いた後、

「マスコちゃん、本当にきれいになったよな。あのときは太り具合が『若秩父』と双璧だったものな」

と彼がしみじみというと、ユリコがヤヨイとうなずいた。

「私もその学校の先生のように、ダイエットの指導をしてくれる人が欲しいわ。体重は増えるばかりでほとんど減らないのよね」

男性二人は自分たちが立ち入れる問題ではないといいたげな表情をしていた。

「そういえば『若秩父』はどうしてるんだろうか。結婚したって本当なの？」

タカユキが聞いてきた。

「そうよ、中学を卒業して十六歳ですぐに結婚したんだもの」

ヤヨイが話すと、マスコが、

「短大のときに『若秩父』を見かけたのよ。小さい子の手を引いて、背中に赤ん坊をおぶって、あの体格のまま、ものすごく怒りながら歩いてた。二十歳で二人の子供を育てて、大変そうだなって思ったわ」

といった。

それを聞いた他の四人は、二十歳のときの自分を思い出していた。ヤヨイは母がいなくなり、ユリコはまだ学生で、カツオは親方から仕事のやり方が甘いと叱られ続け、タカユキは勉強よりもアルバイト。大学の軽音楽部でギターを弾き、かわいい彼女とつき合って、楽しく過ごしていた。

「あのときはよかったなあ」

ついタカユキはつぶやいてしまった。

「そう？　サエキくんは今がいちばん楽しそうだけど。悠々自適な生活なんでしょう」

マスコの言葉に彼は、

「うーん、でもまあ、奥さんと娘に追い出された男だからね。孤独なおやじですよ」

と苦笑した。

「追い出されたの？」

カツオが彼の顔をのぞき込んだ。彼は黙ってうなずいた。

「理由は？」

「浮気」

一瞬、場がしーんと静かになった。ヤヨイは心の中で、

（えーっ、サエキくんが）

とうろたえながら彼の顔を見ていた。ユリコもマスコも同じ気持ちだったと思う。

「ありゃまー」

カツオは小さな声を出した後、ぐいっとコップに残ったビールを飲み干した。

浮気をするタイプには見えない、タカユキの告白に、女性三人は顔を見合わせた。

「ふーん、それで怒られちゃったのか」

カツオはタカユキの目は見なかった。

「怒られちゃったというよりも、完全に切られたっていったほうがいいな。飼っていたイヌ三匹まで、おれを冷たい目で見て吠えるようになった」

女性三人はそれを聞いて同時にぷっと噴き出した後、うつむいて肩を震わせていた。カツオは興味があったのか、じわりじわりとタカユキの浮気相手について聞こうとしたが、マスコが、

「もうそれくらいでいいんじゃない。私たちはそんな話は聞きたくないから」

と話を遮った。

「あっ、そうだな、ごめん。今日は久しぶりにみんなで会ってるんだし、悪かった。サエキもごめんな。おれ、お調子もんだからさ、ついこういうことしちゃうんだなあ」

カツオが頭を掻いた。

「いや、いいんだよ。本当のことだから」

自分の汚点について話す必要がなくなった、マスコの言葉に感謝しながら、タカユキは焼酎のお湯割りを飲んでいた。

「あの、男の人に聞きたいんだけれど、夫がね、結婚以来、ずーっと私に家計をまかせてくれないの。それってどうなのかしら」

マスコがたずねた。

「おれたちの世代は、それをお願いするために、結婚するっていってもいいくらいなんじゃないの」

タカユキは過去形、カツオは現在進行形で、家計はすべて奥さんにまかせるという。

「申し訳ないけど、お金の計算って面倒くさいじゃない。こちらは働くから、それを全部お渡しして、やりくりはお願いしますっていう感じかな」

「うちの人、お金が大好きなのよ。ずっと融資係でお金の計算ばかりしてたの」

「ああ、それじゃあね。それにしても家計も自分でやるとはまめな人だね。でも奥さんはやりにくいよね」

と男性二人はうなずいてマスコの顔を見た。

「そうなの！　いちいち夫にお金をくださいっていわなくちゃいけないの」

「それは、ちょっと……。ねえ」

マスコ以外の四人はうなずいた。

「あー、やっぱり変よね」

マスコは顔をしかめた。

しかしみんなは、そのやり方で何十年もやってきたのだから、今さら家計をまかせてもらうのは無理だろう、働きはじめたのだから、自分が稼いだお金で、好きなものを何でも買っちゃえと励ました。

「そうなのね、つい孫のためとか、息子のためとか考えるんだけど」

「だめよ、自分のために遣わないと。これから先は長いんだから、孫は子供たちにまかせておけばいいの。これまでがんばってきたんだから、自分が毎日、楽しく過ごせるようなものに遣ったほうがいいわよ」

ユリコが口を開いた。みんなはあのユリコちゃんがと驚いたが、お嬢様の彼女も会社員と結婚して、いろいろと思うところがあるようだった。

「うちの長女には困ってるのよ」

続けて彼女は娘の話をはじめた。家を出ていったら恋人でも何でもない男性の部屋に転がり込んでしまった。次女夫婦に聞いたら、特に問題はないのではといわれたと話すと一同は二度驚いた。ヤヨイやカツオには子供はいないけれど、親の立場で考えると、同性はともかく異性となると、それは明らかに「いけません」と判断するしかない。

「でも今の若い人たちは、男女関係の感覚が自分たち世代とは違うと思うし、下の娘さんがいっているように、問題ないのかもしれないよ」

タカユキはそういった直後に、不倫をカミングアウトした自分が、こんなことをいうべきではなかったと激しく後悔した。

「うーん、それはそうかもしれないけど」

ユリコは口ごもった。そして、

「うちの子、同性が好きなのかな」

とぽつりといった。親としてそれを感じた一瞬があったのかもしれない。しばらくみんなは黙っていたが、カツオとマスコが、

「そうでもそうじゃなくても、親が子供を大切に思う気持ちは同じだからさ。見守ってあげればいいんじゃないの。ヤマダさんの娘だからさ、ちゃんとしてるよ。大丈夫だよ」

「そうよ、娘さんには娘さんの人生があるんだし。何かあったときに軌道修正できるようなアドバイスをしたらどうかしら」

と励ました。そしてヤヨイも、

「活発で元気なうえに、お祖母《ばあ》さんと同居してお世話をしていたなんて、本当にいいお嬢さ

んだと思うわ」

とユリコの肩を叩いた。

人の悩みには励ましたりアドバイスをしたりできるけれども、自分の悩みにはよい対処法がみつからない。

「お前は悩みなんかなさそうだな」

とタカユキにいわれたカツオは、

「うーん、まあないといえばないけど……、やっぱり親のことかなあ」

といいながらビールを飲んでいた。同じ建物の中に住んでいて、幸いみな元気なのだが、これから介護が必要になってくると、夫婦で三人の親を見なくてはならなくなる。

「兄嫁さんもいるけど、母親と仲が悪いからさ、手伝ってもらえないと思うんだよ」

みんなは、親から見れば今の生活は最高ねと話した。

「おれたちも元気なうちはいいよ。だけどうちの奥さんだって、あと何年かで還暦だし、自分たちだってどうなるかわからないじゃない。老老介護もいいところでさ、おまけに何匹ものイヌやネコつきだろ。雑種の太郎やたまちゃんが、みんなのおむつを替えてくれるわけじゃないからなあ」

「でもイヌやネコがいるから、お父さんたちも張りがあって長生きできるのよ。旅行もしているんだし、家にこもっている高齢者のほうがずっと心配よ」

「ああ、その点はね。でも逆に、その元気の反動がいつ来るんだろうかって、心配にもなるんだ」

カツオの話によると、先日も妻のシノブの父親が、ふだんは家庭用エレベーターを使うようにといっているのに、階段を急いで降りようとして、足を踏み外しそうになったのを、手すりに必死につかまって、転げ落ちずに済んだという。

「うわあ」

思わずみんなが同じように声を上げてしまった。高齢者は転ぶのがいちばん怖い。打ち身程度で済めばいいけれど、骨折したり頭を打ったりでもしたら、大事《おおごと》になる可能性が高い。

みんなの気持ちが「はああ」といった、大きなため息になった。

「足をちょっとひねったみたいで、病院で診てもらったら、異状はなかったんだけどね。だけど腰が悪いのがまたぶり返しちゃったりして。そこだけの問題じゃなくて、体の弱いところが悪くなっちゃうんだよね」

カツオはビールのコップを置き、目の前のきゅうりの漬物を、

「これ、うまいね」

といいながら、つまみはじめた。

「他人事じゃないわよ。若い頃は全然、そんなことがなかったのに、何でもないところでつまずいたりするのよね」

「そうそう、駅でも階段を降りながら、バッグの中をさぐったりしていると、足を踏み外して落ちそうになるもの。歳を取ったら外に出て、複数のことを一度にしようとするのはだめね。あれは危ない」

マスコとユリコとの話は盛り上がり、

「もしも親御さんに介護が必要になったら、家族だけでやるのは無理だと思うわ」

とカツオにアドバイスをした。

「親たちもそうなったら施設に入れてくれっていうんだけど、この施設がさ、ないんだよ。こちらの事情に合うところが。サエキのところはお母さんは施設にいるんだっけ」

「ああ、出戻ってきた当初は、問題なかったんだけど、軽い認知症の症状が出るようになってからは、施設に入ってもらった。うちの母親は特別、文句もいわないし、面会に行っても楽しくやってるみたいだけど」

「そうか、それはよかったな」

カツオはまたビールを飲んだ。

「でも親はいいのよ、私たちがいるから。問題は私たちなのよ」

マスコとユリコは同時にうなずいた。

「子供がいる人はいいんじゃないの」

カツオの言葉に二人は、また同時に首を横に振り、子供には子供の生活があるという。

「それはそうだな。お前、娘さんとはどうなんだ」

カツオはタカユキに聞いた。

「もういないのと同じ。孫が生まれたときに画像は送られてきたけど、それっきりだ」

「あらー、それは悲しいわねえ」

マスコとユリコは声を上げた。

「だからおれは、この先は孤独死だ」

ときっぱりといったのと同時に、ヤヨイも、

「私も孤独死派よ」

とすかさず宣言した。

「やだ、そんなこといわないで」

ユリコが悲しそうな顔をした。

「でもひとり暮らしだし、そうなるのも仕方がないなって腹を括《くく》ったの」

「ふーん、ヤヨイちゃんは今、気になっていることはないの？」

マスコが優しく聞いてくれた。

「老後のことは割り切ってるつもりだしね……」

ヤヨイはぐっと言葉に詰まった。

ヤヨイは、いっていいのかいけないのかと、みんなの様子を見ていた。夫や子供、親に対する悩みなどの深刻な話をしながらも、みんな楽しそうに飲食している。こんな明るい雰囲気のなかだったら、正直な気持ちを話してもいいかもしれないと、小、中学校のときに戻ったような気楽さで彼女は口を開いた。

「あのう、母親のことが……」

女性二人とタカユキの手がぴたっと止まった。ヤヨイも一瞬、はっとしたけれど、口に出したからには、いいかけた言葉をひっ込めることもできず、

「このままだと本当に中途半端になるから。それがちょっとね、心残りなのよ」

とにっこり笑ってみせた。

みんなの前ではじめていったのに、ユリコもマスコも、

「ずいぶん長いでしょう、お母さんの行方がわからなくなって」

という。ヤヨイは心の中で、ああ、何もいわなくてもみんな知っていたのか。突然、姿を消してしまって、周囲の大人たちが噂をしていたのを耳にしたのかもしれない。そう思って

いるうちに、かえって気が楽になってきた。そして母の件について、四十年もの間、親も含め、彼女たちや彼らが、詮索してこなかった思いやりに感謝した。

「何？　どうかしたの？　お母さん」

何も知らないカツオは、きょろきょろと周囲を見渡した。タカユキがちらりとヤヨイのほうを見たので、ヤヨイが、

「母親がね、私が短大のときに……、パート先の若い男の人と駆け落ちしたのよ」

となるべく深刻にならないように、さらっと話した。

「ええっ、そうだったの？　みんな知ってた？　あー、おれ知らなかった。そうだったの。大変だったね」

四十年以上前のことを、あらためてカツオが本当に気の毒そうにいうので、それが少し可《お》笑《か》しくもあった。

「何の連絡もないの？」

彼が真顔で聞いてくるので、

「そうなのよ。今までずーっと」

と返事をすると、カツオはただただびっくりしていた。タカユキが、

「タカハシさんには悪いけど、お前んちのおばさんたちは知っていたと思うよ。噂にもなっ

ていたし。お前に話さなかっただけだ」

と静かにいった。

「そうか、そうかもしれないな。うちは大工だから、近所のあちこちに顔を出す仕事じゃないか。そんなときにひとことでも、こちらが近所の誰かの悪口や噂話をしたら、信用がなくなるって親がいってたんだよ。向こうからいわれても、その噂を自分が知っていても、はあ、そうなんですかって聞き流せって。だからって知らなかったのはおれだけなんてなあ」

カツオは悔しそうだったが、みんなに、親御さんは立派と褒められて、ちょっとうれしそうだった。

「もう高齢だし、ほとんどあきらめているんだけどね」

ヤヨイが困った表情で笑うと、

「それにしても、どうなっているのかしら」

とユリコが真顔になって言葉を続けた。

「たしかに成人にはなっているけど、一人娘を残してずっとそのままなんて。お母さん、そんな人じゃないはずよ。相手の男の人に禁じられて連絡が取れなかったのかしら」

「さあ、それはわからないけれど」

タカユキは二人のやりとりを聞きながら、ヤヨイの母が家の前で立っていたという話をしようかしまいかと悩んだ。誰かが、こんな噂を聞いたと切り出したら、話そうと思ったが、誰もそんな話はしないので黙っていた。

「どういう形でもいいからけじめがつけばいいんだけど。このままだと私も納得できなくて」

なるべく深刻に感じられないように、ヤヨイは淡々と話すようにした。

それからしばらくみんなは黙って、目の前の刺身や煮物を黙々と食べていた。それぞれがこの場で、次にどういう話を切り出そうかと考えていると、マスコが、

「ごめんね、私の話をしてもいい？　義理の両親はずっと元気だったのに、たてつづけに病気になって入院したの。今は病院にも長くいられないから出されちゃうでしょう。それで転院したり、うちに戻ったりで介護をしてたんだけど、病気になるまで私にはとても優しくしてくれていたのに、ものすごくきつく当たられるようになって、びっくりしたのよ」

と話題を切り替えた。

「普通は反対じゃないの。介護をしてもらうにつれて相手への態度がいいほうに変わっていくっていう話はよく聞くけれどねえ」

ユリコが納得のいかない表情で、マスコの顔を眺めていた。

マスコは、とても優しい義理の両親なので、介護もスムーズにいくかと思ったら、あんた

のやり方はどうのこうの、こういうふうにはされたくない、気が利かない、料理がまずいなど、文句の連続だったという。一方でヘルパーさんにはとても愛想がよかった。

「それは辛いわねえ」

ユリコはため息をついた。

「これまでそんなふうにいわれたことが一度もなくて、いつも『マスコさん、悪いねえ、ありがとう』っていってくれていたのが、真逆になったのよ。最初はびっくりしたんだけど、もしかしたら、おじいちゃんたちは、気を遣ってこれまで我慢していたのかなって考えたら、申し訳なくなっちゃって」

うつむいたマスコをユリコが慰めた。

「あなたは本当に人がいいのね。ちゃんとお二人を看取《みと》られたのだから、自分を責めることなんかないわよ。私は病気がそういわせていたんだと思うな」

「そうかな、そうだったらいいんだけど」

「旦那はそんなときどうしてんの」

カツオが口を挟んできた。マスコは、

「両親が亡くなった後の、実家をどう資産運用するか、そればっかり考えてた」

とため息をついた。

「何だよお、それはだめだよお」

「奥さんが辛い思いをしているのに、そういう人っているわよね」

ヤヨイが呆れていると、

「でもその代わりに、子供たちがこまめにメールをくれたから。あれには救われたわ」

マスコはにっこり笑った。がんばっているとき、誰かがその労力を認めてくれて、ひとことでもいいから、労いの言葉をかけてくれれば、またがんばろうっていう気にもなるよねと一同は話した。

「男って鈍感だからさ。気がついたら大事になっているんだろうな。毎日、奥さんが親のため、自分のため、子供のためにしてくれるのが、当たり前と思っているうちに」

タカユキはぽつりといった。カツオがかん高い声で話しはじめた。

「やっぱりさ、感謝が大事だと思ってさ。必ずありがとうっていうことにしてるんだよ。それだけでもさ、ずいぶん違うんだよ」

タカユキは、

「おお、カツオにそういわれるとは想像もしていなかったなあ」

と苦笑し、女性たちは拍手した。

男性二人がトイレに行っている間、女性三人は小声で、

「カツオくん、立派になったわねえ。見直しちゃった。でも、サエキくんの浮気の話、びっくりしたわねえ。まさかそんなことをする人とは思わなかったわ」

「本当」

「人って見かけによらないわね」

と話していた。また男性二人のほうは、

「ねえ、浮気したって、どこの人なの？　同じ会社の人？」

とカツオがにこにこしながら聞いてくるので、タカユキは、

「もう、いいじゃないか。ずいぶん前のことなんだからさ」

と呆れ顔になっていった。

しかしそんな一悶着《ひともんちゃく》がトイレであったとは思えないくらい、彼らはにこやかに席に戻ってきた。

「おれたちの悪口、いってただろう。おやじになったとかさあ」

カツオが笑いながらいった。

「あら、そっちこそ、みんなおばちゃんになったなんて、いっていたんでしょう」

マスコも笑っていた。ヤヨイはマスコちゃんってこんなに話す人だったっけと、昔を思い

出していた。

「そんな失礼なことをいうわけないでしょうが。こんなおやじたちに会ってくれているだけで、ありがたいですよ。なあ、サエキ」

タカユキはカツオにバンバンと体を叩かれ、

「ああ、そうだね」

と力なくつぶやいて、一同に笑われていた。

いちばん家が遠いユリコが時計を見て、

「やだ、どうしよう。帰らなくちゃ」

と不満そうにいった。マスコもヤヨイもスマホで確認して、

「あら、もうこんな時間なのね」

と会を終わりにしなくてはならないのが残念で仕方がなかった。とりとめのない話ばかりだったけれど、それがとても懐かしく楽しかった。そのときその場にいないとわからない話ばかりで、それを共有できる人がいるのは、とてもうれしかった。自分が忘れていたことでも、誰かがいったひとことから、当時の記憶が次々とつながって蘇ってきた。

「ねえ、また会いましょうよ。せっかくみんなで集まったんだもの」

身を乗り出してそういったのは、ユリコだった。

ヤヨイはマスコと同じように、ユリコちゃんってこんなにはっきりと物をいう人だっけと考えていた。子供のときの印象とは違っても、今はみんな還暦を過ぎた人間なのである。自分が知っているのは、彼らの人生のごくごく一部分だけで、その後、その人なりに様々な経験をしている。ある部分は子供のときのままと思い、そしてまた別の部分には驚いたりと、みんなと会ってそれが面白かった。

「私、毎週でもいいんだけど」

ユリコがそういうので、一同は、

「えーっ」

とびっくりし、そんな短いサイクルだと、会っても話すネタがないからと説得して、毎月一回、会うと決めた。

「それじゃ、来月はいつにする？」

ユリコはスマホをカレンダーの画面にして、準備万端だ。

「え、あ、それじゃあ、ちょうどひと月後の土曜日はどうかな」

ユリコに押し切られてタカユキが提案した。

「あ、いいわね、みんなどうかしら？　大丈夫だったらいちおう決めましょうか」

彼女の言葉にみんなは反対できず、

「はい、わかりました」

と次の予定が決まった。

「ああ、楽しかったなあ。何だかすっきりしちゃった。体の毒が出たって感じかな」

「そうそう、私も胸のところに、もやもやってしていたものが、なくなっちゃった」

ユリコとマスコはずっと笑顔だった。ヤヨイもこれまでいえずにいた、母のこともいえてすっきりした。そして帰りがけにマスコが、紙袋の中から四個の密閉容器を出し、

「私が漬けた漬物なんだけど、よかったらどうぞ」

とみんなに分けてくれた。ご丁寧に小さな手提げも四枚用意してくれていた。見るからにおいしそうな切り昆布やきゅうり、かぶが入っていた。

もらった四人はその紙袋をぶら下げて店を出た。男性二人が最寄り駅まで女性たちを送り、二次会にも誘ったが、女性たちは遠慮して帰ることにした。彼らは、

「それじゃあ」

と手を挙げて駅前の商店街に消えていった。ターミナル駅でそれぞれの路線に乗り換えるまで、電車の中で女性三人は心地よく興奮していた。ユリコもマスコも、「楽しかった」を連発していた。

ヤヨイはもちろん期待もあったけれど、想像と現実とは違い、なかに意外に嫌な性格にな

っている人がいて、しらけた場になると困るなあと心配していた。しかしそれが杞憂《きゆう》に終わってほっとした。みんながとても喜んでいるのを見て、自分もうれしくなった。

「ヤヨイちゃん、またね」

ユリコはヤヨイの手を両手で握った。マスコは、

「今日はどうもありがとう」

といいながら頭を下げた。

「こちらこそ楽しかった。お土産までいただいちゃって。ありがとう」

三人はお互いの姿が見えなくなるまで手を振り続けた。ユリコちゃんやマスコちゃんの手の振り方は、小学生のときとまったく同じだった。ユリコちゃんは小さくこちらに手のひらを向けて、マスコちゃんは開いた手を大きく振って。わあっと感激しながら、ヤヨイも手を振った。ホームで電車を待っているとき、知らない人が見たら、おばさん三人がいつまでも手を振っていて変だなあと思われたかもしれないと、ちょっと恥ずかしくなった。

家に帰ってもこのうれしさを話す人がいないヤヨイは、部屋着に着替えてはあっと息を吐いた後、マスコがくれた密閉容器を取り出して、漬物を食べてみた。歯ごたえがあって塩気もほどほどで、いくらでも食べられるおいしさだった。ふだんよりもたくさん食べてきたのに、このまま全部、食べてしまいそうだったので、あわてて密閉容器の蓋《ふた》を閉めて冷蔵庫に

入れた。マスコちゃんはそろそろ家に着いたかな、ユリコちゃんはまだ電車の中かしらと思いながら、ぼんやりとお風呂に入って寝た。

男性二人は商店街の小さな飲み屋に入った。

「おれさ、正直、今日はどうしようかなって思ったんだけど、来てよかったあ」

カツオはにこっと笑った。

「どうして？」

「いやあ、おれさ、学歴もないしさ、他のみなさんと違うじゃない。レベルがさ」

「レベル？　何の？」

「うーん、頭も悪かったし、みんな優等生だったじゃないか」

「関係ないよ。おれはお前がいちばん自由でいい人生を送ってるって思ったぞ」

タカユキの言葉を聞いたカツオは、

「えっ、そうか」

とまたにこっと笑った。

タカユキは、自分は世間的に名前が知られている会社に入社したけれど、退社したらただの人、会社に属していなければ、やるべき仕事もないと話した。比べたら悪いけれど女の人たちは、結婚前は仕事をしていても、結婚したらやめなければならないようなプレッシャーをかけられ、結婚相手次第で自分の自由すら制限される。

「マスコちゃんだって、結婚して何十年も経って、また働きはじめたっていってたじゃないか。タカハシさんだって、未婚のまま働き続けて、相当、辛かったと思うよ」

「そうだな、女の人は大変だな」

「おれを含めて、今日のみんなは同じ気持ちだろうけど、お前は立派だよ。ちゃんと手に職をつけてさ。一足先に社会に出て、嫌なこともたくさんあっただろうけど」

カツオは塩辛を食べながら、

「そうだなあ、おれは学校に通っているときがいちばん辛かったかな。先生に毎日怒られてさ。勉強ができないのはわかってるけど、たいしたことをしてるつもりはないのに、目の敵にされたり。そうそう、濡《ぬ》れ衣《ぎぬ》を着せられたこともあったな。でもさ、頭が悪いからさ、『やってません』しかいえないんだよ。他の先生がおれをかばってくれて、それ以上はいわれなかったけどさ」

「そうか、気楽に学校に来てると思ってたけどなあ」

タカユキが笑うと、

「違うのよ、それが。カツオちゃんはそれなりに悩んでいたのよ」

とカツオも笑った。

「それにしてもヤマダさん、相変わらずきれいだったね」

カツオの言葉にタカユキも、

「うん、そうだな」

と何度もうなずいた。


そういわれていることなど知らないユリコは、家にいる夫に駅に着いたと連絡した。家まででは徒歩十五分くらいなのだが、最近、複数の不審者情報があったので、彼から駅に着いたら連絡するようにといわれていたのだった。三分ほどで到着した車の助手席にユリコが乗り込むと、夫は、

「どうしたの、顔つきが違うね」

と驚いたようにいった。

「えっ、そう？」

バックミラーに自分の顔を映してみたが、どこがどう違うのかわからなかった。

家までの車中で、夫に顔つきが違うといわれ続けたユリコは、

「とっても楽しかったのよ。久しぶりに大笑いしちゃった」

とはしゃいでいた。すると彼は、

「そんなにすっきりした顔、久しぶりで見たよ」

と少し悲しそうな顔をしたので、

「だって、お父さんとは毎日顔を合わせているけど、みんなとは五十年ぶりだったのよ。五十年ってすごいわよね」

といった。

「ああ、そうだね」

夫は複雑な思いがあるようだったが、それ以上は何もいわずに家に着いた。そしてまたいつもと同じ、夫婦二人の時間になった。

マスコが駅の階段を降りていくと、そこに三男が待っていた。たしかにこれから電車に乗るとは連絡したが、迎えに来て欲しいとはいっていない。

「どうしたの」

彼女が声をかけると三男は、

「えっ、いちおう女性だから夜道は危ないかなと思って」

という。

「あら、ありがとう」

「お母さん、顔がつやつやしてるよ」

「久しぶりにみんなと会って楽しかったのよ。これから毎月会うことになったの」

「よかったね。これからはお父さんのことなんか放っておいて、好きなことをやればいいんだよ。今日だってさ、迎えに行くっていったら、『そんなことをする必要はない。怖い思いをしたら、少しは家にいようとするだろう』なんていうんだよ。呆れちゃったよ」

三男から話を聞いたマスコは、ため息しか出てこなかった。

家に帰ると夫は自分の部屋にいた。

「帰りました」

とドアの外から声をかけると、

「ああ」

と声が聞こえてそれでおしまいだった。どうだったのひとこともなかった。彼らの晩御飯の食器を洗わなくてはと台所に行くと、すでにきれいになっていた。三男がやってくれたらしい。

「ありがとう」

三男に礼をいうと、彼は恥ずかしそうな表情でにっこり笑い、自分の部屋に入っていった。

もともと酒が強くないカツオは、ついつい調子に乗って、ふだんより多めに飲んでしまったが、気分はとてもよくタカユキと一緒に帰ってきた。駅を出て歩きながら、彼はタカユキに聞いた。

「お前、再婚する気あるのか」

「ないな。会社もやめて好き勝手にやってるし。やっぱり誰かが家にいると気を遣うだろう。気ままにやっているのに慣れると、そういうのが面倒になっちゃうんだよな」

「そうかもしれないな」

「お前は面倒くさくないのか」

「おれは奥さんとはいまだに相思相愛だから」

タカユキはにやっと笑い、

「じゃあ、また」

と道を左に曲がっていった。カツオは右に曲がった道を歩きながら、かつてのみんなのおかっぱ頭や坊っちゃん刈りの姿を思い出していた。

階段を上がっていくと、いつもどうしてわかるのだろうかと不思議な、イヌたちの鳴き声が聞こえた。それも家族と他人とは明らかに鳴き方が違うのだ。ドアチャイムを鳴らす前にドアは開いていた。

「お帰り、どうだった？」

シノブの背後ではイヌたちが大ジャンプを繰り返し、ネコも棚の上から飛び降りて、尻尾をぴんと立てながら歩いてくる。

「楽しかった。思い出話をして笑ったよ」

「それはよかったね」

シノブは、ソファに座ってイヌたちネコたちの帰宅歓迎のご挨拶を受けているカツオに、水を持ってきた。

「おっ、ありがとう」

カツオはおいしそうにそれを飲んで、はあーっと息を吐いた。

「みんなおれのやったことをよく覚えててさ、まいっちゃったよ」

「へえ、よかったじゃない」

シノブはみんなの記憶に残っていたのだから、それはいいことだという。

「ふーん、そうなのかな」

イヌたちネコたちの興奮も収まって、カツオもくつろぎモードに入った。だんだん眠くなってきて、ふと気がついたら一時間後、

「ちょっとあんた、寝るんだったらちゃんと布団で寝てよ」

とシノブに引きずられて寝室に連れていかれた。すでに布団は敷かれていて、カツオはそのまま倒れ込むように寝てしまった。


翌日、マスコが朝食の準備をしていると、夫が起きてきた。義理の両親の介護がはじまってから、朝も夜もない状態が続いたので、そのときから夫とは寝室を分けていた。

「おはようございます」

マスコが声をかけると、

「ああ、おはよう」

とぼそっといい、マスコが食卓に置いておいた朝刊を手に取った。三男も起きてきて、

「おはよう」

と挨拶をしたけれど、夫は小さな声で、

「おう」

としかいわなかった。

朝食を食べていると三男が、わざとらしく、

「お母さん、昨日、どうだった？　楽しかったんじゃないの」

と話しかけてくる。ちらりと夫を見ると、おれには関係ないという表情で、黙々と御飯を口に運んでいる。

「あ、ああ、そうね。久しぶりにみんなと会えてとても楽しかったわ。これから毎月、会うことにしたの」

一瞬、夫は御飯を噛《か》むのをやめ、むっとした表情になったが、また食べはじめた。

「それはよかったね。これからは家のことは気にしないで、楽しんでくればいいよ」

三男はマスコよりも夫にいっているかのように話を続けた。

「ありがとう。そうさせてもらうわ」

マスコは夫の反応を見ながら、胸をどきどきさせていた。またそんな関係がますます嫌になった。

夫はその話には一切加わらず、黙って食事を終えると、新聞を持って自分の部屋に入ってしまった。三男は父の部屋のドアが閉まってから、

「ひとことくらい何かいえばいいのに。本当に自分のことしか考えてないんだな」

と顔をしかめた。

「年々ひどくなっているみたい」

「あんなじじいにはなりたくないな。いい見本があって勉強になるよ。いろいろな動物の生

態を調べたけど、いちばん面倒くさいのは人間だな」

三男は苦笑して、マスコが食べ終わるのを待って、食器を洗ってくれた。

「兄貴たちもお母さんには協力するっていっているからさ。安心しなよ」

三男の言葉にマスコは、息子たちが父親に似なくてよかったと安堵《あんど》した。


それから五人は、月に一度、カツオの知り合いの割烹料理店で会うのがいちばんの楽しみになった。無職のヤヨイやタカユキは、定期的に参加する集まりができたので、カレンダーに印をつけ、その日のために万全の体調で臨めるように体に気をつけたり、生活に張りも出てきた。既婚のユリコ、カツオは、連れ合いが快く家から出してくれるけれども、マスコはうまくいかずに悩んでいた。

今まではずっと家にいた妻が、自分の意見も聞かず、一方的にいい分を押し通して働きはじめた。それだけでも面白くないのに、幼なじみとはいえ男性がいる酒席に楽しそうに行っている。夫は妻にしつこく腹を立てていた。三男がマスコの味方になってくれるものの、夫は「また行くのか」と仏頂面になった。

マスコがふざけて、

「お父さんも一緒に来ます？」

と聞いたらますます不機嫌になった。冗談のひとつも通じない夫に、マスコはほとほと嫌気がさしてきた。

そんな愚痴をみんなと会ったときに話すと、カツオとタカユキは、

「男として肩身が狭い」

と体を縮める。ユリコやヤヨイは、

「ずっとその生活に慣れてきているから、新しい出来事が起こると、それを受け入れようとしないで拒絶するのよね。自分の気持ちがきちんと説明できないから、腹を立ててすぐに怒るのよ」

「男の人は順応性がないからね。これから変わる可能性はあるのかなあ」

ヤヨイがつぶやくと、カツオが、

「あんたは未婚なのに、よく男の気持ちがわかるね」

と茶化した。隣で聞いていたタカユキは、また余計なことをいってと、心の中で舌打ちしたのだが、彼女は、

「うん、私、想像力があるから」

と平然としていた。

「ああ、なるほど」

カツオがにっこりと笑ったのを見て、タカユキが口を挟んできた。

「何が、『ああ、なるほど』なんだよ。意味がわかってんのか」

「わかってるよ。人の気持ちが想像できるっていうことだろ」

カツオはへへっと笑った。女性たちは男二人のやりとりを見て、小学生の頃と変わらないねと顔を見合わせた。

会合が六回目になった夜、ユリコが、

「みんなで温泉に行かない？　本当は女性だけで行きたいんだけれど、かわいそうだから男性陣もご一緒に。五人だと切りが悪いから、カツオくんは奥さん連れでいらしたらどうかしら」

といった。ヤヨイは彼女がそういい出したことにまた驚いた。

「えっ、本当」

カツオは身を乗り出した。彼は、文句もいわずに親三人と自分、そしてイヌたちネコたちの世話をしてくれる妻のシノブに、たまにはのんびりさせてやりたいと思っていた。これまでは親たちが頻繁に旅行をするものだから、留守番ばかりでそんな機会もなかったが、彼女の父の腰痛がぶり返してから、彼らの外出の回数も減っているので、ちょうどいいタイミングだった。

「それがいいわ。連れていらっしゃいよ」

ヤヨイも後押しをした。マスコもそれがいいとうなずいている。

「喜ぶだろうな。ちょっと待ってて」

カツオは早速、スマホを手に部屋の外に出ていき、しばらくすると、満面に笑みを浮かべて戻ってきた。

「図々しくて気が引けるけど、みなさんと一緒に行けるのならうれしいっていってた」

「ほらね、そういうことをいう人なのよ」

ヤヨイは思わず口に出してしまった。

「大歓迎よ、わあ、楽しみだわ。まずは一泊二日でどうかしら」

ユリコは積極的に話をまとめようとしていた。カツオも張り切ってスマホを操作しながら、近場の温泉の予約状況をチェックしていた。タカユキも自分が行ってよかった温泉の情報を、スマホで調べはじめた。候補がいくつか見つかり、日にちはマスコちゃんの勤めが休みの日にしようと、彼女に同意を求めると、

「夫には文句をいわせないから、大丈夫」

ときっぱりといった。

みんなはお互いのスマホをのぞき込み、男風呂と女風呂の広さに差がないという宿を、さっさと予約してしまった。即決ね、といいながらユリコはうれしそうだった。

「おれたちの年齢になると、明日はどうなるかわからないからね。何かを決めるんだったら、早め早めに」

タカユキが真顔でいうと、やだあといいながらも一同は大きくうなずいた。

三週間後、明日からの一泊の温泉旅行を心待ちにしているヤヨイが家の前を掃いていると、かがんだ目の端に一台の黒い車が止まった。ふと目を上げると、運転席には白髪の高齢の男性が座っていた。ヤヨイは気にもとめずに生け垣に沿って掃き続け、ついでに隣のサエキくんの家の前も軽く掃除をして、家の中に入ろうとすると、

「あのう、タカハシヤヨイさんですか」

と声をかけられた。振り返ると黒い車の男性が紺地に白い柄の風呂敷に包まれたものを抱えて立っていた。

「はい、そうですけど」

ヤヨイの返事を聞いた彼が、抱えていた風呂敷をはずすと、中から紫色の風呂敷に包まれた箱みたいなものが出てきた。

「すみません……、お母さんをお返しにあがりました」

彼は両手でその箱を差し出した。ヤヨイは「お母さん」という言葉にびっくりして、両手に箒《ほうき》とちり取りを持ったまま、その場に立ち尽くした。

「申し訳ありません。これがいちばんいい方法だと思って……。お母さん……タエコさんも望んでいましたし……、こんな形になってしまって本当に申し訳ありません」

彼は涙声で箱を差し出しながら、何度も深いお辞儀を繰り返した。

「何ですか、急に。わけがわかりませんよ。これが、これが母親って……」

一瞬は大きな声が出たが、その後は話そうとしても、喉が詰まって声が思うように出ない。

彼は黙って何度もうなずきながら、箱を差し出した。

「いったい、何なんですか」

ヤヨイはそれしかいえなかった。

隣家のドアが開き、

「どうかしたの」

とタカユキが出てきた。彼はヤヨイと男性の顔を見た。男性は箱を差し出したままうつむいている。

「この箱がうちの母親だっていうの」

喉がからからになってしまったヤヨイの声はかすれていた。

「えっ、どういうことですか？」

驚くタカユキにも男性は黙っている。

「とにかく、ちょっと中に入ってください」

彼にうながされて、ヤヨイは男性とタカユキの家の中に入り、以前、カツオと来た時と同じ、居間に通された。

「急にそんなふうにいわれたって、びっくりするじゃないですか。最初から説明してくださいよ。幼なじみなので、お隣の家のこともよく知っているんです」

タカユキは、前回のようにペットボトルのお茶をコップに入れて二人の前に置き、男性に話しかけた。

「すみません、すみません」

彼は正座をした膝に箱を載せて、ただただ頭を下げ続けている。

「急にやってきて箱を出されて、これがお母さんていわれて、『はい、わかりました』って受け取れますか」

当事者のはずのヤヨイは、あまりの出来事に声が出なくなっていた。そのかわりにタカユキが、彼女が聞きたいことを聞いてくれた。

男性は自分がヤヨイの母親が駆け落ちした相手であること。ずっと二人で細々と暮らしていたが、娘の名前は聞いたことがなかったこと、母親は一年前に病気で亡くなったのだが、その直前にはじめて娘の名前がヤヨイだと教えてもらい、亡くなったらお骨は娘のところに戻して欲しいと頼まれたというのだった。娘の名前をいわなかったのは、口に出すと二人で暮らしている気持ちがゆらいでしまうからではないかと推測し、自分はしつこく聞かなかったと彼は説明した。

「ふうむ」

うつむいているヤヨイの隣で、タカユキは腕を組んでうなった。

「急にいわれてもねえ……、ねえ」

彼から同意を求められたヤヨイは、目を上げて老人の顔を見た後、

「そうですね」

と小声でいった。

老人はヤヨイの家族には多大な迷惑をかけて、大変申し訳なかったと、ずっと詫《わ》び続けていた。

「この人は黙っているけど、苦労したと思うんですよ。お父さんもね。どういう理由かわからないけれど、お母さんが生きているときに、何とかならなかったんですか」

男性は、

「実は二人で何回か、お宅の前までうかがったことはありました。でもどうしても家まで行って、声をかけられなくて、そのまま帰ってきてしまいました」

とうなだれた。最初は母の幻覚ではないかと疑っていたが、彼女の記憶は正しかったと、タカユキははじめて確かめた。

ヤヨイはこの状況にどのように対処していいのか、混乱してわからなくなっていた。理解したのは母親が亡くなって、目の前に遺骨といわれているものがある、だけだった。男性は、ヤヨイの母親の希望なので、そちらのお墓に入れてやって欲しいと訴えた。

「あなた、もしかして遺骨の扱いに困って、こちらに持ってきたんじゃないでしょうね」

タカユキは静かに怒っていた。

「とんでもない。これは彼女の遺志です」

ヤヨイの目には、その男性はごく普通のちょっと気の弱そうな人に映り、悪事を企《たくら》むような人には見えなかった。

「どうしますか?」

タカユキは腕組みをしたまま、ヤヨイを見た。彼女は混乱した頭のまま、

「突き返すわけにはいかないですよね」

とつぶやいた。

「本当にこの人のお母さんなんですね」

タカユキが念を押すと、男性は着ていたパーカーのポケットから、葬儀をしたセレモニーホールの書類を皺を伸ばしながら取り出し、一枚の老齢の女性の写真を並べて、ヤヨイとタカユキの目の前に置いた。母親の名前を確認したヤヨイは、小さくうなずいた。男性が膝の上に載せていた風呂敷の中の遺骨が入った箱にも、母親の名前が記されていた。

三人は押し黙っていた。ヤヨイは自分が何かいわないと、ずっとこのままだと思い、

「わかりました。こちらで引き取らせていただきます」

と返事をした。男性は、

「ありがとうございます。本当に申し訳ありませんでした」

と後ずさりをして正座をしなおし、畳に額を押しつけた。

「もう結構ですから。顔を上げてください」

ヤヨイにいわれて顔を上げた男性は、来たときよりも表情が和らいでいた。

「それでは私はこれで失礼いたします。突然、本当に申し訳ありませんでした」

男性は何度も何度も二人に頭を下げながら帰った。

「大変なことになったね」

遺骨を前に茫然《ぼうぜん》としているヤヨイに、タカユキは声をかけた。

「あまりに急だったから……」

そういったとたん、ヤヨイの目からぼろぼろと、信じられないくらい大きな涙の粒が膝の上に落ちていった。

最初は涙だけだったのに、他人様の家で取り乱してはいけないと自制する気持ちとは裏腹に、母の遺骨を前にしたヤヨイは、それを抱え込んで大声で泣いてしまった。それを見たタカユキも、昔、母や伯母の外出着を縫ってくれていた、親切で優しかった隣のおばさんが、こんな形になって戻ってくるとは、想像もしなかった。自分が胸を締めつけられるような思いをしているのだから、どれだけ彼女は辛いだろうと考えると、かける言葉がなかった。つい肩に手を置いて慰めたい衝動にかられたけれど、いくら幼なじみとはいえ、二人しかいない室内で、気軽に女性の体に手を触れるのはまずいと自制し、右手を握ったり開いたりしながら、ヤヨイの背後をうろうろしていた。

ヤヨイはしばらく泣きじゃくっていたが、涙を手のひらで拭きながら顔を上げた。タカユキはあわててティッシュボックスを持ってきて彼女に渡した。涙を拭き洟をかんだ彼女は、遺骨を抱え、

「ごめんなさい。うちのことに巻き込んでしまって、すみませんでした」

と謝りながら立ち上がった。

「いや、それはいいけど。大丈夫？　何かあったらいって」

「ありがとう」

ヤヨイは礼をいって家に帰った。

「お母さん、改築したから他人の家みたいでしょう」

居間のテーブルの上に遺骨を置いて、その前に正座したとたん、また涙があふれてきて、ヤヨイは床に突っ伏した。どうしてこんなことになってしまったのか、生きているうちに一度でもいいから会いたかった、こんな姿になってしまったら、どうしようもないじゃないかと、いいたいことが山のように出てきたが、それは全部涙となって流れ落ちた。

しばらく泣いたらちょっとすっきりしてきて、気持ちに余裕が出てきた。遺骨であっても家に戻ってきてくれたと、前向きな気持ちになった。

「お父さん、びっくりしたわね。お母さん、帰ってきたのよ。もうそっちで会った？　怒らないで仲よくしてよ」

仏壇がわりにしている棚の上のスペースに、父の写真と並べて母の遺骨と、男性から渡された母の晩年の写真をフォトスタンドに入れて横に置いた。二人の写真は形だけは長く連れ添った夫婦のように見えた。

タカユキは突然、起こった出来事に、ヤヨイと同じくらい動揺していた。居間の畳の上に仰向《あおむ》けになり、

「何だよ、ふざけるなよ」

と何度もつぶやいた。男性が話した内容は本当かもしれないが、これまで何の連絡もしてこなかったくせに、遺骨だけ返しに来るなんて、あまりに失礼だろうと納得できなかった。あのときはただびっくりしてしまって、すでに老人の域に達している彼の言葉に対応するしかできなかったが、あらためて、

「これもいってやればよかった」「あれもいうべきだった」

と悔やむばかりだった。

しかしタカハシさんにとっては、どんな形であれ、お母さんが帰ってきたのはよかったのかもしれない。だけど、何度もこちらに来ていたのなら、連絡先のメモくらいは、家のポストに入れられただろうに、どうしてそれをしなかったのか。居所さえわかれば、生きている間に交流できて、タカハシさんも少しは安心できただろう。

「はあ」

タカユキはため息をついて体を起こし、食卓の椅子に座って、しばらく放心した後、缶ビ

ールを取り出して飲んだ。

夜になってタカユキの気持ちも落ち着き、室内から隣家の様子をうかがうと、灯りが点いていた。調理しているのか台所の換気扇を回している音も聞こえる。それから二時間後、彼はは じめて隣家のドアチャイムを鳴らした。

「昼間はごめんなさい。私もこんなことになるとは思ってもいなかったものだから」

想像していたよりも、ヤヨイはさばさばした様子だった。

「明日、大丈夫?」

「えーっ? 大丈夫って? 当たり前じゃないの。あんなに楽しみにしていた温泉旅行だもの。たしかにびっくりはしたけれど、結果的にはいいことだったなって思うことにしたの。だから明日からは両親に留守番をしてもらって、楽しむつもり」

笑いながら彼女は話した後、

「本当にサエキくんにも迷惑をかけてごめんなさい。もしかしたら当事者の私よりもショックだったかもしれないわね」

と申し訳なさそうな顔をして、何度も頭を下げた。

「いや、それはいいんだよ。元気そうで安心した。それじゃ、おやすみなさい」

タカユキは胸を撫で下ろした。

心配して訪ねてくれたタカユキには大丈夫といったものの、明日の旅行の準備を終え、布団の中に入ると、いったい今日は何だったのだろうかと、ヤヨイは急に胸がどきどきしてきた。年齢的にも自分の記憶に曖昧《あいまい》な部分があるのは、十分承知しているので、もしかしたらあの出来事は錯覚だったのかと、寝室を出て居間に行くと、母の遺骨はちゃんと棚の上に載っていた。カーテンを少し開けて街灯の光を入れ、座卓の上にいつも置いてある老眼鏡をかけて、駆け落ちした男性から渡された、写真立てに入れた母の写真を眺めた。

旅行をしたときの写真なのか、景色のいい橋の上で高齢になった母がにっこり笑っている。お洒落なうえに、とても幸せそうに見える。母がいなくなったときは、「どうして」という気持ちしか湧かず、歳を重ねるごとに母はどうしているのかと考えていた。しかし写真の母は、ヤヨイが想像していたよりも素敵だった。ずっと父と暮らしていたら、このような笑顔になっていなかったかもしれない。

「お母さんは幸せだったんだね」

ヤヨイはそうつぶやいた後、自分が生まれ育ったこの家が、母にとっては幸せではなかったのが、とても悲しかった。しかし駆け落ちに、短大生の娘を連れていけないのは当たり前なので、

「まあ、仕方ないね」
といいながらヤヨイは写真立てを元に戻した。流れてきた涙を指の先でぬぐいながら、明日の旅行を楽しみに布団に入って寝た。

旅行の話が出たとき、最初はタカユキとカツオが交替で車を運転しようかといっていたのだが、二人の負担になるからと、ターミナル駅集合、早朝始発のバスツアーになった。ヤヨイが大きめのショルダーバッグに荷物を詰めて、旅行会社指定の場所に到着すると、自分たちのグループはまだ誰も来ていなかった。しかし平均年齢八十三歳という女性四人のグループはすでに全員が集まっていて、女子高校生のようにはしゃいでいた。次には夫に車で送ってもらったユリコが到着した。そこではじめて顔を合わせた夫とヤヨイが、お互いに恐縮しつつ挨拶を交わすと、彼は用事があるからとすぐに帰っていった。カツオ夫婦もやってきて、シノブとユリコは初対面とは思えないくらい話が弾んでいる。そこへタカユキが寝ぼけ眼《まなこ》でぼーっと現れた。

バスが到着して、みんなが次々にバスに乗り込んでいくなか、まだマスコが来ないので、ヤヨイはバスの前で待っていた。あんなに楽しみにしていたのに、夫が文句をいって外出できなくなったのだろうか、それとも揉めているのだろうか。出発まであと七分になったところで、やっとマスコが姿を現した。ヤヨイに向かって手を振ったかと思うと、今度は走りながら何度もお辞儀をして謝っている。

（そんなに謝らなくてもいいのに）

ヤヨイは噴き出しそうになった。

「ごめんなさい、遅くなって」

「みんなは先に乗っているから」

そういいながらヤヨイとマスコがバスに乗り込むと、ガイドさんが、

「これでみなさまお揃《そろ》いになりましたね」

といったので、マスコは「ひゃあ」と声を上げ、

「申し訳ありません」

と周囲の初対面の乗客にもやたらと謝っていた。

想像した通りマスコの夫は、これから出かけようとしているのに、「探している本が見つからない」とか「あの書類はどこにあるのか」と、今朝じゃなくてもいい、どうでもいいことをしつこく何度も聞いてきて、明らかに外出するのを邪魔してきた。幼い子供みたいなことをすると腹を立てていると、雰囲気を察した三男がやってきて、夫を一喝して追い払ってくれたので、その隙に出てきたといっていた。

バス内ではユリコとシノブが並んで座り、ヤヨイとマスコがその前に座った。その横の座席にはカツオとタカユキが、仏頂面で座っていた。

「どうしておれたちは男同士で座らなくちゃならないんだ」

とむっとしている。ユリコがバスの中をぐるりと見回すと、女性同士、年配の夫婦、若い男女で座っている人たちはいるが、おじさん同士なのは彼らだけだった。ユリコは笑いをこらえながら、

「いいじゃないの、仲よしなんだから」

とそのまま立とうとはしなかった。

「何だ、つまんねえな」

カツオがつぶやくとシノブが、

「ぶつぶついわないの」

とたしなめた。タカユキは朝が弱いのか、いまひとつ反応が鈍く、まだぼーっとしていた。

途中の道の駅に立ち寄ったり、サービスエリアで食事をしたりしているうちに、あっという間に目的地の温泉場に到着した。バスを降りると平日なのにもかかわらず、宿の浴衣《ゆかた》姿の中高年がそこここにいた。

「高齢化社会なのねえ」

ユリコがつぶやくと、それを耳にしたガイドさんが、今日はまだ空いているほうで、休みの日はもっと混雑していると教えてくれた。一同は旅館に案内され、女性四人は二間続きの部屋、男性二人は廊下でつながっている別棟の部屋に案内された。

「また仲間はずれか」

「全然、楽しくないなあ」

タカユキとカツオはぶつくさと文句をいいながら廊下を進んだ。

「寝る場所とお風呂だけよ。御飯は一緒に食べられるから、ね、またあとでね」

女性四人は彼らを慰めると手を振りながら歩いていった。

「あの言葉、中学校のときの修学旅行で、男子がよくいっていたわ」

ヤヨイが笑うとマスコもそうそうと同意した。

「当時からほとんど変わってないのね」

ユリコとシノブも顔を見合わせて笑っていた。女性四人は部屋で旅館が用意してくれていた地元のお菓子を食べ、近所を散策に出かけた。

カツオとタカユキは、お互いに、

「こんなおやじと一緒の部屋なんて……」

と相変わらず文句をいいながら、カツオは窓を大きく開いて景色を眺め、タカユキは温泉の入浴時間をチェックしていた。お茶を飲んで一服した後、カツオが、

「ご婦人方は何をしているのかな」

といった。

「きっと部屋のなかでずーっとしゃべってるよ」

タカユキは当然、といいたげだった。

「そうか」

窓の外を見ていたカツオは、ちょっとちょっととタカユキを手招きした。

「ほら、皆様はすでに散策なさっているぞ」

「よく散策なんていう言葉を知ってたな」

タカユキは感心した。

「おい、喧嘩売ってんのか？　それくらい知ってるわい」

カツオはそういった後、

「女の人は元気だねえ」

とつぶやいた。

女性たちはずらっと並んだ土産物屋ですでにあれこれ買ってしまい、

「帰りに買えばいいのに、どうして着いた直後にあせって買っちゃうのかしら」

と反省した。男性二人は部屋に置いてある新聞や週刊誌を読み、時間が来るとすぐ男湯に走っていった。タカユキは湯に浸《つ》かりながら、ヤヨイが元気そうでよかったとほっとしていた。


女性たちはマスコが買ったひとくち饅頭をつまんで箱を空にした後、女湯に入った。広々とした女湯に入りながら、四人であれこれ雑談をしているとき、ヤヨイはなるべく深刻にならないように、

「あのね、母が帰ってきたの」

とさらっといった。

「えっ」

カツオから事情を聞いて知っていたのか、シノブも驚いた顔をしてヤヨイの顔を見た。

「帰ってきたって……どういうこと」

少し離れたところにいたユリコが、クロールのような手つきをしながら近づいてきた。ヤヨイは事の顛末《てんまつ》を淡々と話した。それを聞いた全裸の三人は、「えっ」と絶句してしばらく何もいえなくなっていた。

「そんなことってあるのかしら」

ユリコはつぶやいた。

「私もあまりに突然だったから、びっくりしちゃって」

三人はそれぞれヤヨイに何と言葉をかけようかと考えていた。

「ヤヨイさんとお父様にはお気の毒だったけれど、最後はヤヨイさんのところに戻れたんですもの。晩年のお顔が素敵だったなんて、人として最高じゃないですか」

シノブが明るくいった。

「自分勝手っていうかわがままな人よね。ごめんなさい。楽しい旅行のときにこんな話をして」

ヤヨイが詫びると、

「昨日の今日だもの。話してくれてよかったわ。お骨になったとしても戻ってきてくれてよかったじゃないの」

と三人が励ましてくれた。

「この旅行でヤヨイちゃんの新しい一歩を踏み出せばいいのよ。ご両親もお宅に揃ったんだし」

彼女たちを驚かせてしまったけれど、出来事を明るく受け止めてくれたので、ヤヨイも話してよかったと気持ちが晴れた。

タカユキは湯に浸かりながら、昨日、ヤヨイの母親の遺骨が突然に戻ってきたことを、のんきに鼻歌を歌っているカツオに話そうかどうしようかと迷ったが、とりあえずやめておいた。すぐ後から入ってきた、ここの湯の常連という老人が二人に向かって、どこから来たのか、誰と来たのか、ここの湯の謂《いわ》れを知っているかと、何度も繰り返して話しかけてきた。

カツオは嫌な顔もせずに、

「はあ、そうですか、へえぇ」

とずっと相手をしていた。タカユキは最初は話を聞いていたのだが、途中で面倒くさくなってカツオに老人の応対をまかせ、開けっぱなしになっている男湯の窓の外の緑を眺めていた。

部屋に戻ると仲居さんがやってきて、夕食は女性方の部屋に準備しておくので、そちらへどうぞとだけいって引っ込んだ。

「そうだよな。このままずっとお前と二人って、悲しすぎるよな」

カツオはつぶやいた。

「それはこっちの台詞《せりふ》だよ」

「せっかく奥さんと来ているのに、離ればなれなんだぞ」

「いいじゃないか、いつも一緒にいるんだから。おれなんか、ずーっと一人だ」

「それもそうだな。じゃ、行くか」

カツオはさっさとスリッパを履いて、やや外股の歩き方で廊下を歩いていった。タカユキはその後ろ姿を見ながら、小学生のときの歩き方と全然、変わらないなと感心ばかりしていた。

女性たちは風呂上がりの素顔で、にこにこ笑いながら待っていた。

「おっ、お待たせ」

気楽に女性と話せるカツオが、タカユキにはうらやましくもあった。自分は相手が若い女性でなくても、一人でも複数でも、異性だと緊張してしまう。しかし相手がじいさんでも女性でも、自然に素直に話しかけて会話ができるカツオは、タカユキが持っていない能力を持っているのを再認識させられた。

みんなでお湯がいい、景色がきれいなどといっていると、仲居さんが料理を運んできてくれた。一目見て丁寧に作られているのがわかった。乾杯の後、雑談をしながら料理を食べていると、ユリコが、

「あのね、この間、長女が男の人の部屋に居候している話をしたでしょう」

と切り出した。

話を知らないシノブだけが、えっという顔をしたが、カツオが短く話をまとめて説明して、彼女も事情を把握した。

「どうしたものかって思っていたんだけど、やっとそこを出てくれて、ひとり暮らしをはじめたのよ。ほっとしたわ」

ユリコは心から安心した様子だった。出張が多かった部屋の主の男性が、急に部署異動になり、毎日部屋に帰ることになったので、さすがの長女も居づらくなったらしいと話した。

「心配しなくても、何とかなるもんだね」

カツオがしみじみといった。

「そうなの。ごめんなさいね、余計な心配をおかけして」

「そんなことないわよ。自分一人で抱え込まないで、誰かに話したらすっきりすることだってあるじゃない。私なんか誰にもいえない夫の悪口をみんなに聞いてもらってるし」

マスコは笑った。

「何とかなればいいわねえ」

ヤヨイが心配そうにいうと、

「あの人はだめよ。今さら変わらないでしょ。でも変わらないからで済ませるのは嫌なの。

私も自分のいいたいことはいおうと思って」

「そうよ、それがいいわ。私の父は家族のすべてに口を出す人だったので、そんなものかと思っていたんだけど、洗脳されたらだめね。嫌だと思ったらはっきりいわなくちゃね。相手は察してくれるだろうっていうのは、自分の幻想だってわかったわ。わかっていないのよ、向こうは。こっちのすることに関心がない場合も多いんだから。うちの夫とだっていろいろとあったもの」

ユリコがきっぱりといった。どんなことがあったのかと遠慮がちにマスコがたずねた。

「わかってくれているだろうとか、同じ気持ちでいてくれるだろうと思っていたことが全然、そうじゃなくて。私が怒るとびっくりされたりしたわ。急に怒り出したとかいわれてね」

「でも話をしてわかってくれる人ならいいわ。うちのは完全にアウトだもの」

マスコは泣き笑いみたいな表情になった。

「お前はそれでだめになったのか？」

カツオが黙々と酒を飲んで食べているタカユキに聞いた。一瞬、むせそうになったのを落ち着かせた彼は、

「すべて自分の至らなさですよ」

と自嘲気味に笑った。

六人は話しては笑い、笑っては食べ、食べては飲んで、ここでしかいえない身内の愚痴をいって、ストレスを発散していた。カツオが肉の紙包み焼きの紙に、固形燃料の炎を引火させて、ちょっとした卓上の火事騒動になった。シノブはカツオを叱り、てきぱきと始末していた。カツオは何度も、

「いやあ、申し訳ない」

とみんなにいっていたが、いちばん謝りたいのは、冷たい目をしているシノブに対してだったのは、他の四人にはわかっていた。

一同、ふだんの倍くらいの量を食べて、うつむけないほどだった。そこへデザートの果物とアイスクリームが運ばれてくると、こういうものは別腹だといいながら、みんなでまた食べた。そこへ皿を捧げ持った若女将《わかおかみ》がやってきた。ヤヨイと男性二人がいったい何かと見ていると、

「お祝い事があったそうで、おめでとうございます。急なお申し出であまり華やかではなくて申し訳ないのですが、地元のお祝い事に遣う饅頭をお持ちしました」

という。直径二五センチくらいの古伊万里《こいまり》の皿の上に、どんと白い皮の饅頭が載っていた。てっぺんに食紅でかわいらしく小さな紅い丸が描いてある。ヤヨイがきょとんとしていると、

ユリコが、

「ヤヨイちゃんのお母さんが戻ってきたから、みんなでお祝いをしようと思って、特別にお願いしたの」

と明るくいった。

事情を知らないカツオに、タカユキがヤヨイの許可をもらって、手短に昨日のことを話すと、カツオは、

「ああ、そうだったのか……」

と今まで見たこともないような神妙な顔になり、シノブは知っているはずなのに、涙ぐんでいた。ヤヨイ自身は自分でも呆れるくらい、さばさばしていた。

「こういう地元のお菓子でお祝いっていうのもいいわね」

マスコがペティナイフを取って、饅頭を六個に切り分けた。中にはぎっしり漉《こ》し餡《あん》が詰まっている。

「やだ、これ全部、食べられそう」

「旅行から帰ったら、絶対に三キロは増えているわね」

ヤヨイは気を利かせてくれたみんなに、ありがとうと礼をいって、お祝いの饅頭も食べてしまった。

一同は、勢いがついて食べ過ぎるくらいに食べてしまい、

「ふうう」

と満腹のため息をついた。シノブは、

「笑い過ぎてお腹が痛いのか、食べ過ぎて痛いのかわからない」

と泣き笑いの顔になっている。各自、座布団に座りながら、体をひねったり揺すったりして、少しでもカロリーを消費しようとしていた。

カツオが宿の天井を眺めながら、

「おれたち、幸せだったのかなあ」

とぽつりといった。

「カツオくんは幸せに決まっているじゃないの」

マスコが声をかけた。

「いや、おれだけの問題じゃなくて、おれたちっていうこと」

女性たちは顔を見合わせた。

「私は……幸せですよ」

シノブはちらりとカツオの顔を見た。

「まあ、そういうことになるかしら」

といったのはユリコで、マスコは、

「究極の選択だったらそうかもしれないけれど、これでいいのかと思いながら、この歳まで夫のいいなりできちゃったから、ちょっと後悔はしてる」

といい、ヤヨイは、

「突然、事件が起きて、突然、解決したような感じだったけれど、母の件は一段落したので、よかったとは思うわ」

と小声でいった。

「考えてみればおれたち、人生九十年だの百年だのっていわれているけど、三分の二は確実に過ぎているからなあ」

酒がまわってきたのか、タカユキもしゃべるようになってきた。それからみんなで、どうしてこんなに一日が短いのか。それも体調がよくて気分のいい日は過ぎるのが早く、体調のよくない日に限って、一日がとても長いと不満をいいはじめた。ユリコは着付けの先生をしているけれど、生徒が多いわけではないので、少人数を家で教えてのんびりやっているそうだ。

「結局はマスコちゃんが、この歳でいちばん活動的なのよね」

ユリコにそういわれた彼女は、

「自分でも今まで溜まっていたものが、一気に噴き出したような気がするの」

と笑っていた。

若い頃、みんなが描いていた幸せは、それぞれ違っていた。すべてがスムーズに運んだわけではない。仕事をしたいと思っていてもその機会に恵まれない、結婚の縁がない、兄弟と親の確執に巻き込まれた、夫に僕《しもべ》のように扱われた、予想もしなかったナンパ男と結婚した、妻と娘に家を追い出された。それでも今はみんな幸せだといった。

「結局、おめでたいのかね、おれたちは」

タカユキは笑った。

「おめでたいくらいじゃないと、これまでやってこられなかったかもしれないわね」

ユリコも同意した。悩み事があっても、必要以上に深刻に考えすぎると、ろくなことがないと、この歳になるとよくわかる。みんなもうなずいた。

「そのおめでたい典型が、お前だ」

タカユキはカツオの肩を叩いた。

「えっ、やっぱり？　そうかあ」

カツオは還暦を過ぎても無邪気だった。

「おれ、何でかわからないけど、いつも幸せなんだよね。それをシノブにいうと、『あんた、おかしいんじゃないの』っていわれるんだよ」

「この人、サエキさんがいうように、本当におめでたいんですよ。うちのイヌのほうが賢いような気がするの」

「そうそう、たまに小馬鹿にしたような目つきをされるね」

イヌにそんな目で見られる飼い主って何なのだとまた一同は笑った。

自分たちは上には全共闘世代、下は高度成長期の恩恵をどっぷり受けた世代に挟まれている。幼い頃にはまだ戦後の名残があり、節約や始末を親からうるさくいわれ、小学生だった高度成長期の初期は、同級生の誰もが恵まれた生活をしているわけではなかった。

「中途半端なんだ。自分が社会を変えてやるっていう闘争心もないし、使い捨てや便利な生活は、どこかもったいないという考えから抜け出られない。親も厳しかったなあ」

タカユキは分析した。

「仕方がないよね。みんな生まれる時期や家なんて選べないんだもの。そのなかで自分で折り合いをつけて生きていかなくちゃならないわけだし」

みんなのなかで、とび抜けて裕福だったユリコはそういった後で、私は子供のときは、幸せだと思ったことはあまりなかったとつぶやいた。

みんなは黙っていたが、目の前や横にいる人を見るたびに、彼、彼女の子供の頃の姿を思い出していた。そして口には出さないけれども、

（あの子がこんなになって）

と感慨深かった。シノブはカツオから事前に小、中学校の卒業アルバムを見せられていて、還暦を過ぎても面影が残っている、自分よりもちょっと先輩の姿を微笑ましく眺めていた。

「しかしまさかねえ、みんなでこんなことになろうとは」

いつもは酒を飲み過ぎると、マイナス志向になりがちなタカユキも、その夜はそんな気分にはならなかった。

「縁がどんどんつながっていったのね」

「でも出会わない人とは絶対に会わないの」

ユリコとマスコの話にヤヨイが加わった。

「そういえば、『若秩父』のお子さんって、今いくつくらいになったのかしら」

二十歳のときに彼女を目撃したマスコが、そこから年齢を推算して、

「四十代後半じゃないかしら」

というと、みんなが、うわあと声を上げた。早婚の人は子供も早婚の傾向があるらしい、もしかしたら孫だけではなく、曽孫《ひまご》、玄孫《やしやご》が生まれる人もいるのではという話になった。

「はあ〜、それはすごい」

「曽孫や玄孫なんて、ほとんど他人みたいな気がしてくるわ」

などと自分たちよりもずっと早く、人生を先に進んでいった、「若秩父」を思い出していた。

ユリコは、

「でも、彼女とは縁がなかったということね」

とぽつんといった。

「同窓会に何回か行きましたけど、子供のときに意地悪だった人が、いい人になっていたことはまずなかったです。大人としての常識はあるんですけれど、根底の意地悪な部分はちゃんと残ってましたね。子供のときはいい子だったのに、嫌な人になっていたことも多かったです」

シノブの言葉に、「歳を取ると嫌な人間が増えるということか」と一同はため息をついた。

「お互いに気をつけましょうね」

とユリコが声をかけると、みんなが、

「はい」

と声を揃えていいお返事をしたので、シノブとマスコが噴き出した。

「子供のときに嫌なことがあると、本当に絶望したなあ。でも大泣きした次の日には、けろっとして、朝御飯を食べて学校に行っていたけど」

「どうしてあんなに泣けたのかしら」

「親にひどく叱られたり、かわいがっていた動物が亡くなったりしたときね」

「私も金魚が死んだとき、本当に悲しかったわ。この世の終わりかと思うくらい」

「親は本当に厳しかったよね。明らかに親と子には差があったし」

「カツオくんのところは、特にお父さんが親方だし、仕事の師匠だものね」

「よく殴られたよ。今だったら暴力沙汰で大騒ぎだよ」

子供、思春期、社会人、親になってからなど、そのときどきで悲しい出来事、うれしい出来事を数多く経験して今に至っている。

「その割にはたいしたことないのよね。自分が考えている大人って、もっと大人だったんだけど、今の自分はあまり子供のときと変わってないような気がする」

「みんなそう思っているんじゃないかしら。自分は立派な大人だと思っている人ほど、ろくな人になっていないのよ」

ヤヨイにユリコがきっぱりといった。それを聞いたタカユキが、

「厳しいなあ、ヤマダさん、そういう人だったっけ」

と聞いた。

「そうそう、おれもちょっと驚いた。なんだかさあ、こう、昔は深窓の令嬢っていうか、お嬢様っていう感じだったから」

カツオも大きくうなずいた。

「私も歳を取るにつれて、マスコちゃんみたいに隠れていた本当の私が、噴出したのかもしれないわ。今の私が本当の私」

男性二人は黙って笑っていた。

話が一段落して、みんな同時に「はあ〜」と息を吐くと、タカユキがスマホの時計表示を見て、

「あっ、もう一回、風呂に入ってくる。それじゃ、みなさん、とても楽しかった。おやすみなさい」

と中腰になって部屋を出ようとした。それを見たカツオも、

「えっ、じゃ、おれも。おやすみなさい」

と頭を下げて後を追いかけた。

「いったい何をやっているんだか」

シノブが呆れたようにつぶやいた。

「これから熱いお風呂に入って、目が冴《さ》えないのかしらねえ」

女性たちは、まったく男の人はせわしないといいながら、仲居さんがてきぱきと食卓の上を片づけ、布団を敷いてくれるのを待った。仲居さんが出ていった後、マスコは布団の上に大の字になり、

「あー、最高」

と目をつぶった。

「夫と寝室を別にしたときは、義父母の介護があったのも事実だけど、嫌気がさしていたのよ。そのときと同じ解放感だわ」

「マスコちゃんは解放感ばかりでいいわね」

ヤヨイがうらやましそうにそういうと、

「何いってるの。ヤヨイちゃんもこれから自分の人生を思いっきり楽しまなくちゃ。こういっちゃ何だけど、体が自分の思い通りに動くのは、長くてあと十五年くらいだと思うわよ」

という。

「えーっ、十五年なんてあっという間ね」

ちょっと悲しくなった。

「そのときにも無理はしないで楽しめることをしたらいいんじゃない。私も就職しないで結婚して、いったい何をしたらいいかわからなかったけど、着付けができるようになって、とても楽しかったもの。ひょんなことで見つかるものだと思うわ」

ユリコが優しくアドバイスしてくれた。

「イヌやネコを飼ったらどうですか。たしかに責任があるし、イヌだったら散歩が必要だし、世話をするのが大変なときもあるけれど、一緒に暮らすのはやっぱりいいですよ。うちはちょっと多すぎですけどね」

それを聞いたシノブが提案してくれた。

「一緒に暮らしたら楽しいだろうなって思うんだけど。こちらの残りの年数の問題もあるでしょ。だからまず飼う生き物の寿命を考えなくちゃならないのが辛いわ」

「うちの三男がいっていたけれど、中型のリクガメでも三十年から五十年生きるんですって」

「あら、じゃあこれからはとても無理だわ」

「カメにお葬式を出してもらうことになっちゃうわね」

「うちに連れてきたイヌやネコは、みんな年齢的に中高年なんです。これから次々に見送るばかりなので、それを考えるととても辛いんですけどね」

シノブが悲しそうな顔をした。

飼っていた動物を看取るのは、親が子供を看取るのと同じくらい、辛くて悲しい。

「でもかわいがってもらって、看取ってもらえる子たちは幸せね」

ユリコが何かを思い出したような表情になった。

「動物の最期って立派なんです。じたばたしないで自然に、毅然として死を受け入れているような感じがして。何回も経験しましたけど、そのたびに褒めてあげたくなります」

シノブは涙ぐんだ。

「ほらほら、楽しい旅行なんだから、寝る前に泣いたりしないで」

ヤヨイが背中をさすると、シノブはバッグからティッシュペーパーを出して涙を拭き洟をかんだ。そして女性たちは、

「楽しい時間はあっという間に過ぎるわねえ、残念」

といい合いながら布団に入った。

湯に入って五分くらいで風呂掃除がはじまったので、カツオとタカユキは部屋に戻ってきた。タカユキはテレビでスポーツニュースを観ながら、部屋の備え付けのノンアルコールビールを飲んでいた。カツオは布団の上で両足を投げ出して座りながら、

「ヤヨイちゃん、大変だったんだね」

とタカユキに声をかけた。

「ああ。急だったからな。しかし、ひどい話だとおれは思った」

「そうだな。それが人生っていうものなのかもしれないけど。思い通りにならないっていうところがさ」

カツオはそのまま仰向けに寝転んだ。

「思い通りにならないまま、還暦を過ぎたっていうことか」

タカユキは、ふふっと笑った。カツオが、

「思い通りにならないほうが多かったかもしれないな。それにしてもおれたち、いろいろとあったけど、正しく生きてきたよな」

と同意を求めた。

「そんなことをいう人間が歳を取って嫌われるんだぞ」

「あっ、そうだった。謙虚に、謙虚に」

「わあ、謙虚っていう言葉も知ってる」

「本当におれのこと馬鹿にしすぎじゃないの。頭は悪かったけどさ、自分なりに勉強してきたんだよお」

二人は手を出し合って子供のようにじゃれ合っているうちに、眠気に襲われて倒れるように布団の上に横になった。

翌朝、カツオとタカユキは朝風呂に入り、女性たちはまた近所を散策した。朝食を大食堂で食べ終わると、バスの時間に間に合うように、目をつけていた土産物店に走った。

「昨日、買っておいたんじゃないの」

不思議がる男性二人に、ヤヨイが、

「昨日買ったのは日持ちがするもので、これから買うのは日持ちがしないものよ」

と教えると、

「はあ、なるほど」

と納得し、旅館の中で待機していた。

明るく声をかけてくる、地元のお店の人たちに惹《ひ》かれて、予定外のものもあれこれ買っているうちに、ひとり暮らしのヤヨイも、気がつくと自分が持ってきた荷物の何倍もの量を買い込んでいた。家族持ちは推して知るべしである。シノブは留守番を頼んでいる双方の親へのお土産に悩み、何度も旅館に戻っては、カツオに買ったものを渡し、また両手を空けて買い物に出かけていた。

結局、女性たちの帰りは大荷物になった。カツオとタカユキが一部持ってくれたが、それでもいくつもの袋を手からぶら下げて、バスに乗った。座席に座ったとたん、女性たちは

「はあ〜」とため息をつき、

「楽しかったあ」

とうれしそうに顔を見合わせた。タカユキは彼女たちの足元にずらりと並んでいるお土産の袋にちらりと目をやりながら、

「女の人って本当に買い物が好きだよね」

とカツオにささやき、呆れていた。

帰りのサービスエリアには、名物のソフトクリームがあると聞いて、女性たちはまた走っていった。

「一緒に行きましょうよ」

ユリコに誘われたら断れない男性二人は、腰を上げて女性たちの後についていった。すでに人数分のソフトクリームを注文していたシノブが、彼らが店の前にやってくると、すぐに
「はい、どうぞ」と手渡してくれた。五人はそばにあるベンチに並んで座ってソフトクリームを食べた。カツオだけは立って食べている。

「子供だったらかわいいけど、おじさんやおばさんが並んで食べていても、全然、かわいらしくないわね」

とマスコは隣のヤヨイに小声でいった。ヤヨイは周囲を見渡して、

「これと同じようなことがあったような気がする」

と記憶をたどった。

校外学習で工場見学に行ったときだった。

たしか一本ずつアイスクリームをもらって、それをみんなで食べた。そのときもカツオが立ったままアイスを食べて、だらりと手に垂らしてしまったのだった。

再びバスに乗り、外の景色を眺めていると、広い立派な霊園が目に入った。

「自分のお葬式のこととかどうしたらいいのかな」

ヤヨイがつぶやいた。それを聞いたマスコは真顔で、ヤヨイのほうに向き直り、

「もし私よりもヤヨイちゃんが先に逝ったら、私が後のことはちゃんとやるから。私が先だったら息子にいっておく」

その声が意外に大きかったので、後ろの席のユリコたちが「ん?」という顔で腰を上げた。

マスコの話を聞いた二人は、

「心配しないで。でもやってもらいたいことは、書き残しておいてね」

といってくれた。

「互助会みたいね。独身が迷惑をかけそう」

ヤヨイが申し訳なさそうにしていると、既婚者は「みんな持ちつ持たれつ。お互い様」と

いってくれた。

　雑談をしているうちに、終点のターミナル駅に到着した。買い出しに行ったような数の荷物を持ってバスを降りた。別れ際、

「じゃ、また明日」

　ヤヨイがさらっと明るくいったものだから、他の五人は「えっ」と驚いて立ち止まった。

「ごめんなさい。また明日もみんなで会うような気がして」

と彼女は真っ赤になった。

「何なら、また明日も会おうか」

　カツオがからかった。

「ヤヨイちゃんも意外とおっちょこちょいだったのねえ」

「私たちと同じように、溜まっていたものが噴き出してきたのかもよ」

　ユリコとマスコが二人でくすくす笑った。

「幻覚を見るようになると、いちばん被害を被るのは隣人なんだからさ。頼みますよ」

　タカユキもふざけて声をかけた。

「ああ、やだ、私、どうしたのかしら」

　しきりに照れているヤヨイを、みんなは昔の小さなヤヨイちゃんがそこにいるような気持

ちで笑いながら眺めていた。その横を一緒のバスに乗っていた、平均年齢八十三歳の女性グループが、相変わらず女子高校生のようにはしゃぎながら通り過ぎていった。

この作品は二〇一九年九月小社より刊行されたものです。

また明日《あした》

群《むれ》ようこ

令和5年2月10日　初版発行

発行人――石原正康
編集人――高部真人
発行所――株式会社幻冬舎
〒151-0051東京都渋谷区千駄ヶ谷4-9-7
電話　03(5411)6222(営業)
　　　03(5411)6211(編集)
公式HP　https://www.gentosha.co.jp/

印刷・製本―中央精版印刷株式会社

装丁者――高橋雅之

幻冬舎文庫

ISBN978-4-344-43273-4　C0193　む-2-17